# 香港文化眾聲道

——第一冊

# 目錄

# 前言

這一系列訪談緣起於「口述歷史：香港文學及文化」研究計劃。此計劃從二〇〇二年開始，是當時剛剛成立的香港中文大學香港文學研究中心的主要工作項目。及後我們先後放下中心的實際職務，但計劃並沒有因此結束，我們繼續進行訪談、整理記錄，至今已逾十二年。

以口述史的方式紀錄前輩對香港文學發展的種種回憶，意義不僅在於提供歷史事實，更在於呈現歷史參與者的個人理解及感受，重新喚起被遺忘的人物及細節，從而開啟不同面向的研究角度、引發深入的專題研究。我們立意借鑑口述歷史的研究方法，期望在採集史料的同時，也獲得某種研究成果。可是正統的口述歷史研究，需要投入龐大的人力物力，美國哥倫比亞大學、台灣中央研究院都以特定部門和專業團隊進行工作，我們的能力自然無法比擬。不過，儘管力量微薄，但因著其他史料整理工作的經驗，以及對受訪前輩的尊敬，我們從未敢對訪問工作掉以輕心。

許多香港作家長期以來發表作品眾多，但結集出版成書的甚少，甚至未曾結集出版，因此也從未進入研究者的視野，作品的內涵被忽略，而文學寄生於報刊所揭示的作家與文壇、社會的互動關係也被遺忘——這些在一般論述所錯失的人與事，正是我們所要尋訪的。

訪談之前的準備工作，大多從翻檢昔日報刊開始，我們盡量搜集和了解與受訪者相關的材料，然後擬定訪談大綱。部分受訪者並不以「寫作」作為文學實踐，而以編輯、文化機構負責人、政策執行者等身份在文化界發揮影響力，為訪談而準備的材料搜集範圍更廣，搜集起來也更不容易，但我們也希望通過訪談，呈現他們在香港文學發展歷程中較隱性而卻極重要的位置。至於訪談名單的擬定，受訪者的重要性固然是前提，但絕非唯一的考慮，實際訪談名單的敲定還牽涉時機、地域、人脈等因素。因此，並未在本系列出現的前輩，絕不代表地位「次要」，他們與部分截至出版而訪談記錄仍未能達成授權共識的受訪者，我們都期待將來續有訪問和跟進出版的機會。

認真而嚴肅的口述歷史訪談，往往都不限於一、兩次會面，礙於種種條件限制，我們無法對每一位受訪者都進行多次漫長訪問，但都盡可能因應不同情況作面談或書面的追問、續訪。訪談整理成文字稿，從初稿到定稿的審訂過程中，受訪者或直接以文字補充，或提供口頭、文獻資料作參考佐證，充實訪談內容，凡受訪者所補充的按語，均以（）標示。另一方面，我們也向相關人士查詢，翻查報刊、書信、文件、檔案等文獻資料，所得資料以附注形式作補充或以〔〕標示。報刊或機構簡稱首次出現也以〔〕交代全名，以後從略，每篇均獨立處理。訪談定稿得到受訪者授權始公開發表，出版前更添上人物小傳，增加「本冊相關報刊資料」及「人名索引」等附錄，輔助闡釋之外，更期望可藉此呈現較廣闊的歷史圖景。出版因篇幅所限，受訪者一些與文學、文化工作不直接相關的經歷不得不省略，內容過於重複之處也有所刪節，但為求盡量保留訪談原貌，文稿不會按訪談內容重組。一切改動，均在已得到授權的定稿上編輯。

無疑，口述歷史作為研究方法，取得豐碩成果的同時，也備受質疑。口述歷史的可靠性，無可否認也不能避免因受訪者的年紀、身體狀況、記憶力、情緒、個人主觀等等因素影響，也受訪問者與受訪者關係、說話時機是否適合等客觀條件左右。訪談準備再充分、資料查證再嚴謹，似乎都無法彌補口述歷史的某些先天缺陷。然而，受訪者如何理解、選擇、詮釋，以至「改編」歷史記憶，其實正好呈現了歷史事件中「個人」的角度，填補了客觀資料之不足。口述歷史的主觀性最受詰難，但這也正是口述歷史最精彩可貴之處。何況每一種研究方法、每一種材料都有本身的限制，能否發揮口述歷史的長處，關鍵還是在於讀者、研究者的閱讀角度與研究態度。

訪談計劃開展以來得到不少前輩及同道支持，首先感謝多位受訪者付出心力、時間和信任，其中好幾位在接受訪談後離世，未能讓他們及見訪談出版，我們至為歉疚。多位受訪者在接受訪問之外，還授權讓所負責之刊物全文上網，並捐贈大批珍貴書刊以及富歷史價值之手稿、信件、相片等文獻資料，讓後學得以從這些第一手資料認識歷史，所有捐贈均已移送香港中文大學大學圖書館系統。此外，訪談工作得以開展，不同機關和朋友都在行政上、經濟上提供了支援，謹此鳴謝（名單詳見書末）。

唐德剛教授曾經指出，哥倫比亞大學的中國口述歷史學部「譽滿全球，而謗亦隨之」，十多年來真正完成的只有一部中英雙語的《李宗仁回憶錄》和只有英語的《顧維鈞回憶錄》，其餘多位民國要人的口述歷史雖「工作經年，最後都是半途而廢」，可見口述歷史工作之困難（參唐德剛〈張學良自述的是是非非〉）。我們的研究規模與實力自不可與「哥大」同日而語，但勉力為之，也悉力以赴，訪談未及盡善之處，敬請各方指正。文學的歷史本身已比一般歷史更富詮釋空間，口述歷史突出的主觀性也許更添爭議，然而眾「說」紛紜，互相比對參照下所呈現的複雜性，亦也許更貼近文學歷史的本質。追尋歷史的結果，每每都指向當下眼前，這一系列的訪談，期望在來未的歷史裡更見意義。

盧瑋鑾、熊志琴

二〇一四年五月

# 何振亞

（一九二五——二〇〇九）

原籍安徽，上海出生，曾就讀國立中央大學，後參加青年軍，擔任翻譯官、傘兵。一九四九年移居香港，翌年加入「友聯」，曾任總經理，主要負責業務工作而從未著述，後雖在外經商，但一直與「友聯」友人緊密聯繫。二〇〇三年，捐贈大批珍貴書刊予香港中文大學圖書館，數年後回到上海定居。二〇〇九年八月十六日，在台北參加紀念殷海光逝世四十周年暨雷震逝世三十周年而舉辦的「追求自由的公共空間：以《自由中國》為中心」學術研討會期間逝世，享年八十七歲，骨灰由家人安排安葬上海。

日期｜二〇〇四年十一月二十四日

地點｜訪問者辦公室

訪問者｜盧瑋鑾、熊志琴

列席者｜林悅恒

何—何振亞　盧—盧瑋鑾　熊—熊志琴　林—林悅恒

按：何振亞基本按訪問大綱而談，因此下文以大綱所列問題為標題。

**何**　訪問之前，我要告訴你們，這篇東西（〈風雨同舟五十年——簡介友聯社的創始與發展〉）你們都看過了吧[1]？但裡面很多是不正確的。他的寫法不對，應該寫的東西他都寫得遮遮蓋蓋的，那就不要寫算了。

**盧**　那請您先說些不用遮遮蓋蓋的，然後再說一些他們遮遮蓋蓋的事情吧！

**何**　這樣我沒有準備，我先就你們的題目答覆一遍，然後你們整理一下，整理好以後，我們第二次再談，這樣好吧？

**盧**　好的。那還是請您先講一講吧。

**一、請問何先生是哪年出生的？哪裡人？甚麼時候到港生活？**

**何**　第一個問題我已告訴過你了……

**熊**　是的[2]。

**二、何先生是怎樣加入「友聯」的？可否請何先生談談「友聯」的宗旨和理念？**

**何**　至於怎樣加入「友聯」，這很簡單。**陳思明**是我年輕時的國立中央大學同學，有一天在馬路上碰到，那個時候我在幫我姐夫做事。我姐夫是從上海退下來的，他開皮鞋店，後來搬到台灣去，我因為幫他做事，所以就參加他們了。那時候也沒甚麼實際工作，就大家一起碰碰頭、吃吃飯。後來他們要辦東西了，我就參加他們，開始的時候是part time job（兼職工作）。他們都住在鑽石山，所以我也在鑽石山租了房子，就跟劉甫林一起。他一直在「友聯」擔任會計工作，後來派他到巴西去發展農業，但沒甚麼成就，就死在那裡，留下兩個孩子。他的太太是陳思明太太的妹妹，他們倆是連襟的關係，當時派他去也是照顧他太太的妹妹，有點關係。這方面事情以後再談，或者我忘記了你們提醒我。當時想法很簡單，我們當時有三本小冊子你們看過嗎[3]？

**盧** 沒看過。

**林** 沒有，我也沒看過。

**熊** 何先生說的三本小冊子甚麼時候出版的？

**何** 很早，「友聯」還沒有正式成立……

**林** 是早期的……

**盧** 一九四〇年代中葉？

**何** 一九四〇年代後期了，出版的時候是一九四九年底、一九五〇年初，之前「友聯」還沒有成立。那時候帶頭的不是我們「友聯」，是自由出版社。他們是很重要的，青年黨背景——談下去之前，這裡我先要說一點，我跟民社黨有點私人家庭關係，但這和「友聯」或我的想法都沒有關係，只是我個人跟**張君勱**家庭的關係。他晚年在這裡出版的《自由鐘》，就是我替他搞的，他把稿子發過來，我幫他發稿、校對、印刷，都是我，他有時候會寄一點點錢給我。我和張君勱一起時很少談論政治問題，即使談也只是談些新儒家的想法。我先申明一下，因為剛才講到青年黨的問題。青年黨很多人，**左舜生**、**李璜**這些人過去跟我們「友聯」來往相當密切，今天先不談，關於這些我們以後再談。我就是這麼參加「友聯」的。

「友聯」的宗旨理念就是一些年輕人在一起，我們每個人的興趣、熱忱不一樣，方向不一樣，但基本上都很純，都是剛剛大學畢業，主要是為了「政治民主、經濟公平、社會自由」，就是這三大口號，然後就出了這三本書。這三大口號實際上不是我們自己提出的，都是引人家的書，但是很滑稽的是，有一篇文章是我們這一代人寫的，就是**許冠三**寫的。許冠三是「友聯」的創辦人，但創辦後他就覺得不對了，退出去了，搞了平凡出版社，和**孫述憲**一起。孫述憲也是「友聯」的創辦人，孫述宇（孫述憲弟弟）後來也加入了「友聯」，但他的加入和他哥哥沒有關係，他是間接的。孫述宇是新亞書院的。說到「新亞」（新亞書院），我只談一件事情，「友聯」裡的人，以團體來說，「新亞」的人最多，但是他們沒有在「友聯」中結黨

**陳思明**

又名陳維瑲、陳濯生，筆名薛洛。丁庭標女婿。畢業於國立中央大學。曾為民主中國青年大同盟成員。一九五〇年代曾參與《自由陣線》編輯工作，後與友人創辦友聯社，為主要負責人。一九五五年到馬來西亞發展友聯工作，現於美國定居。

**張君勱**

清末曾中秀才、獲授翰林，又曾赴日本、德國留學，一九一五年回國，先後創建國家社會黨、民社黨，並任黨魁。一九四五年任中華民國代表簽署聯合國憲章，翌年起草中華民國憲法。一九四九年離開大陸，後轉赴美國。一九五二年出版英文著作《中國的第三勢力》(*The Third Force in China*)。一九六九年於美國病逝。著有《新儒家思想史》、《儒家哲學之復興》等。

**左舜生**

少年中國學會發起人之一，並任《少年中國》月刊主編。後與曾琦、李璜等籌組青年黨，任黨刊《醒獅》總經理。一九四七年任國民政府農林部部長。一九四九年來港，一度主持《自由陣線》，並任《聯合評論》總編輯，先後在新亞書院、清華書院等院校任教。一九六九年赴台，任總統府國策顧問，同年病逝。著有《中國近代史四講》、《辛亥革命小史》、《萬竹樓隨筆》等。

**李璜**

少年中國學會成員，曾留學法國。一九二三年與曾琦、左舜生等籌組青年黨。抗戰時期任國防最高委員會參議、國民參政會參政員，一九四一年參與籌組中國民主政團同盟，期間並任《中國日報》社長。一九四六年獲任命國民政府行政委員兼經濟部長，未就任。一九四九年來港，任香港中文學院教授。後到台灣，任總統府國策顧問，一九九一年於台北病逝。著有《學鈍室回憶錄》、《法國文學史》等。

◤ 何振亞口中的「三本小冊子」，是「友聯」的簡介與出版目錄。分別為：*Catalogue of Publications*, 1971（上）、*The Union Cultural Organization: Its Objectives and Works in Hong Kong & Malaysia*, 1963（下右）和《友聯出版社》（一九五五年十一月）（下左）。

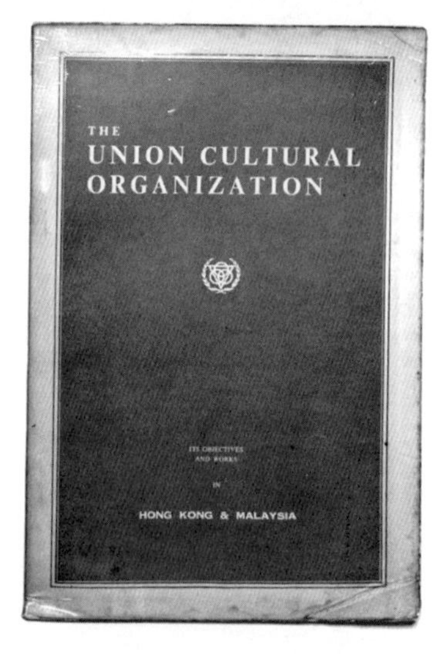

**許冠三**

筆名于平凡。早年就讀於東北大學，受業於自由出版社主要負責人謝澄平。曾為民主中國青年大同盟成員。來港後與孫述憲創辦人人出版社，一九五二年出版《人人文學》。後專注學術工作，曾任教香港中文大學歷史系。一九八〇年代移居美國，二〇一一年十月十六日於當地逝世。著有《我所了解的自由》、《新史學九十年》、《史學與史學發展》等。

**孫述憲**

筆名齊桓、夏侯無忌、宣子、維摩等。香港淪陷前從香港到內地，一九五〇年再次來港後，經常在《海瀾》、《中國學生周報》、《文藝新潮》等刊物上發表小説、新詩、翻譯、評論等作品。曾任人人出版社總編輯，一九五二年出版《人人文學》。一九六〇年代任《紐約時報》（*The New York Times*）及美聯社駐港記者。作品包括《鑿空三萬里》、《談當前文藝》、《偉大的序幕》、《夜曲》等。

# 友聯出版社

——一個追求真理的青年團體

自從中共開始得勢，許多中國人逃出大陸到自由世界來。他們的逃亡，多半是爲了避免被清算；可是有些人是另有想法的。他們如果留在大陸，並不會被清算；事實上如果他們願意，他們大可以投身特權階級去清算別人。他們到自由世界來，並不僅因爲他們選擇自由，而是帶着責任感，懷着決心要獻身於共產統治的摧毀、和中國民主社會的建立。

在這些人之中，有一羣早已獻身於這一運動的年青的知識份子；他們在大陸淪陷以前，曾經進行青年組織工作和文化工作，辦了兩所學校、一個研究所和兩個雜誌。現在他們在人地生疏的香港成爲難民。他們很窮；有的人到香港時，隨身只帶了一柄牙刷。

SUBJECT INDEX

| | | |
|---|---|---|
| I | DOCUMENTARY HISTORY OF COMMUNIST CHINA | 1 |
| II | UNION RESEARCH REFERENCE BOOKS | 3 |
| III | BIOGRAPHIES & CHRONOLOGIES | 4 |
| IV | COMMUNIST CHINA PROBLEM RESEARCH SERIES | 5 |
| V | DISSERTATIONS AND THESES ON CONTEMPORARY CHINA | 10 |
| VI | MISCELLANEOUS PUBLICATIONS | 10 |
| VII | PERIODICALS | 12 |
| VIII | REPRINTS OF MAINLAND BOOKS | 12 |
| IX | URI MICROFILM SERVICES | 15 |

*(All in English except those with Chinese titles)*

I DOCUMENTARY HISTORY OF COMMUNIST CHINA

DH1 TIBETAN SOURCEBOOK 1964. 487 pp. *HK$30.00; US$5.00*
(See DH7 for revised edition)

DH2 中共軍事文件彙編（一九五〇年至一九六四年） *HK$55.00; US$10.00*
(SOURCEBOOK ON MILITARY AFFAIRS IN COMMUNIST CHINA, 1950-1964)
December 1965. 845 pp. 187 documents.

DH3 中國大陸佛教資料彙編（一九四九年至一九六七年） *HK$60.00; US$10.00*
(SOURCEBOOK ON BUDDHISM IN MAINLAND CHINA, 1949-1967)
March 1968. 650 pp. 230 documents.

DH4 CCP DOCUMENTS OF THE GREAT PROLETARIAN CULTURAL REVOLUTION, 1966-1967 (Bilingual edition) *HK$90.00; US$15.00*
August 1968. 700 pp. 132 documents.

-1-

◤「友聯出版社——一個追求真理的青年團體」。（攝自《友聯出版社》）（右）

◤*Catalogue of Publications* 目錄頁。（左）

錢穆（前排左四）、左舜生（前排右四）、徐速（二排左一）、鄭萼芬（二排左三）、蕭輝楷（二排右三）、黎永振（三排左二）、余振冬（即余一平，估計與共產黨有關）（三排左四）、徐東濱（後排左一）、陳一凡（負責研究所工作）（後排左三）、何振亞（後排左六）、劉甫林（後排右一）、李中直（即李德生，筆名劉富蘭）（後排右二）、蘇明璇（後排右三）、日本人（姓名不詳）（後排右四）、司馬長風（後排右五）、汪子新（後排右六）。（照片及說明均由何振亞提供）

左起：唐修果、何振亞、史誠之。（何振亞提供）

**史誠之**
友聯社創辦人之一。著有《歷史轉折與中國前途：論解放軍的過去與中共的未來》、《論中共的軍事發展》等。

成派，這一點是相當好的，沒有甚麼互相拉攏、互相搗蛋，都沒有。

**林** 「友聯」裡沒有甚麼派的。

**何** 是沒有派，我的意思是我們很多人一起來自一個地方，很容易成派，但我們沒有，我就是這個意思。我沒算過百分比，但是我們裡面「新亞」的百分比非常高，很有條件搞個小派，但是沒有，這點很好。我就是這麼申明一下。

「友聯」的宗旨、理念，就是那三本小冊子說的，我很快讓他給你們看，好吧？當時為甚麼有這三本小冊子呢？因為裡面發表的文章是大家比較接近、大家比較能夠在這個問題上取得共識。

**三、「友聯」的組織和架構是怎樣的？後來可有轉變？何先生在「友聯」負責甚麼工作？與何先生同期共事的還有哪幾位？**

**何** 組織與架構，友聯出版社對外是一個商業性的機構，背後有一個社、有一個組織的，叫友聯社。創辦人是哪些我不大清楚，因為我去的時候他們已經創辦了，我只是他們介紹進去，但是我曉得有陳思明、**史誠之**、許冠三等。

**盧** 您加入的時候是哪年？

**何** 我加入的時候是一九五〇年，還是很早，他們成立應該在一九四九至一九五〇年間。後來「友聯」一直沒轉變，也不是甚麼秘密組織，只是大家因為工作關係，要有個核心，譬如說同事們要在工作上有些特別的承擔，譬如當時和美國人接觸要求保密，那個時候可能還有一些小小的安全問題。我們中間沒有為了誰去做督印人、誰去當社長、搶位子而爭執，都沒有甚麼爭論。

**盧** 那麼當時你們怎麼選派社長的呢？

**何** 會議，還是會議，大家共同開會，我們沒有甚麼舉手的，要少數服從多數選舉，但是講話時候的氣氛，開會的時候那多數就看得出來。

**盧** 那還是一種民主。

**何** 對，很民主的，但是有些人講話聲音是大些，當然不是就像我這種「大聲公」的聲音大，不算的。但是有些人像許冠三，一上來就不對，為甚麼不對，我也不太曉得，還有孫述憲也走了。那個時候是孫述憲寫作最旺盛的時期。

**林** 還有李達生？

**何** 李達生很後期了，是從台灣來的，例如蕭輝楷、李達生。李達生當時不叫「李達生」啊！

**林** 他是「自由學人」的籌備人。

**何** 他本來叫甚麼？叫……

**林** 「李中直」。

**何** 「李中直」！

**林** 他是《自由中國》的編輯。（何按：不一定，他和《自由中國》好像沒有甚麼關係。）

**何** 他不是社員，他是一個大而化之的人。我記得他最清楚一件事情，那時我負責業務，那個我很內行，他總是不報賬啊甚麼的，我覺得這樣做不對，我跟他講了。他就諷刺我，他說你這麼做有甚麼意思呢，你充其量辦一個商務印書館罷了。我說中直啊，你這是捧我還是罵我？我要是能辦成商務印書館也很了不起了。他不能照顧自己，他在美國也不能照顧自己，就這麼一生荒廢。

台灣來的人不少，很多有國民黨背景，不是黨團代表就是黨員，說我和國民黨一點關係也沒有也不是，因為我參加了青年軍。當時要求參加青年軍一定要入黨，要我們交六、七張照片，我們還開玩笑說，又不是招女婿！因為我們是不願意加入的，還要審查甚麼的。我是不願意入黨的，只是想參軍，我是參加那「十萬青年十萬軍」。他們認為我懂英文，就叫我做翻譯官，現在想想真臉紅，不過當時沒有人。做翻譯官就是當傘兵，跟美國合作，因為美國人不懂中國話，中國人也聽不懂美國話，我就在中間去喊「放炮了！」、「不要放！」、「跑過去！」、「走過來！」，就這麼回事。所以我可以說是中國最早的傘兵。至於國民黨黨員部分，我們填了表就算了，以後也從來沒有甚麼手續，也沒有開過甚麼會。

**林** 有沒有跳過傘？

**何** 當然跳過，而且復員後我就回到中央大學，那時候中央大學搬到南京，有一次國慶，十月十日，他們要表演跳傘，因為人手不夠，他們問我還願不願意跳，我就說好啦好啦，就替他們再跳了一次。

**盧** 願意跳就能跳的嗎？安全嗎？怕不怕？

**何** 就第一次怕，第一次不知道為甚麼，一想到摔死，就想到媽媽，想到爸爸，哎呀！跳過一次就不怕了。我記得第一次跳傘的時候，上飛機前長官問我們一句話：願不願意跳？不願意跳就站出來，上了飛機就不可以講不跳！上了飛機不跳的話，他給你把傘、鈎子準備好就把你摔出去！那傘自動打開，你怕也沒用。

**盧** 說回您加入「友聯」的時候已經……

**何** 是，還沒完全開始，但好像已經開始了，許冠三、孫述憲等還未離開。

**林** 許平凡呢？

**何** 「于平凡」，不是「許平凡」，就是許冠三的筆名。

**盧** 也是剛開始的時候的成員？

**何** 是創辦人。最要緊幾個人裡還有陳思明，他過去在學校裡叫「陳維瑲」，後來身份證上叫「陳思明」，總之都是他，第一任社長就是他。

**林** 「濯生」呢？

**何** 「陳濯生」是陳思明另一名字。還有非常重要的人，是一位軍官，叫史誠之；還有燕歸來、徐東濱，他原來的中文名字叫甚麼，很少提，不確定……

**林** 他身份證的名字？「許崇智」。

**何** 「許崇智」？不可能是「許崇智」，我從來沒注意過。

**林** 他們聽不懂他講的話，所以寫成「徐東濱」。好像是「許崇智」，我要問一問。

**何** 還有個女的，燕雲。

**林** 燕雲，Maria Yen。

**盧** 即是「燕歸來」？

**何** 即是「燕歸來」，她姓邱，原名「邱然」。台灣新聞界的邱楠是她的親戚。

**林** 我都沒有聽過，是她的姐姐？

**何** 是她叔叔。

**余德寬**
又名于之洋、蘇更生，筆名申青。畢業於北京輔仁大學，來港後曾任《中聲報》編輯，後任《中國學生周報》創刊時期督印人（一九五二年七月二十五日第一期至一九五四年十二月三日第一二四期）。約於一九五四年到新加坡發展友聯工作，在當地創辦《學生周報》及《蕉風》。

左起：林悅恆、任顯潮、龔維揚、燕歸來、不詳、劉甫林、何振亞、高偉覺、鄭萼芬。（何振亞提供）

**林** 她爸爸是北京大學教授（邱椿）。

**何** 對，她爸爸是北京大學教授，教理科的。還有**余德寬**，他是《中國學生周報》的第一任社長[4]，他其實不姓這個余。

**盧** 他是第一任社長？

**何** 是第一任社長，也是總編輯，他以後是余英時，擔任總編輯[5]。

**林** 沒有……

**何** 沒有嗎？你去查查看……

**盧** 余英時那時還在「新亞」。

**林** 在桂林街[6]。他不是社長，是總編輯。老余是第一任。

**何** 老余下來是誰？古梅？還是誰？

**林** 你們（指盧瑋鑾、熊志琴）整理的那份資料上也有古梅的名字，督印人也就是社長。

**何** 督印人就是社長，古梅也當過督印人。古梅年紀比你大吧？

**林** 大很多。

**何** 我印象中古梅像小孩子一樣。

**林** 古梅也是桂林街的時候……

**何** 古梅名字沒改過，一直叫古梅，原來住在沙田大圍。

**林** 七十多了。

**何** 七十多了嗎？沒有吧？

**林** 當然有啊！我也七十了嘛，怎麼沒有？你說說？起碼七十四、七十五了（古梅於一九三二年出生）。

**熊** 我們根據《周報》（《中國學生周報》）的出版資料欄整理了一份社長的名單……

**何** **陳日青**就是「陳負東」，他也做過社長。

**林** 對，陳負東也是「新亞」的，經濟系。「陳負東」可能是身份證的名字。

**盧** 督印人跟社長應該不同，因為如果有法律問題，督印人要坐牢的。

**林** 是，有些是掛名的，我們那兒有點分別。

**盧** 即是兩者一樣？

**林** 有時督印人不是社長，不負責，只是掛名，只負責法律責任，日常行政、各方面由社長負責，後來兩者才合一。好像《大學生活》，早期《大學生活》的督印人是趙永青，他沒有參加實際工作，他身份證的名字是「趙春」。我負責《大學生活》的時候，也是他任督印人。這都是按實際情況去安排的，大家都不會爭的。

**盧** 就是督印人不參與實際行政，但出了事便要坐牢。

**何** 我們當時的用意不一樣，那個時候我們老一輩盡量不出面，不去搶位子，盡量把年輕人提上去。

**盧** 您那時候怎麼算老？

**何** 不，我已經是老一輩了，你看我從來沒做過督印人，具名的社長也沒做過。

**林** 他是總經理，其實《周報》業務方面的工作也是他負責。

**何** 我對外甚麼名義都沒有，後來裡面的編輯慢慢曉得我，羅卡等等，他跟我說他是在裡面當編輯才曉得我，不在裡面當編輯的不曉得我這個人存在。

**林** 那時候你是「友聯」社長嘛。

**何** 中間有一陣子請了個總編輯叫**黃崖**，我記得我請他當總編輯，他第一期編出來以後，我打開一看，一篇小說是他寫的，我大為光火，把他叫來。我說我請你來做總編輯，沒有請

**陳日青**
又名陳負東。友聯社早期成員，一九五六年接替古梅任《中國學生周報》督印人（一九五六年三月十六日第一九一期至一九五六年八月十日第二一二期）。

**黃崖**
筆名葉逢生、陸星、莊重等。一九五〇年來港，曾參與《大學生活》及《中國學生周報》編輯工作。一九五九年轉赴馬來西亞任《蕉風》及《學生周報》編輯，及後主持新綠出版社及《星報》，並協助《新潮》、《荒原》、《海天》等刊物出版。一九九二年於泰國曼谷逝世。作品包括《一顆星的殞落》、《聖潔門》、《烈火》等。

你來做總作者，怎麼第一次就發了自己這麼長的文章？不可以這樣，我說這不是辦報的心態。他過去一個人流落在澳門，一位神父介紹我有這麼一個人，我特別到澳門看他，跟他談得不錯，就請他來《周報》當編輯。

**林** 你當時是總經理。

**何** 我不叫總經理，反正甚麼我都做。

**盧** 那您是在背後很重要……

**何** 我慢慢會談到這個。說企業化甚麼，當時「友聯」有太多人愛談政治文化，真正的業務沒有太多人搞。這就是我們「友聯」真正的問題癥結所在，你這個問題（指問題九）已經問到我們的癥結了，甚至我們整個友聯出版社走下坡也跟這個有關係。但後來馬來西亞在這方面大有改進，很大程度的企業化。

**何** 我們開會很簡單，初期的聲音（各人說話的分量）都差不多，但始終有一個人，陳濯生，他直到現在還是以「友聯」為家，他的聲音比較大一點。徐東濱的聲音也挺有影響力的，他的英文最好，當時和美國人打交道，寫報告、寫計劃都非他不可。

**四、「友聯」在香港和新馬等地的工作策略有何不同？新馬的《學生周報》與香港的《中國學生周報》，兩者在編輯手法上最顯著的分別在哪裡？**

**何** 我們先假定一下，你們對香港《周報》的編輯方向應該都清楚，用不著我來說，還要說嗎？

**盧** 我們只是作為讀者去看，對於整個版面……

**何** 我知道你的意思了。我們可以說，辦《中國學生周報》是為青年辦一份刊物，所謂編輯政策是沒有的，反共是有的，除了這個就沒有其他政策可言。

**林** 那三大理念一定是有的。

**何** 不一定，三大理念也不一定，因為你認為社會這樣算是公平，還是那樣算是公平？各人說各人的。我們認為園地要公開、人事要公開，剛才也舉了例子，請來的總編輯第一期就發表了自己的長篇文章，我說你哪裡不能發表？你下次有文章沒地方發表，給我好了，我給你找地方發表，但千萬不要在自己的園地上發表，偶然發表一次可以，但長的文章尤其不能發表。我很堅持這點，就是園地公開、場地公開，這一點我相信你們寫文章的都知道，應該沒有反駁的餘地，是吧？我們那些真正負責的，開會的時候我說，那時我們出版很多雜誌，自己的出版物，你們自己有沒有翻過？到現在為止，我保留了很多雜誌，所以他們找不到舊的刊物就一直問我來要。

那麼新馬的《周報》呢，我們剛去的時候，馬來西亞還在剿共，他們那個時候希望在香港找一、兩個人先去搞一些青年的文化活動、傳媒上的活動。

**盧** 那大概是甚麼時候？

**何** 一九五〇年代中期。那麼怎麼會找到我們呢？這裡有個小插曲，當時有個人叫梁宇皋，是汪精衛的連襟，在那邊很有聲望。馬來西亞是各個州合起來的，但是有兩個地方沒有蘇丹，一個是檳城，一個是馬六甲，這兩個地方沒有蘇丹，只有兩個總督，獨立以後不叫總督叫州長了。梁宇皋就是獨立後馬六甲第一任州長，似乎是通過我們在香港的一位朋友 Anna 介紹。Anna 姓黃，黃甚麼要回去查一查，她的丈夫叫楊一凡。

**林** Anna 叫……

**何** 他們都是天主教徒，他們跟梁宇皋是甚麼關係，我想不起來。

**林** 她是替下一輩補習。

**何** 她怎麼去馬來西亞補習的？

**林** 小孩子要找補習老師就找 Anna 去……

**何** Anna 那時候在香港，好像是因為天主教的關係，透過燕雲的關係認識 Anna 的。

**林** Anna 那時候先去了。

**何** 問題就是怎麼去的，這要問問。他們當時要找一個人，要懂英文，有人覺得我可以，挺合適的。還找了一個人，你們想不到的，以前在《星島日報》做的，叫**遲寶倫**，也徵求過他的意見。他現在碰到我還說，要是那時候他去就好了。我先去了馬來西亞一次，看了一下情形，那時候坐汽車，路上常有攔截，問我們有沒有吃的東西、有沒有藥，因為他們怕車中人去支援共產黨，一定要說

**遲寶倫**

筆名上官寶倫。一九四〇年代來港，曾任《工商晚報》總編輯，後加入星島報業集團，負責旅遊版及有關旅遊公司業務。一九九〇年代一度移居加拿大，數年後回到香港及東莞定居，二〇一二年於東莞逝世。作品以遊記及奇情小說為主，包括《南北極探秘》、《男女透視角》等。

▶攝於新加坡友聯書局門前。左起：陳稚農、劉鳳翰（劉海若父親）、何振亞、新加坡書局店員。（何振亞提供）

沒有。我總記得這一段。我去了，談了一下，後來覺得一個人去沒意思，一群人去比較好。這樣子開始，我們就動腦筋，想辦法在那裡辦一份學生報紙。馬來西亞那時候好像還沒獨立，新馬還在一起，在吉隆坡辦報比較困難，所以就先在新加坡辦，甚麼時候搬到吉隆坡去我不記得了。我們當時辦《學生周報》是想讓年輕一代認識這個社會、華文教育，同時我們增加活動。在我的印象中，那裡的活動一開始就辦得相當成功，因為辦得成功，我們回頭在香港也辦活動。

**盧**　先是那邊成功，才到香港辦？

**何**　對，因為在香港我們不知道怎麼辦活動，在馬來西亞就是不曉得也得辦，一份報紙散開來，太遠了，幾十哩、幾百哩，需要有通訊員、有聯繫，是這樣開始的。這點你們大概想不到。

**盧**　想不到。

**何**　辦活動以後就碰到很多年輕人，電影方面例如羅卡、陸離，這些都是活動能手，大家一合作，搞得很好，所以《中國學生周報》的活動是很後期開始的。

**林** 以前在新圍街也有一點[7]？

**何** 那時候辦了個優良圖書服務社，跟《周報》沒關係，就是我們買了很多書……

**林** 讓人看……

**何** 就是個很初期、很簡陋的活動圖書館，當時沒人做，我們便做一點。因為我們發行圖書嘛，很多書剩下，發不去，不如就辦這個。也不收費，也沒多少人手，也沒多少經費。這裡我要先提一點，可能下次再說，新馬的《學生周報》的文字編輯都是香港派去的，那邊沒有辦法找到。你找他來，跟他講我們的原則……我們沒有編輯政策，但是有原則，可是很難說，我們畢竟是外來人。

**林** 老姚〔姚拓〕跟國堅〔劉國堅〕都是編那個的。

**何** 老姚跟國堅都是。

**林** 古梅去的時候是搞活動的。

**何** 古梅去是搞活動。那邊的人比較熱情，他們都叫梅姐、燕姐，梅姐姓甚麼可能他們已經忘了，但說到梅姐大家都知道。他們那裡也出了些人才，黃枝連就是一個，還有一個你們不知道的，叫周景銳。這個人後來在新加坡很有影響力，他是《聯合早報》的社長，新加坡《聯合早報》是很權威的。我記得那時候搞夏令營，就看得出周景銳的能力。

**林** 後來那邊中文報很多編輯、發行的都是《學生周報》的人，到現在還是。

**何** 我們在人才培養上下了很多工夫。這裡要說說香港的作家，因為園地公開，造就了不少的本地作家。很多年以前，我和戴天兩個在俞志剛家裡作客，談到這個人的文章、那個人的文章，發現這個是《周報》有關係的、那個也是《周報》有關係的，百分之九十以上都和《周報》有關係的。當初我們並沒有這個計劃，我不會把這當作是「友聯」的功勞，這個我認為是間接的影響，因為那時發表東西的地方少，有機會發表使他們成長，但當時我們是否能看到這麼遠？那是胡說，沒有，要是有人要自我吹噓功勞，不要相信他們。

**張國興**
曾任中央社記者、合眾社特派員。一九四九年十二月從南京抵港，發表〈竹幕八月記〉("Eight Months Behind The Bamboo Curtain")。一九五二年得美國福特基金會支持成立亞洲出版社，翌年成立亞洲影業有限公司。一九六八年任香港浸會書院傳理系兼職講師，後任系主任、社會科學院院長，一九八五年退休。晚年移居美國，二〇〇六年於當地逝世。

**宋淇**
又名宋悌芬，筆名林以亮。燕京大學西洋文學畢業，一九三〇、一九四〇年代已在上海從事話劇工作。一九四〇年代後期來港，曾任美國新聞處編譯部主任。一九五〇、一九六〇年代先後於國際電影懋業有限公司、邵氏兄弟(香港)有限公司擔任編劇及製片。一九六八年起任香港中文大學校長特別助理，並任翻譯研究中心主任。一九七二年創辦《文林月刊》。著有《林以亮詩話》、《文學與翻譯》等，編劇作品包括《南北和》、《有口難言》等，擔任製片的作品包括《空中小姐》、《野玫瑰之戀》等。

**五、據林悅恆先生憶述，「友聯」曾發行一些美國新聞處的出版物，編輯工作則由美國新聞處自己負責的，在編排上與「友聯」本身的出版物略有不同，但在出版資料頁上並不一定明確標示。何先生可記得「友聯」與美國新聞處接觸的情況？對方編輯上的要求與「友聯」有何不同？讀者如何識別哪些出版物是「友聯」編寫的，哪些是只管發行的？**

**何** 這個問題很簡單，美國新聞處的出版物可以分兩段，早期的時候，他們可能謹慎，不敢自己出書，所以他們想了這個計劃。稿子弄好了，給我們出版，照他們的原稿排版校對，出版後他們買一大批回去，分到各地去發行。我們第一個開始出版，後來**張國興**的亞洲出版社也參與。再後來他們出版的計劃愈來愈龐大，出版的數量也愈來愈大，他們環境也熟了，《今日世界》雜誌也發行得很不錯，於是書就拿去自己出版了。他們偏重的是文學，我們剛出版的時候是偏重反共文學，我們有意識形態在裡面的，後來他們自己出版的時候就沒有這樣偏重了。很可惜呢，**宋淇**死了，這段時期我跟宋淇的爭論不少，但我倆的感情不錯，我在他那裡見過一次張愛玲。

**盧** 我看見很多友聯出版社代發行的書，那些人跟你們好像沒甚麼關係……

**何** 甚麼書？大概是甚麼書？翻譯的還是不是翻譯的？

**盧** 不是翻譯的。

**何** 不是翻譯的就跟美國新聞處沒有關係。

**盧** 那就是有人請你們發行……

**何** 譬如徐訏的書，我們也發行過一段時期。

**盧** 當作是做生意的替他們發行？

**何** 一方面做生意，一方面也不是做生意。因為那時候發行，都是把報紙發到報攤，真正發行圖書的沒有，我們是當時唯一發書的，事實上有很多人不滿意。現在我回憶起來，那是很痛心的，我那時候很灰心，沒人看書啊！不是我們不發，我們可以說發了很多好書，挖空腦袋，找了很多人，大陸出來比較低下層的人，文化不高，我們叫他們每天每

**湯新楣**

本名湯象。畢業於聖約翰大學歷史系，曾任職中央社。一九四〇年代後期移港定居，先後任職於麗的呼聲、泛亞社、香港大學。一九七〇年起任《讀者文摘》中文版編輯，至一九八三年退休。湯同時為時代生活叢書中文版主要譯者，並曾為香港今日世界社翻譯大量英美名作，包括《原野長宵》（*My Antonia*）、《戰地春夢》（*A Farewell to Arms*）、《野性的呼喚》（*The Call of the Wild*）等。

個報攤去跑，每個區都有一至兩人去，這樣子發行，可以說上天下地無孔不入，但是那時候沒有人買、沒有人看啊！現在想來，那時真是生不逢時，在做書的發行來說是很痛苦的回憶。那時候我可以說想盡辦法，雖然那時候我好像高高在上，管編輯啊甚麼的，但是落地的，我真的跟他們去跑，甚麼地方都去，讓每個人背著籃子發到每一個地方。這一方面也是為了《周報》，《周報》發行好就是這緣故，這是因為學生還看書，因為學生沒其他刊物可看，所以《周報》銷量還不錯，後來有皇牌在手上，就是《兒童樂園》，很多人迫不得已來找我們。你如果找那些發報紙的，他扔在角落，發也不給你發。

對方〔美國新聞處〕從來不干涉，因為沒甚麼好干涉的。比方說湯象，都是老朋友了，他後來都不用筆名了，湯象全都用「**湯新楣**」，講翻譯便講到老湯〔湯新楣〕。有一點可以證明美國新聞處是不干涉的，譬如說凡是重要文告、聲明，他們自己都不翻譯，都是讓老湯翻譯，因為他這方面是老手，因為他在通訊社工作，所以知道新聞稿該怎麼翻譯，那些用詞，他翻譯又快又好。那時候在雪廠街、都爹利街有一個通訊社，他總是在那裡，我認識老湯很久了。這裡也可以證明他們不干涉，沒甚麼好干涉的。

**六、「友聯」一些工作項目曾接受亞洲基金會支持，何先生是否記得哪些項目曾經接受資助？具體資助金額多少？**

**何** 這我記得，就是所有的出版物都接受資助，《兒童樂園》、《周報》、《大學生活》、《祖國》、友聯研究所的出版物，還有一些小書。

**林** 還有「編譯所」〔友聯編譯所〕。

**何** 「編譯所」好像沒有，有幾本是美國新聞處編輯好的稿子交給我們出版，出版後他們買回若干本，我們收回成本加利潤。我再想想，有些特殊要出版的書要另外單獨自己編預算，像牟宗三那本〔《認識心之批判》〕[8]。出版那本書，反對的人很多。你要問我具體數字，我不記得了。但是幾個

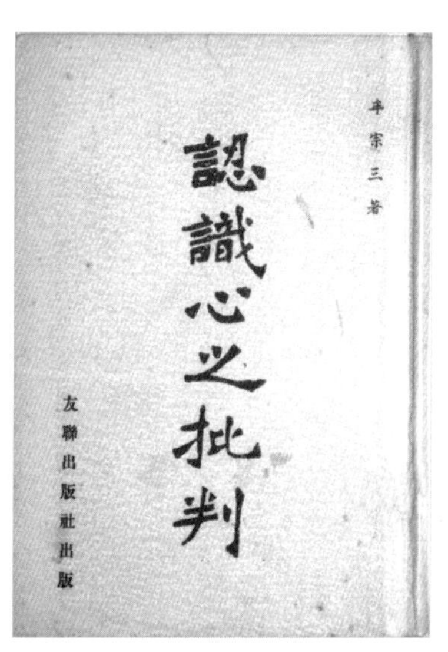


牟宗三《認識心之批判》。

方向我可以告訴你，以《兒童樂園》來講，初期我們開了個很滑稽的預算，根本不可能的，那時我們沒出過東西，很苦很苦，有時候還欠人家印刷廠錢，我們說到下次預算補回來。到後來發展愈來愈好，甚至有了盈餘，我們就不要他們資助了，我們在這一點上非常誠實。

**林**　《兒童樂園》後期沒拿資助。[9]

**何**　第二點，我們工作人員編制很小。比方說，十個人可以編輯了，就說編制二十個人，吃十個人的空額，我們決不幹這種事情。我們人力資源比人家還少，再下來，我們薪水的標準非常低，低到我們在會上吵架。大家要過團體生活，沒甚麼家累的就大家在一起，要刻苦。很多人不理解我們、我們「友聯」，就像趙滋蕃寫的《半下流社會》也沒講我們怎麼樣、行為上面怎樣，我們的確沒有怎樣。我們沒錢嘛，窮得耷耷的，你講也沒用。這是我們的經歷，我很清楚的，要提高待遇。他們說美國人資助我們刊物，美國人給我們錢啊甚麼的，他們講很多話很難聽，我知道這種講法不對，但在當時這個形勢下，我很難用理據來駁斥他們。所以我們每年做計劃作預算，但提出的資助費用很少，盡量用事實來作說明。在我的印象中，美方從來沒有不支援，或說我們的預算數目太大，沒有。當時我們真的很困苦，我們同人也很努力，後來自學去教書的有兩人，一個姓阮的，阮甚麼焯？中文系的。

**盧** 阮廷焯？

**何** 對，阮廷焯曾幫我們背了包上街發行，梁志強也在我們那裡幫助油印。

**盧** 是嗎？

**林** 對，是「友聯」的。

**何** 梁志強幫我們打字、油印，我們有固定的獎勵計劃，包括胡菊人在內。我們鼓勵他們唸書，盡量在時間上給他們方便，上課完了來上班、有補貼等種種方式。他們苦我們也苦。《周報》當初兩層樓，我在隔壁工人房裡，他們喊一聲下次印多少，都是臨時決定的。我們在新馬還辦過英文報紙，曇花一現，《英文虎報》。

**盧** 是嗎？

**林** 跟胡文虎的後人合辦。

**何** 那時楊際光〔貝娜苔〕就在那裡工作，楊際光的詩寫得好，但他也是一生坎坷，在美國去世。

**七、亞洲基金會的經濟支出會否為「友聯」帶來一些限制，會否出現過他們插手干預的情況？除了亞洲基金會，「友聯」還從哪些地方得到經濟支援？**

**何** 這個問題很簡單，絕對沒有。大概跟一個人有關係，這個人叫 Jimmy Ivy〔James Taylor Ivy〕，第一任的 Asia Foundation〔亞洲基金會〕負責人，很文質彬彬的一個人。我不曉得你們幾位有沒有聽過這樣的謠言，就是 Ivy 喜歡燕雲。我相信有這傳言。其實沒甚麼不正當、不可以的，尤其在兩方面都沒結婚，甚至一方面結婚了或兩方面都結婚了，這種事也不是甚麼不正當的事。我們「友聯」喜歡她的人當然很多，最喜歡她的就是

**趙聰**

本名崔樂生，又名崔惟息，字慶餘，另有筆名鍾華敏、王序、萃薇等。畢業於北京大學。一九五〇年代來港，曾任友聯研究所研究員，主編「友聯活葉文選」，對中共問題、古典文學、中國戲劇、文藝創作等均有心得。一九八六年在港逝世。著有《火苗》、《中共的文藝工作》、《五四文壇點滴》、《中國文學史綱》等。

徐東濱。

**盧** 是嗎？她現在……

**何** 在瑞士。

**盧** 有人去看過她，我託他去問，能不能給我們一張照片……

**何** 她不會，她絕對不會，她的性格很冷、很絕。你對她有興趣，我可以送你兩本書，你們圖書館有沒有《紅旗下的大學生活》[10]？這是燕歸來的第一本書，也是我們友聯出版社的第一本書。我不單有這書，我還有英文版，*The Umbrella Garden*〔*The Umbrella Garden: A Picture of Student Life in Red China*〕[11]，前面還有麥卡錫〔Richard M. McCarthy〕的序。你喜歡的話，我找來給你。

**林** 她還有詩集，叫《新苗》？

**何** 《新綠》[12]，如果找到，都送給你。有一本書我也想送給你，我本來捨不得的，叫《火苗》[13]，是**趙聰**在香港的第一本書，他本姓崔，用了「萃薇」的筆名，像女人的名字。

**盧** 「萃薇」是他的名字嗎？沒有人知道啊！

**何** 他本來叫崔甚麼。「友聯」有這樣的情況，我是比較特殊的，就是大家都把名字變來變去、換來換去，大家都有這個機會，我從來不 touch〔碰〕這個問題。

**盧** 他這書就用這名字？

**何** 嗯，這書寫得糟得不得了，但這書值得保留，有他的簽名，是他寫給我的。我曾經跟他住在一個房間。我們倆本來有約，要合寫現代文學史。因為我們談過，他知道我看了不少現代文學，因為我亂看書嘛，他說他來寫大綱，後來我搞其他事情去了。

**盧** 他後來也寫了一點。

**何** 對，他後來寫了一點，他也跟我說了，說有些東西是我跟他說過的，跟我打了招呼。他自己用了假名，他就問我們家譜啊甚麼，我說我排行第三，伯仲叔季甚麼，我也不太曉得，好像是叫「叔良」，所以他就寫送給我，送給「何叔良先生」，下面他不用「萃薇」，寫「作者謹上」。

**盧** 我拿了這本書，還得在書上做注解呢！

**何** 哈哈！我很多這些亂七八糟的東西。

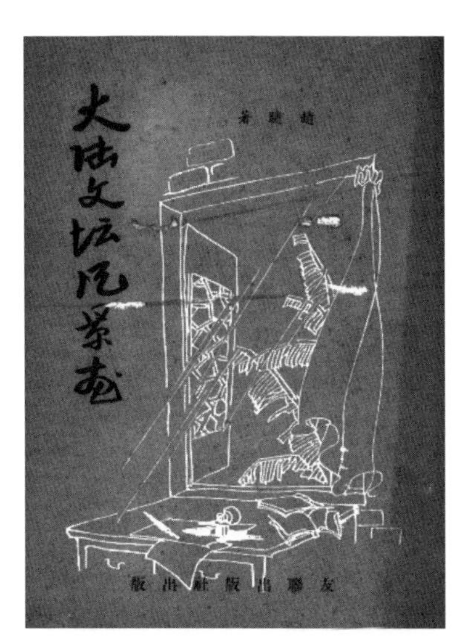


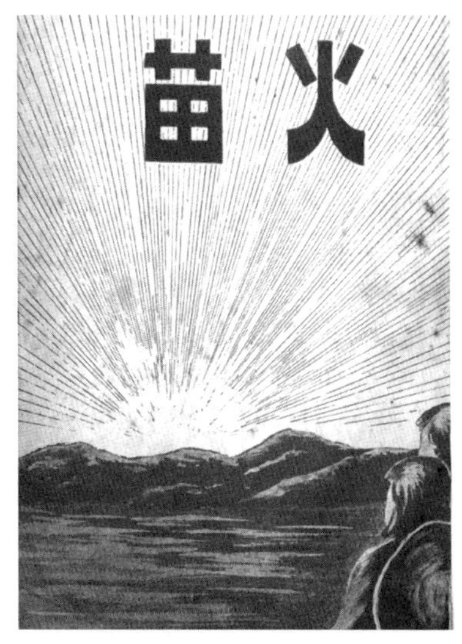


萃薇《火苗》（右）與趙聰《大陸文壇風景畫》（左）。

燕歸來 *The Umbrella Garden: A Picture of Student Life in Red China*（右）與《紅旗下的大學生活》（左）。

**林** 他保存書真是一絕！

**何** 這些書我從香港搬到新加坡，從新加坡搬回來……

**盧** 我不知道他竟用女性的名字寫……

**何** 他這名字用過好幾次，我知道他姓崔，叫崔甚麼他從來沒有說過。他後來回過大陸。

**盧** 他甚麼時候回去？他沒有去過？

**林** 他回去過的。

**何** 去過，他當縣長時殺了不少共產黨，所以他很怕，但是他後來還是蠻勇敢，還是回去，回去得到的待遇很好。

**盧** 他是一九五〇年代初才到香港來？

**何** 嗯。

**盧** 他就到香港來，非來不可了。那我等你的書了！

**何** 我的東西亂七八糟，盧教授喜歡，甚麼 *The Umbrella Garden*、六、七十年前的版本都留給你。我那些書都不能再多放了，一碰就碎。

**林** 因為是報紙紙。

**盧** 那必然是這樣了。

**何** 你們提的第七個問題很嚴重，我可以告訴你，早期除了亞洲基金會的經濟支援，其他的都沒有。剛才說的 Jimmy Ivy，他從來不干預，除了看我們的兩份報告，一份是預算跟計劃，另一份是去年的報告，要花多少，從來不干預，甚至批評也不批評。我們自律得很嚴格，所以這些地方，我們「友聯」都可以告慰於大家。

我們知道，第一是當時我們覺得自己做得蠻正，我們也不在乎；第二是我們都以事業為重，以為這些事愈解釋愈麻煩。我們那時候還是弱勢，兩面都反對，台灣也對我們不友好，不像亞洲出版社，台灣對他們好。我們也沒有群眾力量，我們實在太弱小了，經不起碰。後來這個問題的變化太大了，拿過國民黨錢。

**盧** 後來是指甚麼年代？

**何** 應該是《中華月報》後期[14]，大概一九六〇年代末、一九七〇年代初了。

**林** 也不能說是拿他們的錢，他們是買我們的 microfilm（微型膠卷），就是這樣。

**何** 我不認為拿過錢，那是支援，那時你也在？

◤左起（順時針方向）：胡菊人、何振亞、高偉覺、黎永昂太太、陳玉蓮（黎永振太太）、歐陽阡君（高偉覺太太）、王綸、俞南琛、陳思明太太、陳思明、黎永振。（一九九六年）（何振亞提供）

你不在？

**林** 我不在，我不直接。

**盧** 支援給您出版些甚麼？

**何** 沒有出版，他就是買了一套 microfilm，間接支援。

**林** 是 microfilm、友聯研究所的資料，他們拿錢買一套，那時候也需要幾萬美金。

**何** 相當大的數目。

**林** 七、八萬美金。

**何** 我很反感就是，我很反對，甚麼聽都不要聽。這個事情……

**盧** 這些都沒有文字記載？

**何** 沒有。

**盧** 譬如說「友聯」每年的年報之類？

**何** 不但沒年報，我們自己出版過的書、出版過的雜誌都不全，都靠私人收藏來補足。以前每出版一本書都留起三本，好好保存，現在不知道到哪裡去了，以後每次出版都不留了，這也不要緊，馬來西亞整個家當都賣掉，賣掉也不要緊，剩下來的《蕉風》給人家當廢紙賣掉了，都沒有了。

**盧** 都沒有了？

**何** 我自己反而存了一部分。

**林** 一部分給了鄭良樹教授，在南方書院，一部分送到華僑資料研究所。香港因為地方小，我們的書太多，那時候馬來西亞的倉庫大，一萬幾千呎的倉庫，我們便全部裝了箱，那些書種，出版了的書種都拿過去。

**何** 活字版，不像現在的橡皮版可以加印，現在沒了。

**林** 紙型也沒有了。我現在向他們要張list（清單），送出了不可以取回，但他們有的，請他們複印一份給我們。

**八、據陳特先生回憶，早期「友聯」是經營慘澹的，中期得亞洲基金會支持、後來又停止資助[15]。何先生可否說說《周報》的經濟來源的變化？亞洲基金會停止資助對「友聯」的影響有多大？**

**何** 第七個問題答覆了，第八個問題……不對，早期也沒慘淡經營過。

**林** 就是苦啦！何來慘淡經營？

**何** 根本沒成形，經營甚麼？就是幾個人住在一起，沒有工作麼找工作，完了就拿些報紙剪剪貼貼，做資料。那個時候友聯出版社是不成形的，沒甚麼經營不經營，友聯出版社真正的開始還是從《兒童樂園》開始。

**盧** 《中國學生周報》不是比較成形……

**何** 《兒童樂園》先於《周報》？

**林** 同期吧？

**何** 差不多（《中國學生周報》在一九五二年七月二十五日創刊，《兒童樂園》在一九五三年一月十六日創刊），我們開始接觸到Asia Foundation，才慢慢有點規模，才開始經營。開始經營也沒甚麼困難不困難，雖然拿人家錢經營，不過我們要很節省。一般拿人家錢做事，不以辦事為主，以拿錢為主。我們不是以拿錢為主，是以辦事為主。講到這裡，我反問你們一個問題，你們談話當中，一個非常重要的問題，你們從來不提，就是「友聯」怎麼和亞洲基金會接上頭的？

**盧** 就是了，我們就要問這個，只是不敢問啊！您能說，我們當然最高興。

**何** 很簡單，經過人介紹，甚麼人呢？是位教授，是我在中央大學讀書時的教授，中央大學的，也姓何。

**盧** 甚麼？

**林** 何教授，跟他同姓。

**何** 何義均教授，他剛在去年還是前年逝世，過了一百歲。他九十幾歲的時候，我看過他一次，在華盛頓。

**盧** 他是在香港，還是在……

**何** 當時在香港，他在香港很多年。我後來慢慢知道，陳思明在學校裡唸政治，何義均呢，是學校裡國民黨黨團的負責人，所以他們一直有聯繫。當年在學校他沒有鼓勵我參加國民黨團活動。在香港我從來沒有和「友聯」創辦人一起去見過何教授，他們談的，有些不方便我知道，這是第一點。第二點，我可以明確地告訴你們，我猜想是跟何義均有關係，沒有人告訴過我，我後來見到何義均也不好意思問，但是那些蛛絲馬跡，照我的判斷也十不離八九。他介紹 Asia Foundation 跟我們認識。我們當初談的時候，Asia Foundation 是一種民間的組織，我們是很後期才知道是 CIA（Central Intelligence Agency，美國中央情報局）的，至少我個人是很晚很晚才知道吧。

**林** CIA 給錢他們，不是 CIA 的附屬機構吧？

**何** 這有甚麼分別呢？

**林** 有分別，當然有分別。

**何** 我覺得沒分別。

**林** 應該有分別。

**何** 他給錢他，你不符合他們的工作，為甚麼把錢給你？這不就等於他的機構？CIA 跟國務院不一樣，國務院給錢不能那麼明確，CIA 給錢的話非常明確。

**盧** 這再說吧。

**何** 我覺得沒分別，我們曉得的時候是很後期了。

**盧** 後至甚麼時候？

**何** 後至跟他們的關係快結束的時候了。

**盧** 一九六〇年代末期了？

**司馬長風**

本名胡若谷，又名胡永祥、胡靈雨、胡越、胡欣平，另有筆名秋貞理、曾雍也、范澎濤、林吟、羅晴、高節、嚴靜文等。東北出生，畢業於國立西北大學，抗戰勝利後曾任國大代表。一九四〇年代後期來港，曾為民主中國青年大同盟成員。及後與友人合辦友聯社，曾參與多種刊物的出版工作，後在樹仁學院、香港浸會書院任教。一九八〇年於美國紐約病逝。著有《中國新文學史》、《鄉愁集》等。

**蔡文治**

國民黨陸軍中將，曾入讀日本士官學校，黃埔軍校第九期、陸軍大學畢業，歷任多個重要軍職。一九五〇年來港，在美國支持下組建自由中國運動，組織總部設於日本，並於塞班島設有訓練基地。其後國際情勢轉變，美國終止資助，自由中國運動於一九五三年宣告結束，蔡文治轉赴美國，任美國國防部顧問。一九八〇年代多次訪問大陸。一九九四年於美國逝世。

**何**　嗯，一九六〇年代末期。

**盧**　那怎麼接頭呢？

**何**　他介紹認識，認識以後，他們說可以資助辦一些甚麼東西，一談即合，我不能詳細說，我沒有參與。

**盧**　他介紹您去見他們，說有這件事情……

**何**　這我不能答覆你，因為我不在場，在場的人也從沒提過。我當初沒有問，後來知道是CIA的機構的時候，我就有疑問，但是我不能去調查呢，我就特別曉得那些蛛絲馬跡，發覺是何義均在旁。

**盧**　就是說，他們在香港介紹的時候，您不在場。

**何**　我不在場，以後也不在場。我跟何義均來往，完全是師生來往，跟「友聯」並無關係。

**盧**　他最初當這個中介人呢？

**何**　以我個人觀察他並不是單純中介人，他很可能是為美方在找合適的人選。噢！還有一個人要說一說，**司馬長風**。他不叫司馬長風，他的名字是「胡欣平」，另外也叫「胡永祥」。他創辦後很快就離開，所以我最初在「友聯」就沒有見到他，不是離開「友聯」，而是那個時候到**蔡文治**那裡去了，在關島，美國支持他們搞第三勢力，你們不知道？那是公開的，一批人在那裡，帶頭的就是蔡文治，是美國西點軍校畢業的，國民黨的中將，那時候在晚期的國民黨裡也很紅的，跟那個誰差不多，就是那被關起來的……

**林**　孫立人？

**何**　跟孫立人同樣背景的一名將領……

**盧**　叫甚麼名字？

**何**　蔡文治。在關島搞，還訓練傘兵甚麼，那個東西花了好多錢，一無所成。這個我們將來再談，當年他們跟香港的活動有關係。這些是很複雜的，一想這些就頭暈，我這樣跟你們談談也好，等於把我一生當中發生的東西都吐了一下，吐光以後，人走了也更安樂。怎麼會 Asia Foundation 找到我們，我們找到 Asia Foundation？就這樣在馬路碰到？沒可能。這是我的假定，但是我很有根據地假定，這裡我特別聲明，我假設，在未來要是我還有某些確切的證據再跟你們說。在沒有確切證據以前，我相信這跟事實差不多。這個事情只有陳濯生最清楚，除了濯生沒有人知道。

**盧** 濯生先生年紀很大了吧？

**何** 比我大。

**林** 八十六了。

**何** 現在何義均先生死了，如果當年見到他只要問一句話當初是不是何先生介紹我們的？就這麼一句話，他一定會答覆我 yes or no〔是或否〕，yes〔是〕的話就是我猜對了。他就是這麼一個人，我後來很後悔沒問他。他九十多的時候，我去華盛頓，特別去看他的。當時我下了飛機以後，我就想問，我那時候就在飛機場旁邊的旅館住一晚，他來接我去吃飯，到他家裡坐，我就想問他。他患過三次 cancer〔癌症〕，也死於 cancer。

**林** 一百多歲也應該……

**何** 那我八十多歲也差不多了，哈！

**林** 準備準備，哈！

**何** 我老早就準備，包括今天講話也是準備。後來 Asia Foundation 怎麼會停止呢？我想還是

何振亞（中間戴眼鏡者）左邊是司馬長風與當時的太太赫鳳如，右邊是蘇明璇。（何振亞提供）

他們的關係。他們好像沒錢來了，他們的錢不是看似永遠不斷的，我的回憶他們好像是無疾而終。

**盧** 沒有理由？

**何** 沒有理由，數字是愈來愈減少，甚至我們的預算，慢慢減一點，愈來愈少，我們另外想辦法。他們的錢，用在真正的援助或資助上的，還少於他們自己花的，他們的排場多大？他們在半山的辦公室，在半山住，這多少錢？你想。

**盧** 跟美國對亞洲的政策有關係……

**何** 當然有關係，與大局也有關係，意識形態靠我們文化工作的方式已經落伍了，這也有關係。但我們「友聯」自己不能生存下去跟他們沒有關係，不能怪他們，是我們自己為甚麼不能生存下去。你本來就要面對現實，不能老靠人家的，對不對？這就是下面說的文化派、企業派，即使要搞文化，也不能永遠不相信現實問題，永遠不面對現實。

**盧** 您剛才說本身面對香港社會的變化……

**何** 我認為香港社會的變化還是其次，主要還是整個中國的變化。我們當時的目的不是為香港人而搞，我們總的目的，在意識形態上我們是反共。實際工作上，我們做文化工作，你說宣揚也好，改變也好，但最終我們走不出這條路，就衰落了。

**盧** 就以《周報》為例吧，在一九七三、一九七四年停刊，那剛是文化大革命高潮的時候，不是更應該以香港為基地來保存中國文化嗎？但你們就停下來了……

**林** 那時候的變化，很多其他各階層各團體做這類工作，他們的資源比我們更多，學校也辦活動。

**何** 陳任不是拿去辦了嗎？

**林** 不是啦，那時候，根本不能自給自足。

**盧** 經濟問題是最重要的問題？

**林** 最重要的問題。

**何** 你講的是生存的環境，在你想像中應該是這樣的，但是真正的大環境不能容忍這麼一個東西生存下去。現在那麼多人看報，你再辦一份《周報》，不行吧？那時候更不用說了，更差勁了，反而《壹週刊》、《東週刊》

可以維持，但是《周報》不能維持。有時候也不是主觀意願可以決定，後面還會談到這問題。

**九、據羅卡先生回憶，《中國學生周報》後來經濟上出現困難，部分原因是由於「友聯」不能做到企業化，例如只賣小段廣告；「友聯」內部又分有文化派和企業派，雙方意見不一，結果無法搞好業務[16]。何先生可否談談「友聯」在企業化過程中遇到的困難？**

**何** 羅卡講的，這個要從大方面講、小方面講。羅卡講的文化派、企業派，我覺得還是小問題，大的問題還是我們自己團體的路線沒有確定。我常常說一點，不管一個團體如何，都有階段性，從一個階段看不到另外一個階段，就要消失。中國也一樣，毛澤東革命成功，創立了中華人民共和國，後來他一步也看不出去，搞了國中國，搞了「文革」。後來鄧小平起來了，倒了四人幫，然後經濟改革，但經濟起來了，他又看不到政治，政治這一步看不出去，還是有問題。所以他們現在說鄧小平有局限性，也可能是鄧小平時不予我，他年紀大了，要等到經濟跨到某個程度再看政治，他可能這麼想。我也沒去研究這個問題，只能說表面上這樣判斷。所以說也有局限性，現在就看胡錦濤，大家都指望他能看到這點。上次開「四中全會」，他們認為他政治上可能會有點作為，結果失望，現在他們認為他在政治上會看出去。我們等著瞧，如果要這一步看不出去的話，那麼前路還是相當困難。我們「友聯」就是這樣，這一步從來沒有跨過，管甚麼文化派、企業派都沒用了，這一步沒跨出去，我們慢慢再談。這裡面有很多因素，但主要還是人的問題。要是沒有鄧小平，現在中國會是甚麼樣子？如果說自我安慰一下的話，至少在我們大家的生命裡做過這樣的一件事情，做得好、做得壞、有甚麼影響，這是由別人評定，但至少我們自己做的時候是經歷了、做了，認為值得、認為是好的才去做。

**盧** 現在已經有很多評價。

**何** 我現在和老朋友講，不能說完全心安理得嗎？至少我們幹過那麼一段了。你要我講個人的感受，有很多很多細節，我當時本來有唸博士的機會，我可以毅然放棄。我自己相信，我有機會唸博士，我一定能夠唸成功，但我還是從美國回來。

**盧** 以後您要寫回憶錄……

**何** 為甚麼寫回憶錄？我這樣想，我常常講這笑話，死的時候我一定能閉眼睛，我覺得這個世界上我認識的人都對我不錯。我當時要唸下去的話，在「哈佛」開 seminar（研討會）就有好幾個機會給我，基辛格（Henry Alfred Kissinger）答應給我獎學金，那時他在教書。我就沒肯，那時候是一九五七年，後來他給我一萬美金，給我一個月，周遊美國各大學。我不想唸，我要回去，但既然來也來了，就去看一次吧！那時候去美國很不容易，我還跟美國人吵架。因為我去簽證的時候，美國人說我有哥哥在美國，不想回來了，胡說八道！後來麥卡錫出來打圓場，那時候是個女領事，我不知道她的名字，反正我很生氣就是。那個時候拿 visa（簽證）很麻煩。這個 seminar，好像香港去過三個人，連東濱四個人。

**盧** 徐先生去過嗎？

**何** 去過，許冠三也去過，許冠三後來不知道拿了甚麼機構的資金，辦了個社會甚麼雜誌。還有一個人也去過，叫張有興，一個社會名流。張有興，英文名 Hilton Cheong-Leen。

**林** 就是那電影廠……

**何** 不是電影廠，跟電影廠沒關係。

**林** 張有興沒有嗎？他拿了錢買電影廠租給人家。

**何** 他不太會講中文的，只會英文。你講中文名字不曉得，講英文名字，一講人家就知道，因為他這個英文名字太怪了，前面叫 Hilton，後面叫 Cheong-Leen，Cheong-Leen 是姓，中間有「-」，你一講英文名字，人家就知道是甚麼人了。這個基辛格是厲害，他這個 seminar，參加的人後來做首相的不知道有多少，跟東濱一起的有個日本人做首相的，叫中……

攝於一九五九年東京。左起：何振亞、陳奇祿、不詳、曹俊（青年黨高層）、彭明敏。（何振亞提供）

**盧** 中曾根康弘？

**何** 嗯，跟他一起。伊拉克與阿拉伯停戰，兩方面的代表都參加過這個 seminar，首席代表都算是基辛格的學生，這個人是厲害。我同期的，有人後來當了土耳其總理。還有同期的陳奇祿，後來做了台灣大學文學院院長。

**林** 陳奇祿，「台大」（國立台灣大學）的，研究考古方面的。

**何** 後來我不是到德國去了嗎？哈佛大學要開類似校友會的活動，讓參加過 seminar 的人去。還寫信給我，問我參加不參加，我正要回來，就說我參加我參加。後來送飛機票去日本，因為我是香港來的，就送回香港，不送去德國了，結果我到日本又參加過一次。那一次就碰到了，搞台獨的老祖宗，彭明敏。

**林** 彭明敏也參加那 seminar 嗎？

**何** 應該是，我講參加第二次 seminar 的時候，彭明敏也在那裡。我還有幾張照片找出來了，彭明敏、陳奇祿、我，還有曹俊，他是立法委員，這個人死了。我記得跟陳奇祿一起的時候，每個國家都要發表公開演講。我講沒問題，可以看稿子，但是後面有問答時間，他們要提問。不要嚇死我啊！我不肯啊！我就叫陳奇祿去講，因為第一他是美國留學生，第二他代表台灣，比較正宗的，我是殖民地來的。結果基辛格說不要緊，就是要我講，還指定了題目。我沒辦法只好起稿，後來我還叫胡適之幫我修改，余英時剛好在那裡唸博士，時間長了就常去他家吃飯。其實我一生的遭遇，我覺得都蠻好，碰到的人都對我很好，該碰到的都碰到了。

**林** 不該碰到的也……

**何** 也碰到了。羅卡講的，我已大致說了，以後慢慢再談，這問題牽涉很多。

**林** 你的藏書很多。

**何** 胡適之送我一幅字……

**林** 你說送給我啊！哈！

**何** 送你，拿去吧！他送給我的書啊、字啊，都是他主動給我。

羅卡講的一段，以後再談，也不是甚麼文化派、企業派的問題，其實文化派也有很多區別，太抽象、空洞的文化，我們實在是沒有這種力量去搞。主要是整個氣氛，沒有一個人可以帶領大家走出一個正確的方向。大家都困死了，走不出去，為甚麼走不出去呢？這個問題牽涉到很多人的問題，人事問題，以後我們再細談。

**十、「友聯」創立以來遇到最大的困難是甚麼？一九六〇、一九七〇年代香港社會的緊張氣氛可曾對「友聯」構成壓力？香港社會環境數十年來不斷變遷，本土化的訴求愈見強烈，「友聯」如何面對這些轉變？**

**何** 「友聯」到今天不能說完全煙消雲散，但也差不多煙消雲散了，我們沒有甚麼可以埋怨的，老天對「友聯」不薄，我們不應該埋怨。我們沒受到任何壓力，最主要還是一句話，走不出困局。特別是馬來西亞已經完全企業化了，他們可以說已經有一點成就了，甚至可以就地發揮。但是這個時候老一代的人不放，產生了非常普遍的老人心態，就是大家保本。這種老人的自私的心態出來了，結果沒保住「友聯」。香港經濟力量不夠，但至少還作了掙扎，類似悅恆現在做的這些非常不討人喜歡、非常困難的事情，對自己也沒甚麼好處。像《蕉風》，明明很好的東西，他們都扔掉、送人。我們拚命收集了幾十年的東西，收集很不容易，他們明明就在眼前，還把它掉到垃圾桶去。從這些事情就可以看出來。馬來西亞的那些朋友百分之八九十都往美國跑，悅恆到美國去，他還有特別的背景，上一代在那裡。今天到這個地步也是個自然現象，像這樣子的情況，過去很多社團都是走這樣的老路，人就是這樣，重而複之，永遠受不了教訓。

本土化，不存在這個問題，譬如羅卡是本地化的，他自己要往外發展。悅恆是個老好人，你們走了，剩下的垃圾，他一點一點地掃乾淨，你叫他再重新發展？錢也都沒了。因為當初的制度沒有設立好。

**十一、今天回顧，何先生認為「友聯」創立時候的宗旨和理念，是否能成功實踐？「友聯」對香港文化和文學的貢獻主要在甚麼地方？**

**何** 我在「友聯」離開又回來，回來又離開，到新加坡去主要是為了自己的事業，去開廠。不過新加坡的「友聯」書店要買房子，還是我做決定，我經手幫他們辦。

「友聯」對香港文化和文學的貢獻，有一個人不知道你們知道不知道，叫劉子健，是在美國研究宋史的。很早期我就碰到他，他是學歷史的。哦，等一下，剛才說成功不成功的地方，我們曾培養過很多外國人才，比如我們友聯研究所出了很多中國通，出版了很多研究中國的論文油印本。這些書將來都會到你們那裡去，我要先拿出來，要等他（林悅恆）來，他處理好再給你們。他老是不動，我老是說他，我要等不及了。當時我們友聯研究所還有記者群，比如有一個叫 Martin Welber，還有在哥倫比亞大學做口述歷史那個甚麼……都在我們友聯研究所呆過，後來成了名記者，梁志強就是管這事情的。

**林** 地理系的。

**何** 他在友聯研究所工作了好幾年。

**林** 他真用功。

**何** 真用功。

**林** 他一邊做事，一邊讀夜校。

**盧** 他在「研究所」工作？

**林** 打字。

**何** 不完全是打字，還有油印啊甚麼的，凡是關於「研究所」的事，他都接觸。在外國記者當中還有很多，很多名字我都背不來。

**盧** 一九五〇年代很多美國人都……

**林** 利用這些資料。

**何** 所以說，我們是做過一些事情的。

## 十二、何先生是甚麼時候離開「友聯」的？可否談談離開的原因？

**何** 最後的問題，我為甚麼離開「友聯」，這個原因我好像跟你〔林悅恆〕提過，又好像沒跟你提過。今天這個場合，這件事在我心裡，我很少講。我在四十歲時，很早的時候，不算中年，就有這個思想，反共不能反華。你問我為甚麼離開，這是最重要的原因。你們沒有注意，但悅恆等都注意到我，我不動筆的，尤其是我有這個念頭以後，我不能動筆了。我後來從商，為甚麼從商？為了生活，從商最好了。最厲害的一次，我記得在會上吵過一次，有人竟然想寫炸新疆的中國原子彈基地，我覺得這是瘋狂。他們從人類的大題目來論說，我覺得不能接受。我兩次看我的老師何義均，我也提到這問題。劉子健從紐約回來，我也跟他談了兩次，我說我受這事情困擾。我第一次回大陸是這邊搞統戰的人幫我安排的，我的一個同事叫余一平，一個老人，以前在「友聯」工作的，他還有另一個名字「余振冬」。

**林** 他是發行公司經理？

**何** 是，他做過湖北民政廳廳長。我那時候從新加坡回來，我跟他說，我很想回去。他說，是啊，你應該回去一次，但是你不能貿然回去，你家裡現在都是低著頭做人，但是你回去不能低著頭回去，你要抬著頭回去。我問他，你怎麼曉得？他說，我有些消息比你多。

**盧** 是甚麼時候？

**何** 一九七九至一九八〇年，那時剛開放。他們都曉得我，他們請我在廣州吃飯，完了就派一個人送我去南京。

**盧** 今天聽了您的話，我們先寫了重點初稿，再送給您，請您在上面再發揮……

**何** 我不要看了，你們提問的方式很好，真是很好，這些題目都問得很不錯。

## 十三、何先生與「友聯」結緣數十年，有哪些人、哪些事是特別難忘的？

**盧** 我們問的問題，可能很幼稚，但這些問題還是要解決的。

**何** 這問題不幼稚，一點不幼稚，只是一些問題不好意思問，怕尖銳，但是我跟你們說，我要麼不接受訪問，開始就拒絕，我不拒絕，你就不用不好意思問。

**盧** 你們怎麼開始跟 Asia Foundation 接觸，其實是我們一直想問的，這是很重要的關鍵。

**何** 這裡還有一個關係，後期還加上美國新聞處的關係。現在很可惜，譬如假使宋淇還在，很多問題，你們不好意思問，我可以找宋淇一次，譬如我講，有些事情我想記下來，我也不會怎麼講。我們那時跟美國新聞處的聯繫對口主要是宋淇。但是目前談到那時期的美國新聞處幾乎沒有人提到過一個名叫李登雲的人，這人雖不重要，但在美國新聞處華人中他還算是宋淇的上司呢！

**盧** 戴天也不太說這些。

**林** 可能他也不知道。

**何** 啊，戴天肯定不知道。羅卡講的也不太對，陳特更是不用說了。

**林** 那是他們在那階段自己的一些想法吧，實際運作過程中沒有參與，好像說陳特後來只在《大學生活》那邊，整個管理……他（何振亞）是關鍵人物，因為整個「友聯」，從印刷廠……

**何** 貫穿整個印刷，你做印刷的就做印刷，不能全部人講革命啊講文化啊甚麼嘛！

**林** 我們印刷廠，第一台——半台印刷機是他買的。

**盧** 怎麼半台？

**何** 那個時候沒錢，私人合買一台，那個人是國大代表，雲南省的，叫甚麼名字？後來給香港政府趕出去的，大概他搞政治活動。他買了半台印刷機，我們也買了半台。那時候印刷機不是隨便可以買的，有管制的。

**林** 那時候要到警察局申請牌照的。

**何** 放在別人的廠裡，叫精華印刷廠，我記得。後來這個雲南人走了，我們就把那半台也買下。那整台機器都是我們的了，我們可以自己印刷，就把機器搬到自己設立的印刷廠去，但是印刷機不能隨便搬的。

**盧** 管制這麼嚴格？

**林** 因為可以印銀紙嘛！

**何** 後來我們就自己開了印刷廠，就這麼一步一步開始。我關照時間多了，《周報》有一個編輯兼校對，這個人太認真也太麻煩。我們那時是活版印的，所以改字的時候，機器上要拿一個字出來再換。那人要改句子，工人當然不讓他改，後來就打起來了。他們就找我了，打電話找我，我就趕回去解決這些問題。

**盧** 連這些問題也要您親自解決？

**何** 因為剛開始一切都沒有甚麼經驗。

**林** 「友聯」很多事情是他負責的。

**何** 我還出了很多證明，證明這個男人以前在大陸沒有太太。金思凱你們有沒有聽說過？他娶的太太也是「友聯」的，他自己也在「友聯」，他們兩個人談戀愛，但是父母不喜歡。父母是上海人，他們讓他出個證明，我後來就直接寫了證明，然後簽字。老姚，姚拓和他的女朋友……他丈母娘是很古老的，對外省人有很大成見，說結婚怎麼找個「外省佬」。他去她家，她用掃帚把他趕出來，不讓他去。我說，不要怕，我去。哈哈！也是我幫他搞定的。

**林** 他願意幫人。

**盧** 你們剛才說的原則是反共不反華，反共是甚麼呢？是紙面上的嗎？

**何**：意識形態上的問題，思想上的。

**林**：主張自由，當然就是反共了，間接反了。

**何**：這個問題在一九四九、一九五〇年內戰的期間不會出現，反共反華都是一樣的。哦，不，就是只有反共，沒有反華的問題。到了中國特別強大，我們在外呢，到現在反華反共不分。國民黨，在那邊的國民黨，現在跟民進黨憋得沒辦法，就發生反共反華的問題了，但是他〔林悅恆〕反共不反華。我出去三、四十年就出現了這個問題，你要講我一生當中如果有甚麼坎坷的話，就是思想上的坎坷，這個坎坷唯一的解脫就是：我只看不寫。到現在我筆都鏽了，不能寫了。像我這個年齡，很多事情說出來就算了。像我今天談的話，他聽了都津津有味的，我平時都不太講的。我話比較多，但是該講的講，不該講的我不講。

再講一些題外話，你講我們「友聯」有甚麼難忘的事情，我可以說，第一，我們「友聯」那麼多年沒有醜聞，這很難得的。小的不算，大的一件也沒有。第二，我們在很艱苦的生活中掙扎，我們很痛苦，我們都沒有甚麼錢，我也是自己從商以後才好一點的。我那時候到德國留學，錢都是我叔叔給的，他在美國當醫生。他也是用一種鼓勵的方法，他捐了一筆錢給……他有幾個同學在 Saint John 當牧師，他把這錢捐給那裡的牧師，捐的時候就說好，裡面有一部分錢要給我的侄子作為獎學金，所以我到德國一年多就沒錢了，我也不願意打工，就回來了。我去德國的原因很簡單，大家都往美國跑，我就去德國，為甚麼呢？我那時候很注意東德西德的問題，其實我最喜歡的是法文，但是為了東德西德的問題，我就跑到德國去學德文了。

再回到文化問題，「友聯」在談文化時往往犯了兩個錯，一個是好作高深而走向抽象而空洞，似哲學而非哲學的方向在在顯得無力而蒼白；第二，很容易地似故意而又似無意地與政治相混，顯得有點莫明的熱衷。

# 注釋

1 陳維瑲（陳濯生、陳思明）：〈風雨同舟五十年——簡介友聯社的創始與發展〉。（文章由林悅恆提供，缺出版資料。）

2 何振亞收到訪問大綱後，二〇〇四年十一月五日電話回覆，他一九二五年在上海出生，安徽人，一九四九年到港生活。

3 「三本小冊子」分別為：（一）*Catalogue of Publications*（友聯出版目錄，英文為主，部分書名附中文，重印國內書藉目錄為中文，一九七一年三月出版）；（二）《友聯出版社》（「友聯」旗下各機構及出版物簡介，中英對照，一九五五年十一月出版）；（三）*The Union Cultural Organization: Its Objectives and Works in Hong Kong & Malaysia*（香港及馬來西亞「友聯」旗下各機構及出版物簡介，英文，一九六三年九月出版）。

4 根據《中國學生周報》出版資料欄，余德寬乃該報第一至第一二四期（一九五二年七月二十五日至一九五四年十二月三日）督印人。《中國學生周報》的督印人、社長和總編輯，有時由同一人擔任，有時並不，從版面資料無法查證。

5 根據《中國學生周報》出版資料欄，余英時從未擔任督印人或社長。該報第一至第一二四期（一九五二年七月二十五日至一九五四年十二月三日）督印人是余德寬，緊接其後的是奚會暲（第一二五至一六一期，一九五四年十二月十日至一九五五年八月十九日），第三任社長是古梅（第一六二至一九〇期，一九五五年八月二十六日至一九五六年三月九日）。

6 新亞書院一九五〇年至一九五六年校舍位於香港九龍深水埗桂林街六十一、六十三、六十五號三至四樓（共六個單位）。

7 根據《中國學生周報》出版資料欄，第一二至一四八期（一九五二年十月十日至一九五五年五月二十日）社址為九龍漆咸道新圍街七號二樓；而九龍新圍街九號地下則為第二五至七三期（一九五三年一月九日至一九五三年十二月十一日）友聯書報發行所、第七四至一〇五期（一九五三年十二月十八日至一九五四年七月二十三日）及第二二〇至三二二期（一九五六年十月五日至一九五八年九月十九日）友聯書報發行公司所在。

8　牟宗三：《認識心之批判》，香港：友聯出版社，一九五六年。

9　林悅恒在二〇〇二年四月九日訪問中則表示《兒童樂園》及《祖國》均沒有得亞洲基金會資助。

10　燕歸來：《紅旗下的大學生活》，香港：友聯出版社，一九五二年。

11　Maria Yen: *The Umbrella Garden: A Picture of Student Life in Red China*, Hong Kong: Union Press, 1957.

12　燕歸來：《新綠》，香港：友聯出版社，一九五四年。

13　萃薇：《火苗》，香港：新世紀出版社，一九五三年。

14　《中華月報》前身為《祖國》周刊及《祖國》月刊。詳參附錄：本冊相關報刊資料。

15　參黃子程訪問：〈《周報》社長——陳特漫談周報歷史〉，《博益月刊》，一九八八年十月十五日，第一四期，頁一二五—一三二。

16　參黃子程訪問：〈我和《中國學生周報》——總編輯劉耀權的回顧〉，《博益月刊》，一九八八年十月十五日，第一四期，頁一一一—一一七。

# 奚會暲

（一九二九——　）

原籍安徽，瀋陽出生，一九四九年來港並入讀新亞書院經濟系，在學期間得錢穆推薦參加「友聯」的活動及參與工作。一九五三年畢業後轉為全職工作，翌年擔任《中國學生周報》督印人。一九五六至一九五九年間到新馬發展「友聯」，任新馬《學生周報》社長。一九六〇年赴美深造，一九六三年獲工商管理碩士學位後返港。自美回港後，正式代表「友聯」與亞洲基金會聯絡。歷任友聯出版社社長、友聯研究所秘書長。一九六七年因家庭變故移居美國，轉而經營玩具及禮品生意，目前在美國三藩市定居。

日期｜
二〇〇九年九月三日

地點｜
香港九龍香格里拉酒店

訪問者｜
盧瑋鑾、熊志琴

列席者｜
張浚華

**奚**—奚會暲　**盧**—盧瑋鑾　**熊**—熊志琴　**張**—張浚華

**奚**　你如果看過校友會那篇文章〔〈我與文藝、商業、政界人物結緣〉〕就該知道了[1]，我這人「既無大志，也不可能立大業」，雖然多年來見聞與經歷不算少，但我認為自己的一生算是平凡的。

**張**　你在《中國學生周報》好像演過戲？

**奚**　一九五三年在《周報》〔《中國學生周報》〕名下組織話劇團，當初的目的是想推動香港的國語劇運，參加的有葛蘭、郭嘉等電影界的年輕演員，《大馬戲團》是由俄國名劇翻譯過來的，當時還請了耶魯大學戲劇系畢業的**姚克**來當導演，我個人參加演出是在湊數。

**熊**　或者我們請奚先生「從頭說起」？奚先生哪年出生、是哪裡人？

**奚**　我用國語說吧！我一九二九年十二月十八日在瀋陽出生，安徽省當塗人。先父在哥倫比亞大學獲得博士學位後回國加入上海銀行，他負責到很多城市去建立現代銀行，取代錢莊，所以我們兄弟姐妹都在不同地方生的。我才幾個月大，先父就被調回上海總行，所以我從幼稚園到高中都是在上海唸的。因為父母去世很早，我就由出嫁了的三姐撫養，姐夫一九四七年調職到北平，所以我也跟了去。一九四八年我們去台灣探訪我二姐、二姐夫與我弟弟。當時時局突變，我們就此回不去了。那個時候，我應該進大學了，本來想進「台大」〔國立台灣大學〕，但離開大陸時沒有任何準備或安排，沒有任何證件，「台大」不收，而事實我也從不喜歡日本味很重的台灣，正好那時新亞書院（奚按：當時稱為亞洲文商專科夜校）在台灣招生，去報名後居然獲錄取，結果一九四九年進了「新亞」〔新亞書院〕，一九五三年在經濟系畢業。

那段時期我寄人籬下，沒好好上學，也不知天高地厚。那天從台灣坐飛機到了香港，晚上就興致勃勃跑去炮台街報到，那層樓前面是學生宿舍，擺了好幾張「碌架床」，後面一小間是錢校長錢穆住的。我去了，錢先生很高興，因為又有一個新學生到了。他看我姓奚，就問我奚侗——著名的莊子學者——與我有沒有關係，我說他是我親伯父。我很

中華民國四十四年七月廿二日　中國學生周報　（星期五）　第一版

# 中國學生周報

The Chinese Student Weekly

每期出紙三張　第一五七期　售價港幣壹毫

督印人　奚會暲
承印者　友聯印刷廠
總經銷　友聯書報發行公司

**請讀者注意：**本報這一期增出三週年紀念特刊一張，隨報附送，不另收費。

## 本報慶祝三週年紀念

音樂會節目精彩豐富
招待會招待各界友好
化裝舞會在廿四日晚
卅一日舉行聯歡大會

關於「生活與思想」　·編者·

自由學生之聲

青年嚮導

## 少說多做　向前邁進

### 不炫耀　不自滿

·奚會暲·

去年十二月間，當徐東兄決定去星馬，開拓本報在南洋方面的業務的時候，我心中的欣喜之情是難以形容的，因爲中國學生周報的發展又踏入了一個新的階段；然而，在知道他這份責任將要加到我的身上以後，我心情上的沉重卻又是從未有過的。我並不是被繁忙的工作嚇住了，也不是怕遭遇困難和挫折；而是在耽心，這個担子我是否挑得起來？對這些工作是否能勝任愉快？

講到這裏，大家總該記得，中國學生周報在創辦的時候，並沒有堅固的基礎，也沒有充足的經濟條件，它曾遭遇過各種的困難，受到了各方面的攻擊；但是它終於發芽了，生長了，並且，今天大家正在慶祝它三歲的生日。這是什麼原因呢？事實很清楚地告訴我們：中國學生周報之有今天，這並不是某一兩個人有什麼驚人的智慧或能力，也不是環境給了我們獨特優厚的機會；而是中國學生周報所有工作人員共同的信心，一致的努力，再加上廣大讀者的愛護與關懷，以及社會一般人士的同情與鼓勵，才使學生報在風雨中站立了起來。所以說，現在我才知道，我以前的顧慮和担憂都是多餘的。我一個人對本報并不能起多大作用；起作用的，是你，是他，是所有的作者和讀者。

我們也深深知道，在這裏工作的朋友，沒有什麼工作經驗，都是些剛踏出校門或者還正在唸書的同學。很多人見了我們會說：「喝！都是些小孩子啊！」是的，一點不錯，我們沒有豐富的人生經驗，學識基礎也淺得很。但我們卻有一顆共同的心——爲爭自由教育、自由文化播種的心。所以，不論我們的力量是多麼地有限，我們仍然將它全部貢獻出來；儘管環境是多麼地惡劣，我們還是要奮鬥下去；我們寧肯受盡冷諷熱嘲，受盡打擊，也不願有一絲一毫退避畏縮的心理。

對於同學們來說，我們覺得并沒有盡到我們應盡的責任。然而，我們卻要謝謝同學們這三年來對我們的關懷。每天當我們收到各地同學來信談起有關本報各種批評意見的時候，我們總是反覆地看了又看，作爲我們寶貴的參考資料。我們也敢說一句，我們從未將同學當作外人。可能也是因爲這個緣故，凡認識我們的同學，一向也就拿我們當作他們的哥哥姊姊來看待，把周報視作自己的報紙，將報社當作他們自己的家庭，大家禍福相關，休戚與共。

至於這三年來本報所舉辦的課外活動，項目並不算少，一般都是由無而有，由小而大；但我們深以爲歉的是，因限於報社的地方不敷應用，設備不够齊全，人力不足分配，很多節目只能限於通訊員同學來參加——而就算這些，做得也並不好。我們迫切地盼望着在不久的將來，所有的同學都能歡聚一堂，變成了一家人。從現在部份同學的熱心、諒解與合作上看來，這個希望的實現當不會是很遙遠的事。

我們更深深感到，假如一個服膺民主、爲自由文化而努力的團體，儘管它出版出來的東西，講得天花亂墜，而其團體本身卻與它的理想背道而馳，那麼這個文化團體終久會自行瓦解的。所以，我們時常警惕我們自己，我們是不是也染上了官僚作風？關於這點我們可告訴各位同學，中國學生周報並不像一個機關，更不像一個官廳。我們工作的朋友，只有職務上的分工，而沒有階級上的劃界；我們都把學生報當作我們的事業，而不把它當作職業來對待。所以初初看到我們的人，可能認爲我們工作態度不够嚴格，沒有規律，甚至於把我們的工作制度當作是「不倫不類」。不過，我們只要認爲我們作的符合了民主的原則，在工作效率上不紛亂而有所增進的話，我們就必須要擺脫舊的窠臼，我們要在這個團體內嗅到和諧的氣息，使每個人都能够儘量地發展自己的興趣與才能，培養自發的精神。學生周報同人之間相處如此，與同學之間的合作也是一樣。我們不需要人家來褒獎，讚賞我們的只是自己！

三年，對一個事業來說，只是一個起步，尤其是百年大計的文化事業。我們以後要走的路還長得很，並且，可以預料到這條路是崎嶇不平、障礙重重的。所以，過去的三年並不是讓我們來炫耀、自滿，而是讓我們從這段時期來發掘缺點，吸取經驗，做我們開始新路程的準備。就算以前有了點小的成就，這成就也是屬於大家的。我們絕不會忘記當初創辦這份報紙時所嘗到的辛酸，我們更記得大家的溫暖與鼓勵。今後，舉凡任何可以爭取來播種自由文化的機會，我們絕不放棄！對惡意陷害我們的敵人，我們也絕不懼怕，我們正準備挺起胸膛來抵擋它！

總之，中國學生周報的前途仍有無限的艱辛，其責任也是重大的。但這責任是由大家來負，担子要由大家來挑。三年的經驗告訴我們：唯有獲得更多人的同情與了解，我們的信心，才更堅強；唯有虛心學習，少說多做，才能產生真正的力量來向前邁進！

## 乒乓球籃球慶祝賽

澳門通訊組球隊日前來港
與港九通訊組比一比高低

◤《中國學生周報三周年》，奚會暲以督印人身份發表〈不炫耀　不自滿　少說多做　向前邁進〉。（一九五五年《中國學生周報》第一五七期）

## 姚克

原名姚志伊，學名姚莘農。一九三〇年代已從事文學翻譯及戲劇工作，抗戰時期參與發起中國劇作家協會，後赴美國耶魯大學戲劇學院深造。一九四〇年代初回國，於聖約翰大學、復旦大學任教。一九四八年赴港，於聯合書院任教。一九六八年赴美，於夏威夷大學任教。一九四八年根據劇本《清宮怨》改編的電影《清宮秘史》於「文革」期間受猛烈批判，至一九八一年《魯迅全集》出版始得平反。

《中國學生周報》三周年茶會，導演姚克（左二）與影星秦羽（左三）到賀，由古梅和奚會暲接待。（奚會暲提供）

中國學生劇團上演《大馬戲團》，主角葛蘭與奚會暲。（一九五三年）（奚會暲提供）

荒謬地問：錢先生你來香港之前做甚麼的？後來有一天在課上錢先生說現代青年還得了，中國有些甚麼學者都不知道！他講我啦，呵呵！

那時在「新亞」，除了少數同學家境較好外，大部分同學都過著苦日子。我在上海時有兩年在隔壁的一間廣東小學就讀，因此學會了廣東話，所以我一九五〇年暑假可以去鑽石山替幾個廣東孩子補習，賺上伙食費，有些同學很奇怪我怎麼會用廣東話去教書，當時很少人可以一下子就講廣東話的。後來學校公佈，凡在全校成績第一的，不用交下學期的學費。我為了爭取這份獎學金，就拚了「小命」唸。我記得有兩年沒交學費，對我這個基本上不愛唸書的人來說，真的不容易呢。

我記得一九五〇年開學後來了一些名門子弟，包括白崇禧的兒子、程思遠的女兒程月如、江西省主席的女兒胡美琦、熊式輝的小姨子顧正筠、顧祝同的侄子、四川劉湘將軍的女兒劉蔚文等等。

**張** 白崇禧的兒子白先勇？

**奚** 不是白先勇，是他哥哥白先德。當時我就最喜歡跟他們吵架，說：你們拿了民脂民膏來香港擺闊、上大學。他們則說我爸：從美國留學回來當銀行家不是更有鈔票？我沒告訴他們，我四歲時爸爸就死了。其實我只是逗逗他們，事實上，全校就這些人，大家感情還是不錯的，他們來「新亞」主要是父輩要把下一代交給中國史學大師錢穆來教養。後來程月如沒再來上課，一位消息靈通的同學說，程月如去做明星啦，藝名叫「林黛」。沒想到女大十八變，當時大眼睛、骨瘦如柴的同學，後來做了四屆亞洲影后，可惜結局悲慘。一九六〇年有天與好友金銓（胡金銓）去她家坐，她還說當時應該在「新亞」唸完才加入電影一行。那次是我見她最後一面。

在「新亞」四年好像很快就過去了，「新亞」苦的一段，我都經歷過，現在他們講農圃道甚麼，農圃道我根本沒去過，我們畢業的時候在桂林街。快畢業時，王健武對錢先生說「新亞」應該有校歌才對啊，錢先生很同意，當晚就把它寫好，我就拿去找人譜曲。早前我們組織了一個合唱團，開了一個相當成功的音樂會，所以認識了幾個音樂家，包括享負盛名的胡然教授，但是我們只能出六十元稿費及幾天內就得完成，根本是不可能的事。後來找到了黃友棣教授，他一口答應，三天後就交稿，而且很容易唱。在我們練唱（奚按：仍在桂林街）時，當中有段插曲，不知道耶魯基金會你們有沒有聽說過？

**盧** 知道，即是「雅禮」（雅禮協會）。

**奚** 是，「雅禮」那時候派了一個代表來說他們有一筆錢，預備選擇給香港醫藥或者教育機構，他已見過錢先生，但也想見見學生，聽聽他們的意見。不曉得誰說：奚會暲的英文還可以啦，你就見他吧。他知道我們正在練唱，就等完畢以後才找我，我了解情況之後就毫不猶豫地說：這筆錢應該給「新亞」，香港醫藥設備很好，不需要更多的錢。我強調錢給了「新亞」對我個人並沒好處，因為我已經畢業了。他們後來的決定跟我的話有沒有關係，我不知道，也沒所謂，不過很為「新亞」高興。

多年後我才知道這筆錢（奚按：美金二十萬）用了來蓋農圃道新址，根本是亞洲協會（指亞洲基金會，下同）的前任代表James Ivy〔James Taylor Ivy〕在福特基金會任職時在會上力爭，這筆錢才決定給「新亞」，因為法律上「福特」不可以把錢給外國機構，所以才由「雅禮」轉贈。至於**余英時**到哈佛大學進修的經費從哪裡來，我不清楚，只記得是一項特殊的獎學金，第二個獲得的是孫述宇。有次我們三人在劍橋會面，在余英時家，晚上聊得高興就留下住宿，英時只有一套睡衣可借用，結果我與述宇擠在沙發床上，我選了睡褲，述宇就穿睡衣。這些趣事多年來從未忘記，也反映了當時我們的生活情況。

**熊** 據說燕歸來女士的父親因為跟錢先生是朋友，所以她到「新亞」找一些精英學生加入「友聯」？

**奚** 是的，燕歸來原名「邱然」，後來用筆名「燕雲」，她父親是「北大」（北京大學）名教授

**余英時**

筆名艾群。燕京大學歷史系肄業，一九五〇年入讀香港新亞書院，師從錢穆，一九五二年成為該校第一屆畢業生，後轉赴美國升學及任教。一九七四年當選台灣中央研究院院士。二〇〇六年獲頒克魯格人文與社會科學終身成就獎。一九五〇年代初在港時期曾任《中國學生周報》首任總編輯。著作包括《史學與傳統》、《猶記風吹水上鱗：錢穆與現代中國學術》、《人文與民主》等。

**熊**　邱大年（邱椿），是錢先生相識多年的摯友。他們來找奚先生，但奚先生不認識「友聯」這組織的，怎麼會加入呢？

**奚**　我在這裡先把「友聯」的背景及歷史略述一下：「友聯」的真正主要創辦人物是陳濯生、徐東濱、胡越（司馬長風）、史誠之、邱然。邱然一九五一年左右來「新亞」拜訪父親老友錢先生，同時請他介紹幾位認為出色的同學。記得第一個選的是余英時，而我是甚麼原因也「中選」，不得而知，但我最初並沒加入「友聯」，只是經常被邀去參加討論小組。我多數和余英時一起去，談的內容不外民主政治、公平經濟等等。後來《周報》創辦，英時是第一任總編輯，但只做了很短的一段時期。

我第一次見到邱然，她就說我怎麼那麼像她弟弟。多年之後，我和她弟弟在美國見了面，大概是年紀大了，我們除了都瘦小外，相似之處不多。他一派文弱書生，彬彬有禮，而我則比他外向許多。但這幾十年來，邱然與我的感情真的像姐弟一般。我畢業之前參加了《周報》，多數負責學生活動，與幾位老大哥、大姐都相處得很好，後來由邱然找我單獨談，邀我正式加入「友聯」。所謂加入，除了有時去社員討論會議之外，我仍舊是照常上課與上班，真正是半工半讀。

我那時候加入，因為她跟我們解釋她的理想，我覺得也不錯，而且我跟他們很處得來。其實，真正講起來，後來我並不 regret（後悔），不過，我的性格啊，真的不適合。因為我以前的家境不錯，我爸爸回去，做上海銀行創辦人陳光甫的左右手，類似總經理，王健武就開玩笑：我不能夠想像你如果當時家裡環境很好的話，你現在成個甚麼樣子，你一定是個 big playboy（花花公子）。I said, maybe you're right!（我說：你可能對！）呵呵！所以我知道我自己很清楚啦，如果當時一定要我做，我可以做，但跟我唸經濟、唸 business（商務）一樣，一定要我唸，我可以唸，但那並不是我最喜歡的，而且說我真正做甚麼好呢？I don't know（我不知道），我從來都馬馬虎虎，不過我總覺得，加入「友聯」，回答得太快，沒有考慮，完全沒有考慮，因為幾個老大哥、老大姐我都很喜歡，理想也不錯，我就沒有考慮。這是不是終生要做的事情，沒有想過。

**熊** 奚先生加入「友聯」時，「友聯」才開始了沒多久？

**奚** 對啊。

**熊** 有沒有一年？記得是哪年加入的嗎？

**奚** 我想想啊……那時候我大二、大三，應該是一九五二、五一，可能是一九五一。

**熊** 那應該是一九五一，因為剛才說那時《周報》還沒出版，《周報》是一九五二年創刊的。

**奚** 對，一九五一年。他們找了余英時，找了我。

**張** 其實那時胡欣平他們討論的內容，好像很重大的事。

**奚** 因為我這個人……not very political〔不是很政治〕，他們都在講這些，我反正那麼小，就坐在那裡聽啊，我倒沒有不贊成。

**熊** 那時候不是有興趣才一起討論的嗎？

**奚** 我也有興趣，我們幾個很談得來，但所謂談得來，我們也是聽他們說。余英時比我小一歲，但余英時是 more mature in many ways〔很多方面都成熟得多〕，我們兩個是很好的朋友，他比較慎重一點、考慮周到一點，我倒沒所謂，你叫我參加就參加吧，就這樣。

**熊** 奚先生初加入時是負責甚麼工作呢？

**奚** 我在「新亞」唸書，主要做一部分的學生工作，我們有合唱團、戲劇組等等甚麼小組。有時候我們見見投稿的學生，跟他們聯絡一下，看看有哪些優秀的，以後請他多投稿多參加，例如**劉國堅**，我們請他加入，就是聯絡一些人。

**張** 劉國堅比你晚加入？

**奚** 對啊，他在培正中學唸書，還穿著短褲子來交稿，我與古梅——古梅是副社長，古梅寫文章，我不太寫文章，我做行政工作多一點。我們《周報》有十幾人吧？那時候我還在唸書嘛。我有一張照片，現在不知道還有沒有了，《周報》所有人在新圍街門口照的。開始時我的工作不能太多，因為我還在唸

**劉國堅**

筆名劉戈、白垚等。先後就讀廣州及香港培正中學。一九五七年台灣大學歷史系畢業後回港，任《大學生活》編輯。其後轉赴馬來西亞參與《學生周報》及《蕉風》月刊的編輯工作，並負責組織當地《學生周報》的學友會、生活營。一九八一年移居美國。著有《縷雲起於綠草》。

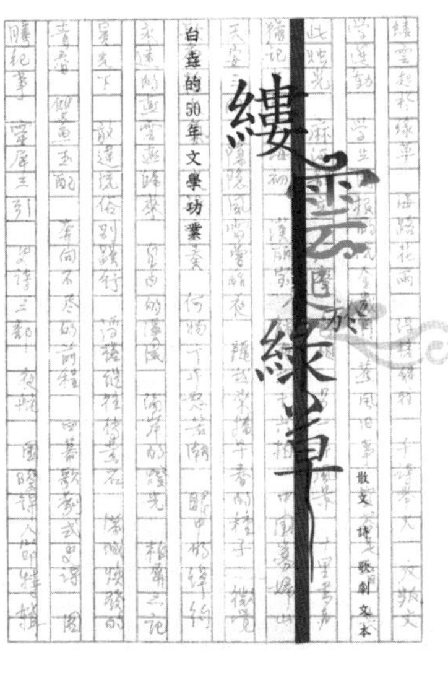


白垚（劉國堅）《縷雲起於綠草》。

一九五七年於馬來西亞金馬崙高原舉行第一屆生活營，訓練來自各地的青年領袖。右三為奚會暲。（奚會暲提供）

書，所以就是搞七搞八，學生工作，也寫了點文章，但我根本不會寫文章。

**熊**　奚先生有沒有筆名？

**奚**　我不記得了。後來我們辦生活營，這個在馬來西亞很重要的，辦生活營主要是訓練youth leaders（青年領袖）。

後來「友聯」漸漸發展，擴大相當快，這段歷史記載甚多，不必我重複了，當然被誤解或有意歪曲的例子，比比皆是。

我還是回頭來談談「新亞」與「友聯」的一些「花邊新聞」吧。「新亞」在學術與教育之外發生的大事是錢先生娶了胡美琦，引起了很大的風波。一直講中國傳統文化的大師，在大陸兒女成群，竟與自己的學生戀愛。記得當時唐端正寫「萬言書」，勸錢先生千萬不可行，而本人則一向思想「新潮」，我說錢先生與胡美琦的私事，為甚麼別人要去干涉？而邱然與胡美琦是朋友亦是同鄉，為了讓胡美琦迴避一下周圍的議論與壓力，她特別在「友聯」安置一個房間給胡美琦住，好像也分配了點工作在《兒童樂園》給她做。這一段，我們「友聯」是對得起他的。我記得那段時期錢先生吃完晚飯來陪胡美琦散步，好像一對年輕情侶，我覺得好可愛啊！我的性格是不喜歡去捧人家，但也絕不做落井下石的事。錢先生六十歲生日快到了，一般人當時都對錢先生「敬而遠之」，我對古梅說：我們來替錢先生賀壽。《周報》剛搬了個較大的社址，客廳可容上百人，我們把它佈置得很漂亮，也安排各種節目，包括舞蹈、京劇與晚餐，那天他們兩個都非常高興，我們身為學生的也感到做了一件很有意義的事。

一九五五年我獲美國國務院經亞洲協會邀請，參加一個國際青年領袖會議，一共三個月的樣子。主要是大家交換青年工作的經驗與建議，也參觀了一些名勝，記得在國會山莊見到副總統尼克遜（Richard Nixon），當下唯一印象是他很客氣，握手時手非常大而有力。我返港時除了「友聯」諸友在機場迎接，美國領事館總領事麥卡錫（Richard Mihous McCarthy）也來了。我後來才恍然大

奚會暐（右一）一九五五年到紐約參加青年活動討論會。（奚會暐提供）

一九五六年，奚會暐獲美國國務院邀請參加國際青年領袖會議，返港時美國領事館總領事麥卡錫與「友聯」諸友到機場迎接。中間二人分別為麥卡錫與奚會暐，左一為王健武。（奚會暐提供）

一九五五年，《中國學生周報》高棉學生代表團來港，與「友聯」諸友在山頂野餐。右一為奚會暲。（奚會暲提供）

悟，怪不得傳說我去美國接受特別訓練，好回來為他們效勞，當時只覺得很可笑，拿二百五十元港幣月薪，與其他國家青年座談一番，就成為「特殊人物」去做違反自己的信念與人格的事？怎麼可能呢！

一九五六年「友聯」在政策上決定發展在新馬的事務，當時先後過去那邊的有余德寬、陳濯生、邱然與本人，後來逐漸來的有王健武、張海威、姚天平、古梅、黃崖、黎永振等。「友聯」的業務範圍很廣，除了出版《周報》新馬版（即《學生周報》）外，還辦華文教科書、《蕉風》雜誌、書店等等。我和古梅主要辦《學生周報》與學生活動，後來黎永振與劉國堅來加強陣容，《學生周報》在新加坡與馬來西亞各城市設立據點，招收中學優秀人才做通訊員。除了辦與香港相似的活動，例如合唱團、戲劇、文藝創作等外，那邊的工作主要還是對華僑青年宣揚民主思想與保存中華文化。

**盧** 你們那時候去宣傳這個也很危險……

**奚** 對啊，一九五六到一九五八年那段時間，馬共的勢力是很可觀的，那時我和古梅兩人在公路上旅行各地去聯絡和發展我們的工作，每次必須經過許多政府設的「關口」檢查及詢問過路人，如果我們帶了任何食物而被發現，立刻有被拘與坐牢的可能，因為政府假設這些食物是提供給馬共的。在偏僻的路上，馬共隨時可從橡膠園衝出來綁架或殺害他們認為的敵人——我們實際上很夠資格啊，但當時年輕，只講理念、理想，沒把危險放在心上，very naive（很天真）！

在這裡我想應該提一下梁宇皋先生，他是馬來西亞僑領，也是一個非常虔誠的天主教徒，對「友聯」的一些年輕朋友很欣賞。我去的時候，他做衛生部長，馬來西亞獨立後當馬六甲州長，他對「友聯」的鼓勵及幫助甚多。雖然我們視他和梁太太為長輩，但難以全部報答。我一九五九年離開馬來西亞，他們先後去世，就沒再見到了，這是我一生中遺憾事之一。

你們知道新加坡陸運濤先生嗎？

**張** 知道，「電懋」（電影懋業有限公司）的老闆。

**奚** 是的，我們算是很有緣分吧，他一直拿我當小弟弟看待。有次我在他別墅吃飯，他提起創辦「電懋」的因由。他說他並不懂電影這行，只是想建立一間真正為藝術的公司，說現在有些女明星「不比妓女好多少」。這點我不贊同，但不便與這位老大哥辯駁。

在此我提兩件與他有關的事：一是一九五九年左右，梁州長因家庭原因，財務上出現很大的困難，「友聯」的財力無以為助，我就乘火車到新加坡去找陸先生，把實況告訴他。梁先生為馬來西亞唯一的華人州長，不能讓他因經濟原因而「沉下去」。我和他單獨在巨型的冷氣書房用膳，他深思熟慮了一番，吃完飯便開了一張支票讓我帶回吉隆坡交給梁先生。二是我離開新馬之前，陸先生邀我加入他的公司，我告訴他我已安排好到美國進研究院，我謝謝他這番好意，等回來後，第一個通知他。一九六三年我去信，他也回信，說他非常高興，叫我及早飛去星州與他會面。但很不幸，他去台灣參加影展時與夫人一同墜機喪生。這封信我一直留了很久作

◤「友聯」在馬來西亞發展工作，得當地僑領梁宇皐大力支持。左起：Anna、梁宇皐（馬六甲州州長）、梁宇皐太太、奚會暲。（一九五六年）（奚會暲提供）

紀念，我真的很懷念這位不折不扣的慈祥的正人君子。

**熊** 奚先生在《中大人在舊金山》那篇文章，其中有幾句我們想追問一下。奚先生在文章裡寫：「『友聯』被指是第三勢力」，奚先生在「友聯」參與過不少工作，怎麼看外人這樣看「友聯」呢？

**奚** 外面人看，每個人不一樣，有人說我們是共產黨，為甚麼呢？因為大家都很苦幹而薪水又低。我「新亞」畢業後做《周報》社長，薪水大概是二百五十至三百元港幣，其他單身的也都差不多，在《周報》我們四個人住一間宿舍，但有太太孩子的另有津貼。

**張** 煮飯的老林，薪水比我們多，他有太太、有幾個小孩啊！

**奚** 人家說我們是第三勢力，邏輯是「友聯」既反共又反台，那麼就是第三勢力。

**熊** 那時除了《兒童樂園》，「友聯」其餘幾份刊物都不可以正式進入台灣？

**奚** 對啊，他們的態度是「非友即敵」。其實我們並非「反台」，更不是他們的敵人，只是

**燕歸來**

本名邱然、Maria Yen，另有筆名燕雲。父親邱椿（邱大年）。畢業於北京大學。友聯社創辦人之一，曾任友聯出版社秘書長、友聯研究所所長，主責與亞洲基金會接洽。一九五〇年代一度移居新馬。一九六七年離開「友聯」後，曾短暫於香港中文大學任職，後赴德國深造，獲哲學博士學位後，在瑞士蘇黎世大學任教。作品包括《紅旗下的大學生活》、《謝謝你們：雲、海、山》、《梅韻》、《新綠》等。

我們不贊同國民黨在大陸時做的一套，到了台灣後也未施行民主，我們對他們有所批評，而這正是他們不樂意聽到的。反正是別人叫我們第三勢力的，不是我們自己戴上的帽子。

**盧** 不是你們自己講，但是你們一群人裡面有沒有一個或兩個是第三勢力的？

**奚** 我們機構裡，當然有人有政治野心，我想這是有些人在個性上的自然發展，希望有一天在中國政治舞台上佔一角，但這並不代表構成勢力，更談不上「第三」勢力。對我來講，做研究工作、出版、印刷、學生工作等，當然是有目的，但談不上甚麼勢力不勢力，也許我個人的態度太「無所謂」了。

**熊** 這些講法會不會影響「友聯」的工作計劃或者方針？

**奚** 我想沒有，因為如果有一、兩個人有野心的話，也不能影響整個機構。基本上「友聯」多年集體領導，當然有的人負責較重，講話也更有分量，這也是理所當然的事。

**熊** 我們很想從奚先生處多了解一些燕歸來女士，也希望請奚先生多說一些與亞洲基金會交涉的過程，例如他們有沒有要求甚麼？「友聯」本身的工作有沒有受干涉？

**奚** **燕歸來**的原名是「邱然」，「北大」外文系畢業，是「友聯」最初創始的主要分子之一，她寫的《紅旗下的大學生活》首先出版[2]，備受各界重視，後來她的其他散文集及詩集等等接著出版[3]。她既為「友聯」高層決策者，在「友聯」人手缺乏及迅速發展的情況下就不得不身兼數職，其中很重要的一環是「外務」，而「外務」的主要對象是亞洲協會（奚按：前身叫 A Committee for a Free Asia ）、香港文化出版界及美國領事館（奚按：主要為翻譯工作）。她外出工作時不是與徐東濱（奚按：她的外文系同學）就是與陳濯生同行。因為她長得漂亮，風度非凡，外界就說「友聯」用美人計，當時我聽了非常生氣，這不只是「用小人之心度君子之腹」，根本就是思想骯髒和下流。邱然從無神論者變成虔誠的天主教徒（奚按：每天一定去望彌撒），她的轉變對我而

一九六三年女高音孫少茹在法國獲比賽金獎，《中國學生周報》在港為她舉行了兩場音樂會。右一為奚會暲，右三為燕歸來。（奚會暲提供）

燕歸來《新民主在北大》，一九五〇年由自由出版社出版。（右）

燕歸來（左）與新加坡《學生周報》通訊員鄧尚文合影（一九五七年）（奚會暲提供）（左）

言是一個謎。雖然我們情如手足，但對她的信仰，我從來不問一句。她的身體一向不怎麼好，診斷是肝臟不夠強，所以多年來去了教堂及工作完畢後，絕少應酬，一人關在房間看書或看新聞報道。她去了新馬一段時期，除了寫作之外，她常常在僑界演講，介紹「友聯」及宣揚民主思想。她經常去農村及有華人的偏僻地方作不同演說，有時候由梁部長陪她去，事實上，這是件非常危險的事，居然沒有生意外，我想在她來說，這是神的保祐吧。

邱然是個很喜歡唸書的人，她認為古梅在「新亞」成績優秀，在「友聯」表現又出眾，於是鼓勵她赴美深造，並代取了各種獎學金的申請表，又請她在紐約的胞姐現金作保，後來她自己也去了德國完成博士學位，這些都代表她上進及樂於助人的一面。

我一九六三年從美國回港時，邱然已學成歸來，並擔任友聯研究所所長，那時所務十分繁重，她經常要和研究員研究中共政治、經濟、文化方面的發展及傾向，又為《祖國》周刊寫文章，接待歐美及其他國家研究中共的學者。他們組織了一個顧問小組，成員為哥倫比亞大學的鮑大可〔Doak Barnet〕、加州大學的 Franz Schurman〔修曼〕及李卓敏教授。這幾位都是中國專家，又是「友聯」老友，在建議及精神上非常支持「研究所」的工作及發展方向。友聯研究所有很多關於中共的資料，那時候任何人研究中共問題都要到我們「研究所」來，譬如人家講中共的甚麼「三反」、「五反」，你來看，資料都有了，不然你怎麼找？我們很多資料是難民逃出來時，我們跟他們收買報紙。「研究所」也出版書籍〔奚按：包括《江青正傳》[4]〕。

一九六七年邱然暫時放下「研究所」的重責，休息了一段時間，後來去李卓敏校長那邊〔指香港中文大學〕做了一段較清閑的寫作研究工作，所務則由徐東濱接替。後來她去了瑞士蘇里士大學教書多年，期間她來過美國探望家人及老友，我也去過瑞士看她。外界的人，甚至「友聯」內部的朋友，很少人知道邱然是第一個與亞洲協會建立業務關係的人。她父親的老友桂中樞介紹她認識該機構的負責人 James Ivy，他們都很欣賞這群年輕人的理想及努力，就開始在經濟上給予支持。

一般人很少知道亞洲協會資助的香港機構有好幾個，最初有自由出版社，後來規模較大的有亞洲出版社及其他的文化出版團體。我想我們最大的分別是，「友聯」是一個團體，而「自由」及「亞洲」由個人創辦及領導（奚按：謝澄平及張國興），他們的生活及經營方式「派頭」都很大（奚按：尤其是「亞洲」後來又辦了電影公司，擁有明星，記得捧紅的有性感明星張仲文），而「友聯」是一班窮小子。我們每年都把各部門的預算很詳細地做出來，有的部門有盈利，例如《兒童樂園》能夠收支平衡，有的例如「研究所」，成本高而收入低，赤字部分便由亞洲協會協助。當初我們這班「傻小子」就怕預算做高了，於是把大家的薪金及開支壓到最低。同時，我們一早就說明了，創辦「友聯」不是為了服務美國，而是為了自己的理想及抱負，所以你提的問題，事實上是不存在的。當然我們之間不是每件事都意見相同，但在合作的項目上，亞洲協會非常尊重我們的立場。記得一九六三年返港後，在我未全部接「外務」之責前，有天與邱然去他們辦公室討論一些合作項目，當時的代表（奚按：在此恕不提名字）講了一句不甚敬意的話，邱然勃然大怒，把這位代表嚇壞了，他們都怕了這位小姐，這一幕至今記憶猶新。

**熊**　剛才說的 A Committee for a Free Asia 後來才改名為 Asia Foundation（亞洲基金會）嗎？

**奚**　對，從前不叫 Asia Foundation，它在不同的地方，香港、台灣、馬來西亞等都有分部。我們都是做 budget（預算），我們的「研究所」要多少，我們的收入可以有多少，那麼 basically, financially, it supported（基本上，財政上，它支持）。我們有印刷廠，也有賺錢的、有發行的，但是大部分，I should say（我應該說），大部分是 Asia Foundation 贊助的。有段時間，I represented（我代表）「友聯」，跟他們接觸的，所以我跟他們也做了還不錯的朋友。他們的 headquarters〔總部〕在 San Francisco〔三藩市〕。

**盧** 這邊也有辦公室？

**奚** 對，occasionally〔偶爾〕他們會在這裡開會，Asia Foundation 不同的 regions〔區域〕會在這裡開會，開會就交換意見了。有一陣子，我們發現，by accident〔意外地〕，從一篇文章發現，他們跟 CIA〔Central Intelligence Agency，美國中央情報局〕有關係，以後大家就鬧得不開心，我們變成給特務機構做事，對不對？

**熊** 本來不知道的嗎？

**奚** 不知道，我們不知道，他們有很多人捐款嘛，我們怎麼知道哪個捐多少錢？很多是私人捐款。為了那件事情，甚至有 Asia Foundation 本身裡面的職員不做了！

**盧** 怕了？

**奚** 不是怕，是很多人也對 CIA 反感，對不對？當時他們馬上就改變政策，CIA 的錢不拿，政府的錢不拿，如果繼續拿，那就變成代表 CIA了嘛，他們說他們是為了做教育、做醫藥，做這些方面的。他們不拿了，他們後來的錢，主要都是甚麼 Shell Oil〔蜆殼石油〕這些。他們知道，too sensitive〔太敏感〕，也太多 controversy〔太具爭議性〕。

**熊** 亞洲基金會對「友聯」的資助，奚先生記得具體數字嗎？

**奚** 我想想啊……數字不是很大，你可以想想看，我最記得，我們當時都很天真，盡量把預算做小一點，好讓能夠通過。如果今天我做的話，我不會這樣做，為甚麼把自己苦成那樣子？你要是支持我們機構，你要給多少錢，當時我們整個的 mentality〔想法〕都是說，我們自己賺錢、賣雜誌、印刷，盡量把預算做得很低。

**熊** 「友聯」的影響力在一九七〇年代逐漸減退，這跟來自亞洲基金會的經費減少有沒有關係？

**奚** Yes and no〔是，也不是〕，也有影響，但我相信一半一半，一則是經濟方面愈來愈緊，另外是人才走了，有些人也老化了，譬如陳濯生去美國了。反正就是，全盛時期過去了，不過很多機構都會這樣。

**熊** 我們接觸的「友聯」前輩中，只有奚先生是直接跟亞洲基金會交涉的……

**奚** 也有其他人交涉，開始時是徐東濱和燕歸來，那時輪不到我，那時我是小弟弟，他們兩個去。陳濯生好像也去過，燕雲比較多。

**熊** 徐先生我們來不及訪問了，燕歸來女士是很多位都提及的，但我們接觸不了她，所以跟亞洲基金會接觸過的幾位前輩中，我們能接觸的，只有奚先生。

**奚** 我接過來的時候，型已經定了……

**熊** 奚先生是哪年開始跟亞洲基金會接觸的？

**奚** 一九五六至一九五九年在新馬，經常由我與他們接觸，重要社交場合陳濯生才參加。在香港，我代表「友聯」去接觸，大概是在我 Berkeley〔美國加州大學柏克萊分校〕回來以後，一九六三年，正正式式由我代表，之前我跟他們也有接觸。那時差不多已經都定了，其實我們跟亞洲協會接觸，很簡單，我們普通做一個預算，我們收入多少、我們 deficit〔赤字〕多少、我們希望他們給我們多少錢。另外特別接觸的是，哪一年我記不起了……他們給了一筆錢，我們買了新蒲崗那廠房[5]。是我跟他們接頭的，拿了錢，老何〔何振亞〕去買的，我懶得去看。我在 San Francisco 跟他們開會，他們那時候已打算逐步退出對「友聯」的幫助。我就說：要是這樣的話，自立自強要有個基礎嘛，所以他們就給了錢，買了那個地方。

**盧** 是您在三藩市跟他們開會？

**奚** 我常常飛過去的。

**盧** 由三藩市那邊決策？

**奚** 對，他們總部在 San Francisco。我跟他們接頭幾件關鍵的事情，一個是買房子，關於錢方面，後來我拿去的 budget，他們大部分都通過的。另外一件很重要的事情，我在馬來西亞住了三年半，因為我一九五七年到馬來西亞去發展那邊的青年工作。那邊的事業漸漸發展起來，我們希望得到居留權，這個很重要。我在馬來西亞的時候，我跟政府的幾個人處得還不錯。我們還辦了報紙，辦了《虎報》。我跟內政部長，還有一個是內

一九六三年，奚會暲（右一）到維也納參加國際青年會議。（奚會暲提供）

《中國學生周報》三周年茶會，亞洲協會代表蘇明璇夫婦（右一、右二）、奚會暲（左二）與「友聯」總經理何振亞（左一）。（奚會暲提供）

政部指定跟我們接觸的，一個部門的首長，那時候陳濯生叫我坐飛機去，因為我們跟內政部長有一個很重要的會議——要求他們批准我們「友聯」長期居留，馬來西亞整個機構因此穩定下來。亞洲協會在馬來西亞成立辦公室，展開工作都必須獲得外交及內政部同意，他們與「友聯」的關係，政府都有資料，兩個機構都是很正派而做對馬來西亞文化教育有益的工作。其實，有些與馬來西亞政府要員的關係是我們自己逐漸建立的。

**熊** 今天有很多說法是我們第一次聽到的。

**奚** 那不奇怪，經濟來源方面，有人不願講，有人根本不知道，我覺得沒甚麼秘密，當然是有人給錢我們，不然哪裡來錢？光靠賣書？剛才你問起具體數字，我想來想去，當時也不是很大的數目。

**熊** 但已經是最主要的經濟來源？

**奚** 是，that's for sure〔那是肯定的〕，是主要的來源，買廠房、在馬來西亞買地都是，那些錢都是他們給的。

**熊** 奚先生從「新亞」畢業後，一直在「友聯」工作，為甚麼一九六〇年會有赴美留學的決定呢？

**奚** 我去 Berkeley 攻讀工商管理碩士，主要是先母的遺願，先父清華大學畢業後到美國哥倫比亞大學三年，獲得經濟學博士，她說她的兒子們至少也要有高級學位。我弟弟先赴美獲碩士後留下就業，我於一九六〇年進「加大」時已經畢業及工作七年，拿幾百元的薪金根本不可能有積蓄作留學之用，而我走時「友聯」也沒給我一塊錢，記得當時保證金是「新亞」校友王光一的先生錢憶中借給我的，就讀時的費用每月是我弟弟寄來，同時我拚足「小命」爭取高分，因為總成績有B+就不必繳二百五十元非加州居民的額外收費，很高興後來我得過全部A，但在一九六一年暑假，我還是得去太湖一家飯店做waiter〔侍應〕來貼補支出。

一九六二年全部課程修完後，我先去了Ohio〔俄亥俄州〕參加古梅及朱學禹的婚禮，然後到哥倫比亞大學，用他們的圖書館寫碩士論文。在朱古婚宴上，我開了一個玩笑，我

◤奚會暐〈旅美鱗爪〉。（一九五六年《大學生活》第一卷第一二期）。

# 旅美鱗爪

奚會暐

本文作者曾負責「中國學生周報」，於去年八月上旬應美國「國際青年工作者交換計劃」部門之約，赴美做為期半年的旅行。同時被約者共有十個國家。該文可當做遊記讀，也可當做雜感讀。作者沉痛的心情，感人尤深。

——編者

那是去年七月的事了。當我正在為紀念「學生周報」三周年而舉辦的音樂會忙得透不過氣來的時候，接到一位朋友的電話，約我見面談談，既然聽了她語氣是那麼急，也就抽了兩小時的空，在炎陽之下趕到她的辦公室。

這位朋友見了面就開門見山地問我：下月美國國務院舉行一項「國際青年工作者交換計劃」，有沒有興趣去參加？對這突如其來的問題，我無法作即時的答覆，因為須要考慮的問題還頗多，說老實話，當時我心裏還在記罣着晚上「學生報」的音樂會呢。

幾天忙了過去，也與朋友們商量了一下這件事情，在大家的鼓勵與安排之下，最後我作了走的決定。也好，老聽人說美國這個，美國那個：有的把它捧上天；也有的又將它罵得一文不值。我從不相信夾有偏見的一面之詞，如能自己去看一下，親身體驗一番也並不是毫無意義的事。

從決定辦手續到動身大概是廿天吧，以後就暫時與一些朋友分別，作了一次六個月的長途旅行。

**我的旅程從香港開始**，第一站是停在馬尼剌，然後又經過關島、威克島、而至火奴魯魯。火市是算美國西部入口站之一，大家行李都在這裏檢查，一般除了軍用禁品與中國大陸產品不准隨便進口以外，其他東西大致不會成什麼問題，須上稅的當然要按規定上，不過海關人員官腔倒還不大打。火市飛機場的候機室全部是竹子做的，加上不斷播放的夏威夷音樂，一串串的花圈，已使人感到已沐浴在熱帶風光中了。

**從火奴魯魯到舊金山**，在飛機上同座是位由聯合國文教會贊助來美讀書的越南小姐，我們一路聊聊天，可是為避免引起她傷感，很少與她談越南國內險要的情勢，其實，我們中國現在情形比之越南，又有什麼好的？

這個舊金山依山而築的一幢幢洋房，怎能使你不想起香港？

—63—

說在「新亞」時我與學禹有一個默契，誰娶到古梅，另一個就做伴郎，我一直還以為最後學禹會做伴郎，當然古梅這個聰明人作了非常明智的選擇。

**熊**　後來您怎麼又回去「友聯」呢？

**奚**　在紐約時幾次與不同公司談工作及合同的事，但亞洲協會打了很多次電話來要求我回「友聯」工作，因為有幾件事使他們感到雙方有些脫節，其中之一是當時的總經理劉甫林用了一筆贈款買了樓花給「友聯」作辦公室及廠房，後來才知道劉中了騙局。

我考慮了很久，覺得自己實在不是做文化工作的材料，而結果又回到那個圈子裡，是不是很矛盾？但是想到香港及新馬的老友，例如徐東濱、邱然、赫鳳如（奚按：即徐大嫂）、王健武、趙永青、戚鈞傑等等，無法忍心 say no（說不），所以在一九六三年三月飛去舊金山亞洲協會總部與負責人開了會，直接就飛回香港，記得當時談到待遇，這是另外一個矛盾。假如我留美工作，當時薪金大約一千到一千五，另有分紅及「紅股」，回來就算拿一千，仍會與其他同仁的薪水差距很大，所以我就打了個對折。我警惕自己，剛留學回來，待遇仍舊比所有其他的人都高，千萬別讓人感到自己是「特殊人物」。

**熊**　我們看到資料說奚先生一九六三年從美國回來後擔任友聯出版社社長、友聯研究所所長……

**奚**　秘書長。

**熊**　不同名銜管的事不一樣？

**奚**　不同，但是我去出版社當社長，主要是對外，因為裡面的工作都已經安排得很好。也有總經理，就是有時候要開開會。「友聯」秘書長做的，主要是預算，還有我對外，裡面的研究工作很少管到，研究工作由趙先生（趙永青）負責資料室，數字資料，《大學生活》拿資料寫，這是另外一回事。

回港的幾年，有幾件事可能值得提一下。第一件是在香港文化界引起很多非議的是徐東濱與赫鳳如結婚，此事在「友聯」內部也產生了不少的意見及不滿，因為赫原是胡越的太太。

一九五六年台灣當局邀請香港文化界赴台觀光，徐東濱（左三）與奚會暲（前排右一）分別以《星島日報》主筆及「友聯」社長身份參加。（奚會暲提供）

那時我剛好回來，我最記得了，他們冷藏徐東濱，我問東濱呢？他們把他擺到小房間裡。我一看到東濱，I was really mad（我真的很生氣），這算是甚麼意思？那時濯生還算賣我賬，因為我剛剛回來，是Asia Foundation要求我回來的。我就跟濯生講：這樣子不好，調徐東濱到馬來西亞去吧。那時我常常去馬來西亞開會，他去了馬來西亞後高興多了。他後來是怎麼回來的，你知道嗎？

**張** 《星島》（《星島日報》）請他回來的！

**奚** 對！《星島》請他回來做主筆。

**張** 那時胡欣平另外有女朋友了吧？

**奚** 當然是，雖然他絕口否認。

**張** 感情的事，外人很難管。

**奚** 欣平事實上是個很有天才的人，尤其是口才，能說善道，但生性風流，在「友聯」「清教徒」的氣氛下，想有出軌行動並非易事。後來他遇見一位由大陸來並投過稿的年輕女士，他安排她在《周報》工作，我從美返港，一進辦公室就看見她坐在那裡，我馬上想到 that's the girl（就是那個女生）。

**王篆雅**

筆名盛紫娟。香港聯合書院中文系肄業，一九五九至一九六四年任《中國學生周報》文藝版（例如〈穗華〉）編輯，期間較多刊登瓊瑤、段彩華、朱西甯、司馬中原、郭衣洞（柏楊）等台灣作家的作品。一九六四年與司馬長風結婚，一九七九年與子女移居美國。

徐東濱早年外遊照。（王健武提供）

**張** 王篆雅。

**盧** 即是……

**張** 盛紫娟。

**奚** 就是她！我對她很客氣，她與欣平的私事與我無關（奚按：後來他們結了婚並有兩個孩子），但在這裡我必須乘這個機會提一下徐東濱及大嫂的事，給歷史留下正確的一頁。在「友聯」聰明又能幹的人為數不少，但使我最敬仰及佩服的人是徐東濱，他不只有學問有見解，文筆瀟灑而為人正直，他有幽默感有急智，但又低調，不喜歡在任何場合引人注意及出風頭。他與赫鳳如的結合，從頭到尾我都在旁，起初他只是安慰她，不要為了先生有外遇過於傷心，後來到了局面不可收拾時，他挺身而出，願意娶她並照顧她四個孩子。當然徐大嫂（奚按：後來我們都如此稱呼她）是我一生中遇見最賢慧仁慈及識大體的人，她的六個孩子個個都孝順，而東濱也真正做到每個孩子都不偏不倚，完全相同待遇。可惜他早年在港開刀輸血染了丙型肝炎，不幸於一九九七年在美過世，這是我一生中最大遺憾。

**熊** 徐先生是奚先生所佩服的，但如果說是在議事、做決策時有影響力的，那有甚麼人？

**奚** 沒有一個人可以說是他講話就算，不過講話很有分量的也有，陳濯生是其中之一。

**張** 陳濯生一直在領導，叫陳大哥……

**奚** 對啊，陳大哥，年紀比較大，很有兄長風度，他說話影響力很大。

**盧** 他說了算？

**奚** 他說了算，但他不是 unreasonable（不合理的），只是 not necessarily what everybody wanted（不一定每個人都想這樣）……在新馬時候影響很大的是俞南琛，他很能幹。他來時我正好準備留學，所以沒有機會共事過，他現在已經退休了，住在洛杉磯，他是 number two there（那裡的第二把手），是陳濯生的得力助手。

**熊** 他是在新馬那邊的？

**奚** 是。

**盧** 不會影響香港這邊？

**奚** 不會，他是後來參加的，從台灣來的，很能幹，英文很好。

**張** 很沉著。

**奚** 是，也很溫和。「友聯」之所以漸漸失去在文化界的重要性及影響力，基本上是歷史的必然發展，首先亞洲基金會完全停止在財務方面的任何支持，而有些從前年輕有衝勁的成員有了家庭及孩子，集中力便有所轉移，譬如在新馬創辦大人飯店，走上企業的道路。談起有的「精英」離開，可不包括我。

**張** 當然包括你了。

**奚** 太過獎啦！你知道我一九六七年離開，完全是家庭原因。

**張** 新馬大人飯店開得很成功，沒有你的份？

**奚** 沒有，但是我很為他們高興，走企業的路，能賺錢改善生活水平，能供給子女良好教育或外出留學，也是一件好事，只是後來新馬與香港的同人生活條件距離愈來愈大，頗為遺憾。

如果不是胞弟和侄兒在美車禍去世，我也會留在美國，但會有甚麼作為，就不得而知了。

在這裡順便提一下從美返港後發生過的三件事。第一件事是「雅禮」駐「新亞」代表要回國，吳俊升校長、唐君毅先生及張丕介教授要我回母校擔任副校長之職，主要任務是管財政及預算。當時嚇我一跳，因為我了解管錢最容易得罪人，而這幾位老師，教誨我四年，怎能批評或反駁任何不同的意見或「命令」？所以只好婉辭。另外一件事是多年老友、形如兄長的鄒文懷邀我參加他的電影公司。我向來認為他在我遇見的人之中是絕頂聰明及能幹的，但一來我對電影事業完全不懂，二來我不能把「友聯」丟下不管，一走了之。他不很高興，他對我的賞識，我至今仍舊銘記在心。第三件事是我正準備赴美處理家庭事務之時，李卓敏校長（奚按：他是我在「加大」的導師，及「友聯」的多年朋友）找我去他沙田的辦公室，他開門見山就說他的公務愈來愈忙，需要一個 deputy（副手）減輕他一些負擔。他既認識我已好幾年，我又是「新亞」畢業生，又是他在「加大」的「得意門生」（奚按：他曾經極力鼓勵我繼續修讀博士學位），是很適合的人選，他叫我愈早去愈好。但我把我的困難情況對他一一解釋，我已把「友聯」職務都轉移到王健武身上，而赴美的行裝亦已收拾妥當，無法更改，只希望將來能為他和「中大」（香港中文大學）效勞了。我一九六七年冬季移居舊金山，與「加大」的兩位同學合組一間公司，做玩具及一些禮品，Peanuts 就是我們公司的主要出品。

最初 Aviva（Aviva Hasbro（International）Limited）才只有十人左右，一九七八年我覺得自己對公司頗有貢獻，員工增加到一、兩百人，基礎也算有了，所以我就決定退休，有些同事及朋友說你退休一定會悶死，我說 you wait and see（你等著瞧）。事實上，我退休後一直很忙，首先我請了老師認真地學琴，後來又去學西洋油畫，而舊金山是許多從東方來的移民、親友必經之地，美國各州的遊客也很喜愛這個城市，因為這裡沒有夏天或嚴冬，所以我在作東道主方面用去很多時間。王健武最喜歡說到舊金山不必愁，可以住奚氏旅店（奚按：我家）吃奚氏飯店（奚按：我曾擁有飯店），有現成司機接送及遊覽導遊。對我來說，這真正是「有朋自遠方來，不亦樂乎」！偶然我也做義工，記得十幾年前到一間老人院去為他們自彈自唱（奚按：我曾參加過「新亞」及信義會合唱團）之後，他們請我吃午飯，當我發現他們付了全費後，我告訴他們我是長者應該半價優惠才對，他們說不知道我這麼老！

但是如今能心安理得，安享晚年，亦是很幸福的了。

附：

## 奚會暲後記

這次蒙盧瑋鑾教授及熊志琴博士邀約訪問，感到十分意外及榮幸，但沒有做好好的準備。承熊博士寄回初稿，匆匆過目之後，發現當時想到哪裡就說到哪裡，無關重要的事說得過多，包括有些不甚恰當的用詞或意見，而本人向來不是做演說或寫文章的人，加上幾十年連中文信都極少寫，文筆不順而白字連篇，使人看來有雜亂無章之感，幸好兩位允許我補充及修改，希望成果不會使讀者失望。

我也要特別謝謝張浚華學妹的安排及費心，她的一番熱誠使我非常感動，在「友聯」她是最長期作戰的無名英雄。

有次在電話中聊起舊事，發現我們兩人都屬於「傻瓜」集團，不過生性如此而又受了在「新亞」四年的儒家思想薰陶及理想主義的洗腦，要改變做人方式，已是不可能的事，

## 奚會暲〈懷念艾維先生〉

艾維先生（James Taylor Ivy, March 23, 1919－May 4, 2006）一生在事業及生活上與中國及友人關係密切，不可分離。

艾維先生生於美國德州，在阿里桑那州長大，畢業於阿州大學經濟系，一九四一至一九四七年加入美國陸軍，為空戰隊上校，一九四八至一九五一年任職外交部中國善後救濟總署，在台灣時與蔣夫人成為摯友。一九五一至一九八〇年間任亞洲基金會駐港代表及福特基金會紐約總部高級職位，曾駐守埃及、印度及其他非洲國家。一九八〇年退休，經筆者說服其定居於氣候溫和及有眾多中國人的舊金山，後由「新亞」校友郭大曄、郭子偉、王健武、吳德林及筆者資助成立「新亞國際有限公司」，一切由他負責。艾維先生做了很多研究工作及小規模生意，工作及生活都甚為愉快。

艾維先生一生為人慈祥、忠厚及樂於助人，從不吹噓個人事業上的成就，是一位難得的正人君子。他對新亞書院早年的發展貢獻良多。

艾維先生退休後定居舊金山，曾與夫人在我家作客數星期，因此得以深談。艾維先生很喜歡古典音樂，飯後常請筆者為其彈奏鋼琴，既是前輩，也是老朋友，當然也不避淺陋，不怕見笑了。

近十數年，艾維伉儷遷居到 Santa Rosa（聖羅莎），離舊金山約九十分鐘車程，他最高興的是我們這群「新亞」老同學探訪他，並與他一起用餐、談古論今。艾維夫人於二〇〇〇年逝世，每當我們離開的時候，他總是依依不捨，總要我們多留一會，或為他彈奏幾首他喜歡的曲子。

艾維先生對中國的熱愛及所締結的緣分極不尋常，他的摯友差不多全都是中國人，在此我們深深地懷念他，並祝福他在天之靈獲得永遠的安息。

（本文錄自編輯小組編：《多情六十年——新亞書院的過去、現在與未來》，香港：香港中文大學新亞書院，二〇〇九年，頁五二—五三。）

# 注釋

1 奚會暲：〈我與文藝、商業、政界人物結緣〉，香港中文大學海外校友會（北加州）編：《中大人在舊金山》，香港：天地圖書有限公司，二〇〇六年五月，頁一三五—一四一。

2 燕歸來：《紅旗下的大學生活》，香港：友聯出版社，一九五二年。

3 燕歸來另有散文集《謝謝你們：雲、海、山！》於一九五二年出版，後於一九五四年分別出版詩集《新綠》及散文集《梅韻》，以上作品均由友聯出版社出版；而早於一九五〇年，燕歸來已有《新民主在北大》一書，由香港自由出版社出版。

4 鍾華敏：《江青正傳》，香港：友聯研究所，一九六七年。

5 根據《中國學生周報》出版資料欄，該報編輯部地址及友聯印刷廠地址，從一九六七年五月十二日第七七三期起改為「九龍新蒲崗四美街二十三號利森工業大廈九樓」，直至該報於一九七四年七月二十日第一一二八期停刊。

# 古梅

（一九三二——）

原籍廣東，南京出生，一九四九年來港。一九五一年入讀新亞書院哲學系，翌年以〈中國學生的遭遇〉一文參加《中國學生周報》獎學金徵文比賽，得大學組第二名，後經奚會暲介紹加入該報兼職，一九五五年畢業後轉為全職。在「友聯」先後參與編輯《中國學生周報》、聯絡通訊員等工作，一九五五至一九五六年間曾代任社長，並到新馬參與該地「友聯」工作。一九五七年底，離開「友聯」赴美升學，畢業後留在當地從事教育工作，目前在美國俄亥俄州定居。著有《當我年幼的時候》、《趕路》等。

日期｜

二〇〇六年九月七日

| 地點｜ | 訪問者｜ | 列席者｜ |
|---|---|---|
| 香港龍堡國際酒店 | 熊志琴 | 林悅恒、陸離〔兩位於訪問中段離開〕 |

**古**—古梅 **陸**—陸離 **熊**—熊志琴 **林**—林悅恒

古按：此記錄曾蒙奚會暲及王健武同學過目及補定，特此致謝。

**熊** 古梅女士是哪年出生的？

**古** 我是一九三二年出生的。

**熊** 哪裡人呢？

**古** 廣東人。

**熊** 是廣東人啊？可是您是講國語的？

**古** 是講國語的，因為母親是天津人。

**熊** 在哪裡出生呢？

**古** 南京。

**熊** 後來才來香港？

**古** 一九四九年「解放」以前。

**熊** 因為「解放」而來？

**古** 是因為「解放」才離開。大約在一九四九年九月到的……我不記得是九月還是八月，大概九月到香港吧。

**熊** 快要「解放」的時候就來了？

**古** 是在廣州快要「解放」的前幾天離開的〔廣州於一九四九年十月十四日「解放」〕。

**熊** 那時大概——未到二十歲？

**古** 未到二十歲。

**熊** 跟家人一起來的？

**古** 跟家人一起來的。

**熊** 有沒有特別的原因令家人因為「解放」而離開呢？

**古** 因為我父親是國民黨的官員，所以決定離開廣州。

**熊** 我想那時候很多前輩都是因為這樣的關係而來到香港，家庭有國民黨的關係，但那時候也到不了台灣，所以就來到香港。那時候古梅女士的家庭會不會也是類似的情形，所以沒有去台灣，來到香港？

**古** 我們當時是說到香港來看看，來到香港之後就決定留下，不去台灣了。

**熊** 為甚麼呢？

**古** 這是我父母的決定，我不十分清楚。

**熊** 剛來的時候也沒打算定居，可是來了以後就覺得可以留下來了？

**古** 留下來了。

**熊** 大概甚麼時候決定留下來呢？

**古** 大概有幾個月吧。

**熊** 我們聽到不同的前輩初來香港時對香港的印象很不一樣，您初來香港時對香港的印象是怎樣的？

**古** 對香港的印象……香港較洋化，商業氣氛很濃，很多大陸來的人對前途很徬徨，我們那時候住在沙田曾大屋，生活並不富裕。

**熊** 有沒有特別困難呢？

**古** 也不算特別困難，不過絕不富有。

**熊** 那來到香港以後就在香港讀書？

**古** 沒有，我一九五一年才開始讀書，但我是一九四九年來的。那時候這邊的大學不多，進香港大學當時是不可能，一來太貴，讀不起，而且國內的英文水平沒有香港好，能考進香港大學的可能性極小。一九五〇年我認識一些鄰居的孩子就讀大專，包括董保中，他一九五〇年在新亞書院讀，他鼓勵我進「新亞」（新亞書院）。

**熊** 來香港以前，您完成了甚麼程度？

**古** 高中畢業。我是「真光」（真光女子中學）畢業的，在廣州白鶴洞的「真光」。

**熊** 那中間的兩年做甚麼呢？

**古** 沒有做甚麼，就在家裡幫父母做點家事。家裡開個小雜貨店，在店裡幫忙。那個時期我倒是看了很多書，很多小說，中國的和翻譯的小說，是董保中的妹妹在學校借的。她那時在德明中學讀高中，她開玩笑說我看得太快，使她有供不應求之感。

**熊** 您是怎樣跟「友聯」的朋友走在一起的呢？

**古** 那時候《中國學生周報》辦徵文，我寫了一篇文章去，可是我沒想到可以拿到名次，結果拿到第二名[1]，大概是運氣吧！

**熊** 就是從《周報》（《中國學生周報》）的讀者開始？

**古** 也不是讀者，就是應徵。

**熊** 怎麼知道它在徵文呢？

**古** 可能是奚會暲告訴我的。

**熊** 您是怎樣認識奚先生的？

**古** 他一九五一年暑假在曾大屋住過一段時間，後來是同學，他在「新亞」讀書，他給我看《周報》，我看了以後就去應徵。

**熊** 那時候奚先生已經在《周報》了？

**古** 他已經在《周報》工作了。

**熊** 這樣說的話，奚先生是不是您第一位認識的《周報》朋友？

**古** 是，他後來也介紹我到《周報》去工作。他後來也介紹我到《周報》去工作。

**熊** 那時候他怎麼跟您介紹《周報》呢？

**古** 因為我應徵拿了第二名，他說《周報》需要一個人在學生版工作，問我有沒有興趣。我當然有興趣，於是就去了，我還記得那學生版叫〈拓墾〉，後來還有〈新苗〉版。

**熊** 就是一開始時是以學生的身份進去當編輯的？

**古** 是以學生身份半工半讀直到一九五五年畢業才全工，第一個職位的名稱我不記得了。

**熊** 就是兼職？

**古** 兼職。

**熊** 兼職有工資的嗎？

**古** 有工資，一百塊一個月吧。

**熊** 那算是不錯了？

**古** 那算是不錯了啊！我不但不需要家裡負擔，還有餘錢給父母。

**熊** 那時候加入《周報》等於加入「友聯」嗎？

**古** 這個問題我該怎麼回答呢！因為《周報》是「友聯」的一部分，是友聯出版社的，所以我在《周報》工作，其實就等於在「友聯」工作。

**熊** 進去以前是否了解「友聯」或《周報》有甚麼理念、宗旨？

**古** 沒有，但我知道《周報》是在促進健全的學生課外活動及鼓勵學生寫作，當時中學課外活動似乎很少。

**熊** 就看作是一個學生活動的機會。

**古** 對。

**熊** 那後來進去以後呢？「友聯」有自己的理念，有自己的文化任務……

**古** 是的。

**熊** 後來是怎樣理解它的工作目的？

**古** 創辦「友聯」的是大陸來的年輕知識分子，「友聯」的理想是：民主政治、公平經濟及文化自由。

**熊** 後來理解到這些背景以後，在編輯《周報》時有沒有想要怎樣反映出來？怎樣表現這樣

中華民國四十一年十一月廿一日　中國學生周報　第六版

# 中國學生的遭遇

大學組第二名

新亞書院哲學系　古梅

古梅大學時期以〈中國學生的遭遇〉一文獲《中國學生周報》徵文比賽第二名。（一九五二年《中國學生周報》第一八期）

一九五五年《中國學生周報》同人。奚會暲（前排左一）、孫述宇（前排左二）、古梅（前排右三）、陳特（後排右二）。（奚會暲提供）

的概念？有沒有這些考慮呢？

**古**　當時在直覺上我似乎並沒有意會到寫文章或選文章需要反映「友聯」的理念，不過我那時雖年輕，但心中已有基本的原則與信念，再加上我是「新亞」的學生，所謂「新亞精神」也開始萌芽，我相信若文章是鼓吹獨裁、摧毀個人的尊嚴與自由或盲目地打倒優秀的中國文化，我是不會刊登的，因它違反了我個人和《周報》的理念。

**熊**　剛剛說那時候是「新亞」的同學奚先生介紹您進去的，那時候還有甚麼同學也在《周報》活動？

**古**　似乎沒有別的「新亞」同學，但後來有不少，那時好像只是奚會暲和我。《周報》的第一任主編是余英時，他是「新亞」的，但當時已離開。

**熊**　您和奚先生是同一級的同學？

**古**　小奚比我高兩年，他是第二屆的。小奚就是奚會暲，他的熟朋友都叫他小奚。

**熊**　就是學兄？

**古**　應該是學兄吧，可是我從來不這麼覺得，我們在學校及在「友聯」工作時非常熟，在一起常吵吵鬧鬧的說笑，現在見面還是如此，年齡一事拋到九霄雲外，若我稱他學兄，他一定會大吃一驚。

**熊** 我們知道「友聯」或者《周報》裡面有很多前輩跟新亞書院的關係很密切，譬如陸離女士就是「新亞」畢業的，還有很多編輯其實都是來自新亞書院的。

**古** 對。

**熊** 我們也常常看到唐君毅先生、牟宗三先生的文章會在《周報》發表。

**古** 還有錢穆先生。

**熊** 錢先生也是。可不可以說說為甚麼「新亞」——或者說新儒家——好像跟《周報》的關係特別密切？

**古** 我想因為「友聯」的理想基本上與「新亞」的理想是沒有衝突而有些是接近的，而且錢先生、唐先生及張丕介先生對創辦「友聯」的年輕文化人士也很欣賞。

**熊** 您剛剛進去就編一個文藝版面，然後是不是參與愈來愈多，漸漸也參與其他版面的工作？

**古** 剛進去的時候就是編〈拓墾〉，選文章和修改一些文章。那時候的主編是彭子敦先生。

**熊** 他是《周報》的總編輯？

**古** 是。

**熊** 那時候總編輯以外還有社長的，是嗎？

**古** 是，社長是余德寬。

**熊** 社長跟總編輯有時候是一個人，可是有時候是兩個人？

**古** 那時是兩個人。

**熊** 這位彭先生好像沒有很多人提起，他的背景是怎樣的呢？

**古** 我不大清楚。我只記得當《周報》搬到了彌敦道時（一九五五年）[2]，彭先生已不在《周報》了，我記憶中，後來《周報》的總編輯是**姚天平**（姚拓）先生，你知道姚天平先生嗎？他現在在馬來西亞。

**熊** 知道，何振亞先生把他的書送了給我們。

**古** 他寫了很多書！

**熊** 他很懷念以前在香港「友聯」的工作，他的書（《雪泥鴻爪——姚拓說自己》）裡有提到。[3]

**姚天平**

後改名為姚拓，又名姚匡。軍旅出身，曾任少校。一九五〇年來港，當荃灣硫酸工廠工人時認識《兒童樂園》創辦人閻起白，由此加入「友聯」，參與《中國學生周報》、《大學生活》等刊物的編輯工作。一九五七年移居新馬，參與當地《學生周報》、《蕉風》等刊物的編輯工作。二〇〇九年於馬來西亞逝世。著有《二哥》、《雪泥鴻爪——姚拓說自己》等。

姚拓《彎彎的岸壁》。（右）

姚拓《雪泥鴻爪——姚拓說自己》。（左）

**古** 對。

**熊** 這位彭先生本來是寫作的嗎？

**古** 不知道……啊！悅恆，你知道彭子敦嗎？他後來在哪裡？他本來在《周報》的，後來到哪裡去了？

**林** 他到馬來西亞去了，後來有回來，但那時候已經離開了，不在「友聯」工作了。

**古** 因為我知道《周報》在百老匯戲院對面、在彌敦道的時候他已不在《周報》。

**林** 他之後是老姚（姚拓），《周報》在彌敦道的時候他到了馬來西亞，他當總編輯的時間比較短。

**古** 彭先生對我萬分的鼓勵，我記得第一次改稿，他要我看一篇文章，說題目不怎麼好，要我想一個新題目。我想來想去，後來覺得那文章寫的是黃昏，我想就用〈謝謝你：黃昏！〉[4]，他說好極了，好極了，就叫〈謝謝你：黃昏！〉。

**熊** 編輯的技巧都是進去後彭先生教的？

**古** 是的。

**熊** 那時候本身完全沒有編輯經驗？

一九五五年，古梅接替奚會暲擔任《中國學生周報》督印人。

**古** 完全不懂，他對我的幫助非常大，而且對我很鼓勵，從來沒有惡意的批評，所以我很感謝彭先生。

**熊** 那時候還有甚麼同事呢？

**古** 我不怎麼記得了，在《周報》有彭先生、趙聰先生、余德寬先生，還有奚會暲，我最記得是這幾位。啊！還有位胥先生，胥景周。

**熊** 他負責……

**古** 他管錢吧，薪水也是他發給我的。還有位校對，我不記得名字了。

**林** 是不是曾一鳴呢？

**古** 曾一鳴？個子小小的，對不對？

**林** 對，對。

**古** 啊，是曾一鳴當校對，還有張海威和江杏雲。

**熊** 只有很少很少的人，就把《周報》編出來了？

**古** 可能還有其他人，我不記得了，不過人並不多。

**熊** 我們看到您在一九五五年到一九五六年曾經擔任《周報》的督印人5……

**古** 很短期，那時候因為奚會暲去了美國訪問，他在美國期間我暫代督印人。他回來後就復職了，他到美國只是作短期訪問。

**熊** 您有沒有當過總編輯或者社長？

**古** 我是代社長。

**熊** 就是跟剛才所說擔任督印人的同一情況？

**古** 是，就是奚會暲在美國時，我是代社長。

**熊** 那您有沒有擔任過總編輯呢？

**古** 我沒有當過總編輯，我相信在我當代社長的時候，姚天平先生是總編輯。

**熊** 您在閑聊時提過，在《周報》工作的時候會很注意有甚麼年輕人適合，然後就請他們加入，可不可以談談那時候怎樣考慮甚麼人適合呢？有哪位是這樣邀請進去的？

**古** 有一個我記得很清楚，鄭萼芬先生，那時候他在崇基書院。那時「新亞」跟《周報》的關係已經很密切了，「新亞」同學中有奚會暲、我，還有後來的孫述宇、王健武、楊遠、孫南等人；珠海書院有陳特；我們希望與「崇基」（崇基書院）的同學有較密切的關係，我與奚會暲在《周報》舉辦的活動中認識了鄭萼芬，之後就常與他聯繫，還去「崇基」訪問他。

**熊** 那是怎樣開始的呢？

**古** 可能是有一次他到《周報》參加活動，我們對他印象很深，以後《周報》有活動就通知他，有時我和奚會暲到「崇基」特別邀請他，於是他與《周報》的來往也比較密切了，後來他曾擔任過《周報》天台小學校長。

**熊** 除了他，還有哪位是這樣加入的呢？

**古** 類似的情況嘛，我記得兩個。一個是劉國堅，他是培正中學畢業的，然後考進「台大」（國立台灣大學）。

**林** 他在《周報》工作嗎？

**古** 沒有，他在「培正」讀書的時候投稿《周報》，我約了與他見面，他人品好，寫作力很強。他到「台大」以後，我繼續與他書信來往，我希望他「台大」畢業以後到《周報》工作，後來這希望變成事實。他後來在新馬文藝界與學生活動方面貢獻非常大。他目前在美國，但新馬文藝界人士仍對他念念不忘。

還有一位就是陸慶珍（陸離），我對她印象很深，她寫了一篇文章投稿，我就告訴——

古梅（前左）與陸離（前右）二〇〇六年首次見面，後立者林悦恆。

可能是姚天平總編輯：這位同學很有天份，她的文章題材新穎動人，是極少見的。

**陸** 那篇〈失去了半個父親的孩子〉嘛[6]。

**古** 對了，是，〈失去了半個父親的孩子〉，講父母離了婚，這個孩子只在週末見到父親……當時《周報》沒有登過任何這種題材的文章。我覺得這孩子很有天份，想在她到《周報》領稿費的時候與她結識。可是她來的時候我偏偏不在社裡，可能是到「新亞」上課，後來我問發稿費的同事陸慶珍來領稿費沒有？他說已經來了，把稿費領走了。我自然是十分失望，也一直很想跟她見面，五十年後的今天終於見到了，所幸她與《周報》有緣，她在《周報》時對讀者的影響之大你是知道的，我就不多說了。

**熊** 除了編輯《周報》外，您在「友聯」還做過其他工作？

**古** 學生工作。

**熊** 甚麼學生工作呢？

**古** 《周報》有通訊員，通訊員是《周報》在活動中選些優秀而熱心的同學報道一些學校的活動，刊載在《周報》上以促進校際的溝通，劉國堅就曾經是《周報》「台大」的通訊員，這全是義務的。與通訊員寫信聯絡是我的任務，這工作很有意思，因通訊員不限港、九、台、澳，海外各地至印尼、緬甸、馬來西亞都有，這也表示《周報》影響之大。另外我也參與別的活動工作，例如音樂會、學生晚會、話劇演出、遠足及乒乓球、籃球比賽等等，當然還有徵文比賽。我在《周報》大部分時間都是半工半讀，一九五五年我畢業了，畢業沒多久，《周報》開始在新加坡與馬來西亞發展，那邊開始出版的時候，有些香港的工作人員就調過去了。

**熊** 那時剛剛大學畢業？

**古** 大概畢業了幾個月吧，那邊學生工作更繁重些，因為希望能夠推廣華文教育。華文在馬來西亞不是官方語言，華文學校也不多，我們聯絡華文學校同學，不但設通訊員，而且鼓勵他們寫作。暑假時，我們舉辦生活營，即夏令營之類，營員是在各校選拔的優秀學生，生活營大約是兩個星期。這期間我們生活在一起，有學習也有活動，許多生活營營員多年後在社會上是中堅人物。

**熊** 那裡的《學生周報》是不是像香港一樣受歡迎？

**古** 我覺得也非常受歡迎，廿多年後有人說它是新馬地區現代派文學的搖籃。

**熊** 那版面跟香港的《周報》比較起來有甚麼不一樣呢？

**古** 大同小異，不過文章當然是反映當地的文化與社會背景的。

**熊** 內容都是從香港移刊過去的？

**古** 有的是，但是〈拓墾〉、〈新苗〉、通訊欄和〈大孩子信箱〉登的肯定是那邊同學的文章和提問。

**熊** 投稿是那邊的稿子？

**古** 是。

**熊** 那除了香港跟馬來西亞的《周報》，您還參與過甚麼方面的工作呢？

**古** 《大學生活》，我不大記得我在《大學生活》多久，但我知道第一期《大學生活》的文章，有些是我邀來的。

— 1 —

大學生活月刊

創刊號目錄



中華民國四十四年四月十日出版
主編人　古梅
香港九龍新圍街七號二樓
承印者　友聯印刷廠
香港九龍碼頭圍道七十一號
發行者　友聯書報發行公司
香港德輔道中廿六號A二樓
九龍新圍街九號地下
電話：三三二一七
零售每冊港幣五角

《大學生活》一九五五年創刊號封面及目錄。

**熊**　就是創刊時已經參與了？

**古**　肯定參與了。我記得去找校友余英時投稿，後來還去拜訪過董作賓先生，知道他嗎？他是研究甲骨文的專家。又請唐先生（唐君毅）、錢先生（錢穆）寫文章給《大學生活》。

**熊**　那時候怎麼想到要辦《大學生活》這份雜誌呢？

**古**　因為《周報》主要讀者是中學生，《大學生活》希望能適合大學生的興趣。

**熊**　就是要辦一份給大學生的刊物，這不是您主動想到，是「友聯」有人提了出來，然後您就參與創刊？

**古**　對。

**熊**　那版面的設計安排有甚麼考慮？

**古**　版面與《周報》不同，是雜誌版面，《大學生活》四字是請「新亞」教授曾克耑先生題的，他是有名的書法家。

**熊**　後來還有沒有參與「友聯」其他工作呢？

**古**　沒有了，因為我一九五七年底就離開「友聯」去了美國。

**熊**　從馬來西亞離開？

**古** 不是，因我是香港居民，所以要回港辦手續，然後去美國。

**熊** 在馬來西亞工作大概多久？

**古** 在馬來西亞和新加坡一年多，工作很愉快，也很有意義。

**熊** 那時候為甚麼會離開？

**古** 因為我拿到獎學金到美國讀書去了。我是一九五七年十一月底或十二月初離開的，因為我記得一九五七年到了美國，不久就過聖誕節。

**熊** 之後就在那邊定居了？

**古** 本來計劃回香港的，我在美國將要拿到學位的時候，唐君毅先生——你知道他嗎？

**熊** 知道。

**古** 他寫信給我，要我來香港中文大學，到「新亞」教書，似乎還兼任女生主任。可是那時候「新亞」開始聯合成中文大學，是過渡時期，從私立的新亞書院變成政府學校，聘書要經過較多手續才能發出來。聘書遲遲不發，我想可能有問題，我不能無限期等待，我需要工作，就接受了美國俄亥俄州威登堡大學的聘約。簽了約大概兩個星期就收到唐君毅先生給我的信，他說已經正式通過了。我在美國最初住宿舍，後來又搬過好幾次家，可是那封信唐先生寄到我在美國的第一個地址，美國郵政局轉來轉去轉了很久才轉到我的手上，當時我已經簽了約，不能悔言。我將實情告知唐先生，他說沒問題，第二年回港也可以，但我那年冬天在美與「新亞」同屆同學朱學禹訂婚，第二年暑期結婚，就在美國留下了。對沒有回「新亞」服務，我始終耿耿於懷，覺得很對不起唐先生，錢先生還寫信將我教訓一番。

十多年後，我第一次到台灣，我在台北打電話問候錢先生，他很高興，約我們一家四口第二天到家中吃午飯。那天錢師母還親自下廚燒了一道鮮美無比的全魚，吃飯時錢先生笑眯眯地對我說：「古梅，我要你們到家裡吃飯，不出去吃，在外面是吃不到這麼好吃的魚的。」這是肯定的。飯後錢先生精神飽滿，談笑風生，我心中十二萬分的寬慰，也很感激錢師母多年來對錢先生的細心照料。

錢先生沒有提我當年沒有回「新亞」工作之事，我想錢先生可能已忘記這件事，即使沒有忘記，也已原諒我了。

**熊** 《周報》早期的督印人經常轉換，很快就換了另一位，為甚麼會有這樣的情形呢？

**古** 因為我們都年輕，雖然熱愛《周報》的工作，但不願放棄繼續進修的機會，許多轉換是這個原因。

**熊** 在一九五〇年代的香港，如果想做一些學生工作或者文化工作有甚麼困難呢？

**古** 我想初期很多父母對《周報》不很了解，父母都不知道《周報》是怎樣的一個機構？為甚麼要兒女到那裡參加活動？

**熊** 那就是社會的氣氛比較緊張，會擔心背後有甚麼背景？

**古** 對，後來《周報》的讀者和活動多了，一般人對《周報》比較了解了。不過很多中國父母希望子女多花點時間讀書，不要貪玩參加甚麼活動。認為校內的活動還可以，校外的就大可不必了。

**熊** 那經費方面會不會有困難呢？那時候社會環境條件不太好，但辦這些活動需要經費。

**古** 我是從來不管錢的，從來沒有考慮到經費問題，有經費我們就辦活動，沒有經費來我們就不辦活動。

**熊** 「友聯」有一些工作項目接受了亞洲基金會資助，這成為「友聯」常常被質疑的原因……

**古** 對。

**熊** 這方面古梅女士有沒有甚麼可以說說的？那時候有沒有考慮過如果接受這些資助會惹人懷疑，有沒有擔心？

**古** 從未擔心過，可能是因為我知道我們工作的原則是正確的。懷疑我們的，在馬來西亞比這裡稍為嚴重。

**熊** 就是懷疑其實有政治目的？

**古** 對。

**熊** 我們關心的是，因為亞洲基金會本來有自己的目的，如果它資助「友聯」的一些工作，那會不會干擾了你們本來的運作呢？

**古** 我的印象中沒有，最少我沒有那種感覺。

**熊** 經費怎樣安排？

**古** 我從來沒有參與過，那時候在「友聯」社裡面，我年紀較小，等於小妹妹，這些經費問題由那些創辦「友聯」的前輩處理，我從不過問。

**熊** 您在香港《周報》跟馬來西亞《學生周報》活動的時間大概是一九五二到一九五七年，之後還有沒有留意香港《周報》的發展？

**古** 沒有怎麼留意了，我與《周報》的朋友們私交很好，但離開後就很少談到工作了，主要因為我在美國讀書非常忙……

**熊** 您唸的是……

**古** 碩士是唸教育哲學，但博士是教育心理，因為語文的關係，讀書就需特別用功，後來與「友聯」沒有很密切的聯繫，大部分時間都放在學業方面了。

**熊** 後來《周報》的發展，譬如說一九六〇年代的風格轉變，還有就是一九七〇年代停刊，這些您在美國的時候都沒有注意了？

**古** 沒有太注意，但知道，我在美國與馬來西亞的《學生周報》聯繫比較多。因為我在香港工作時最熟悉的幾位同事都去了新加坡與馬來西亞，例如姚天平、奚會暐、王健武、張海威、陳思明、燕歸來、何振亞等人，香港《周報》交給後起之秀，例如林悅恆等人，我和悅恆雖彼此知道，但一九九九年才見面。

**熊** 那時候「友聯」在馬來西亞用力很大？

**古** 很大！

**熊** 為甚麼呢？

**古** 因為馬來西亞的面積比香港大，而且到新加坡和馬來西亞是開闢一個新市場。

**熊** 有沒有覺得哪方面的發展空間比較大？還是說哪方面的需要比較大？

**古** 兩者都有，發展空間大，需要也大。譬如說推廣華文教育，華文教科書這方面的需要就不小。

**熊** 您剛剛跟林悅恆先生傾談的時候提到「友聯」一些前輩，可不可以請您談談對他們的印象？

**古** 你認識哪些「友聯」早期的人呢？

**熊** 何振亞先生、林悅恆先生。還有聽過名字的而沒有見過面的，譬如剛剛提到的陳思明先生，跟您剛剛也提過的鄭萼芬先生等等。比較早期的孫述宇先生，我們訪問了，陳特先生也是。還有很多前輩都提到但我

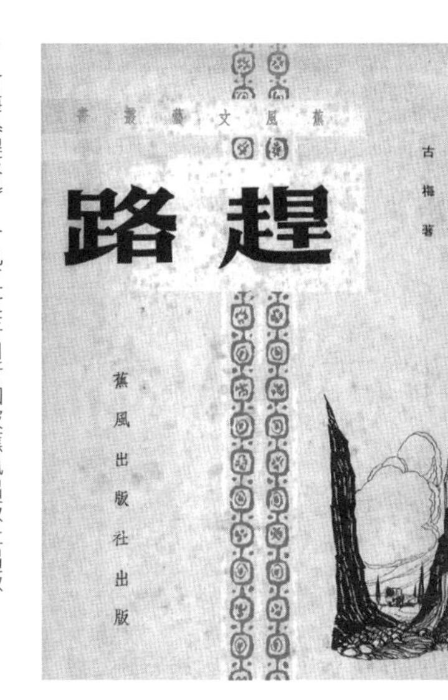


古梅《趕路》，一九五七年由新加坡蕉風出版社出版。

們沒辦法跟她聯繫的邱然女士，即是燕歸來。一些名字我們聽過，可是沒有機會接觸，沒有碰過面。

**古** 前面提過，我在「友聯」大半的時間是半工半讀，所以一般是上課，課餘讀書和工作，空閑的時間並不多，全職時主要是在新加坡和馬來西亞，那時與他們接觸才多些，最熟就是邱然小姐，筆名「燕歸來」，我稱她「二姐」。剛剛跟悅恆談到她，悅恆和很多人稱她「燕姐」，因為她叫燕歸來，但早期的年輕的人都叫她「二姐」，因為她是家裡第二個女兒。她非常有才氣，對「友聯」貢獻很大。

**熊** 她可說是創辦的成員？

**古** 她是創辦的成員之一，現在她在瑞士，她離開「友聯」到了德國讀書，後來在大學任教。她對我很照顧，像姐姐一樣。

**熊** 進去的時候她已經在裡邊？

**古** 在裡面很久了，在馬來西亞的時候，我們同住一個房間，她對我照顧就更多了。事實上我到美國讀書也是她鼓勵我去的，我當時雖有進修的願望，但並不積極辦理。邱然在這方面很關心，她為我拿到幾份美國大學申請表及獎學金申請表要我填、寄。

要是沒有她的支持和鼓勵，我不會那麼快就去美國讀研究院的，我拿到密西根大學的所有費用全免的獎學金，對我來說這個夢想不到的機會，完全是邱然為我帶來的。

**熊** 那時候她在裡面負責甚麼工作呢？

**古** 她有一段時期是友聯研究所的所長。「友聯」出版《祖國》，早期每期都有她寫的新詩，寫得很好，後來出版了一本書，用筆名「燕歸來」，書名是《謝謝你們：雲、海、山》[7]。其他的早輩有你剛才說到的何振亞。何振亞是個多姿多采的人，我還記得剛到「友聯」工作的時候，紅磡有友聯圖書社——類似一個小圖書館，是借書給人看的，這由他負責。除此之外，他當然還有別的職責。他認為要推廣中國文化首先要看中文書，他到處購買中國名著，充實圖書社內容，這圖書社也使我受益不少。有一年夏天我就專門看老舍的書，能夠借到就拿來看。我很感激何振亞。我這次旅遊，在上海當天可以坐飛機回美，可是我知道何振亞在上海，就多留一天與他見面。我在美國也見過他好幾次。

陳思明先生對我來說也是大哥哥輩。他現在在美國，我印象中他做事很有條理，他多年來都是「友聯」主持人。他在寫「友聯」回憶錄，很希望我們每個人都寫一點收在那個回憶錄裡。前陣子他還要我提供《周報》開晚會的相片，以便收到回憶錄裡面。你剛剛講的另外幾位，像陳特、孫述宇與悅恆，對我來說，他們都是與我同期或後期的了。創辦的是陳思明、燕歸來和徐東濱等人。徐東濱先生後來在《星島日報》和《明報》當主筆。徐東濱先生是中英文並茂的一位學者。他十分穩重，也非常幽默，而且是很有學問的幽默。

還有一位是史誠之先生，他去世很久了，所以知道他的比較少。唐先生跟我提到「友聯」的朋友時，說史誠之先生像駱駝一樣，能任重載遠，慢慢地走，可以走很長的路。

**熊** 現在回看，您覺得「友聯」當初一些工作的目的是不是達到呢？

古　我覺得……可以說是很多都達到了，像現在你們花這麼多的心血來訪問「友聯」的人，又將《周報》上載互聯網，那就可以想像到我們的工作沒有白費了。

熊　您太客氣。我們在《周報》看到一些小說都是您寫的，後來就沒有了，數量不是很多。可不可以談談那時候為甚麼寫小說，後來又為甚麼沒有寫呢？

古　我並沒有寫作的天才，當時只是濫竽充數而已。去了美國讀書真的非常忙，畢業後工作也非常忙。然後是工作、孩子與家務，就更沒時間寫了，目前我是英文沒學好，中文也荒廢了。

熊　您在「友聯」工作、在香港生活的那幾年間，有沒有甚麼印象特別深刻、特別難忘的經歷呢？

古　我覺得我在「友聯」工作的時期……其實我在「友聯」工作和在「新亞」讀書是分不開的，那時如果沒有到「新亞」讀書也就不會到「友聯」工作了。一九五一到一九五七年是一段非常快樂的時期。我對我的生命歷程沒有甚麼不滿意的，但最快樂的，第一個是兒童時期；第二個時期是讀「新亞」和在「友聯」工作的時候；然後是結了婚有了兒女的時候；第四期是退休後目前優哉游哉的日子。在「新亞」與「友聯」是我極愉快的時期，一方面是年輕，充滿了希望與理想，再者是「新亞」當時規模小，老師們諄諄善誘，對學生們如同子女，幾位相好的同學們又情如手足，「友聯」的朋友們對我真誠而親切。當時我覺得有三個家，一個是我自己的家，另外兩個就是「新亞」家和「友聯」家。我和「新亞」的老同學們和「友聯」的同事們目前雖天南地北，但見面時感情如舊，可能更親更濃。

熊　您在《周報》的作品都署名「古梅」，沒有用其他的名字了，是嗎？

古　沒有，這是我的真名。謝謝你影印了一份幾乎是我所有刊登過的文章給我，但令我驚奇的是有些文章似乎是登在香港《文壇》上的，雖署名「古梅」但並不是我寫的，我一九五九年以後就沒有寫過文章了。

中華民國四十二年一月十六日　中國學生周報　（星期五）　第五

夜歸　·古梅·

▼古梅〈夜歸〉。（一九五三年《中國學生周報》第二六期）

附：

## 古梅後記

我於二〇〇六年九月初在港訪友，小住數日，有位友人（可能是陸離）問我願否接受訪問，談一些有關《周報》的事情，我答應了，身邊無任何資料，一切憑記憶，錯誤與遺漏在所難免（相信肯定是有），若蒙讀者或聽者更正或補充，我感激不盡。

## 奚會暲〈我所知道的古梅〉

一九五一（或一九五〇）年暑假興之所至搬到沙田曾大屋住了一個月，在那裡一個小雜貨舖購物時認識了一位梳兩個小辮子的小姑娘——古梅，沒有顧客時，她總拿了書在看。後來有一天董保中在學校時對我說古梅這學期要來「新亞」入學，當時我很吃驚，一個外型只像初中的學生要來進大學？

當時「新亞」有個獎學金的制度，凡是全校成績第一的可免交學費，本人連續兩、三次都僥倖入選，但古梅來後，我就退位讓賢了。古梅是個喜歡讀書又會讀書的人，從「新亞」開始到獲得密西根大學博士學位，都是名列前茅。

古梅除了聰明、好學外，在家對父母非常孝順，對兩個弟弟多般照顧，做事效率高，又講究原則，對朋友們很熱情，從不做作或敷衍（我一九六三年以窮學生身份在紐約寫碩士論文，嚴冬來臨，她寄了張支票，叫我快去買件大衣）。她剛開始在大學教書時，第一次走入教室，學生不敢相信，這年輕少女竟是他們老師，後來才發現她不但學識廣博，而且非常嚴格，要想「偷雞」或取巧是絕對不可能的事。

古梅於一九六二年與「新亞」同屆經濟系同學朱學禹結婚，本人從舊金山飛去做男儐相，他們婚後生活非常美滿，育有一子一女，兩位都做了醫生和成了家，時下現有四個孫子和孫女。今年母親節我飛去 Columbus（美國俄亥俄州哥倫布市）與三代兩個母親一齊歡聚和「飲茶」，深深感到人間溫暖和親情的一面。

在這個多變和複雜的社會，要做一個「完人」幾乎是無可能，但在我認識的女性中，古梅至少是最接近的一位。

奚會暲匆草

二〇〇七年七月

# 注釋

1 古梅於《中國學生周報》獎學金徵文比賽中以〈中國學生的遭遇〉一文得大學組第二名。參《中國學生周報》，一九五二年十一月二十一日，第一八期。

2 據《中國學生周報》出版資料欄，該報報社從一九五五年五月二十七日第一四九期開始，由九龍漆咸道新圍街七號二樓遷往九龍彌敦道六百六十六號五樓。

3 姚拓：《雪泥鴻爪——姚拓說自己》，吉隆坡：紅蜻蜓出版有限公司，二〇〇五年。

4 鍾鴻穩：〈謝謝你：黃昏！〉，《中國學生周報》，一九五三年四月三日，第三七期。

5 據《中國學生周報》出版資料欄，古梅乃該報第一六二至第一九〇期（一九五五年八月二十六日至一九五六年三月九日）的督印人。

6 施也可：〈失去了半個父親的孩子〉，《中國學生周報》，一九五五年九月二日，第一六三期。

7 燕歸來：《謝謝你們：雲、海、山》，香港：友聯出版社，一九五二年，初版。

# 孫述宇

（一九三四——　）

筆名費力、費立、宣仲弘等。

原籍廣東中山，廣州出生，童年時期逃難，輾轉於廣東、香港、重慶、廣西等地。一九五一年入讀清華大學物理系，翌年因院系調整而轉到北京大學就讀。一九五三年在父母力勸下留港繼續學業，入讀珠海書院半年，一九五四年轉入新亞書院外文系。就讀新亞書院期間投稿到《人人文學》、《中國學生周報》、《海瀾》等刊物，得古梅介紹加入《中國學生周報》兼職。一九五八年畢業後轉為全職，曾任《中國學生周報》、《大學生活》主要負責人。一九五九年到美國耶魯大學升學，其後主要從事學術工作，目前在美國加州定居。著有《解救》、《介紹人的故事》、《鮭》，另有學術論著《水滸傳的來歷、心態與藝術》、《小說內外》等。

日期｜

二〇〇五年十月二十八日

地點｜ 香港創建教育中心

訪問者｜ 盧瑋鑾、熊志琴

列席者｜ 陸離〔於訪問中段加入〕

孫—孫述宇　盧—盧瑋鑾　熊—熊志琴　陸—陸離

熊　孫先生是甚麼時候出生的？

孫　一九三四年。

熊　不是在香港出生？

孫　在廣州出生。

熊　孫先生可以談談來港以前的成長經歷嗎？

孫　一九三四年出生的人，沒多久便遇上第二次世界大戰。我小時候在廣州，廣州將近淪陷的時候，不知怎的，我家幸運地已經先遷到香港；又在香港快要淪陷的時候，母親又不知怎的靈機一觸，全家遷往重慶。直至第二次世界大戰結束，抗戰勝利，即一九四五年的時候，那時我們便遷到……我們也並非一直在重慶居住的，後來也曾在廣西柳州住過，抗戰勝利時在廣東連縣，接著便回到廣州唸初中。抗戰結束以後便在廣州，直至解放戰爭開始，廣州解放應該是一九四九年左右〔一九四九年十月十四日〕，我也不是記得太真確了。我是一九五一年中學畢業的，一直沒有離開廣州，雖然那時候家人已經遷到香港。

如果說我跟別的、譬如同屆的新亞書院同學的經歷有甚麼不同的話，就是我在解放後的中國住了幾年。廣州大概在一九四九年解放，我一直留在那裡唸中學至一九五一年，畢業後又到了北京唸了兩年大學，先在清華大學讀物理。然後，一九五二年，這在大陸教育史上是一個特別年份，那年院系調整，將清華大學、北京大學合併，理學院在「北大」〔北京大學〕，因此我在「北大」也唸了一年。那時暑假回到香港的家，父母叫我留下來，我思想鬥爭了一段時間便留下來了。接著我失學了半年，爸爸的朋友幫我入讀珠海書院，唸了半年，又說不如到「新亞」〔新亞書院〕。那時候爸爸在「新亞」兼任，所以我便去了「新亞」讀書。我是一九五四年入「新亞」的，一九五八年畢業，是「新亞」第七屆畢業生，你在「新亞」圓形廣場上的第七屆畢業生名單上便看到我的名字了。

熊　剛才您談到，一九四九年之後在國內留了兩年才來港，那時不覺得……

孫　不只兩年了，一九五一年中學畢業，但我到

孫述宇（右）與友人。（何振亞提供）

一九五三年才來港。

**熊** 是，在國內留下來住了幾年才來港，那時不覺得有來香港的迫切需要？

**孫** 如果不是家人挽留，我便回去了，但回去之後會怎樣不知道，之後一浪接一浪的運動……我現在還有一些老同學在北京，他們大多已經退休了。改革開放之後我回去，與他們恢復聯絡，那一屆北京大學物理系畢業學生名冊上還有我的名字，哈哈！我的工作單位已經不在大陸。

**熊** 您來港時不過十九、二十歲左右……

**孫** 十九歲。

**熊** 也算是成年了，那時候對香港有甚麼看法？有甚麼印象？

**孫** 因為香港不是……那時候我來到香港，不像一些突然從內地來港的學生那樣，不會有那種很新鮮的印象，因為我小時候曾在香港住過，甚至那時候在內地讀書，暑假也間中會來香港，所以印象不是很新鮮的。

**熊** 跟之前來港的印象差不多？

**孫** 差不多，而且廣東人來港更不會有很特別的感覺。那時入境很好玩，他們要你說一句廣東話，看看你是不是地道的，因為香港和廣東有一項特別的agreement〔協議〕，昔日英國政府和廣東有這樣的一個條文，就是只有廣東的人可以來港。所以我們昔日……總而言之，廣東人來港較容易，也較容易適應，而且我根本就曾在港住過，在香港也有親戚。

**熊** 您本來是「清華」〔清華大學〕的學生，後來又轉到「北大」讀書，來到香港之後，無論是「珠海」〔珠海書院〕還是「新亞」，那時候都是較新的學校，那會不會不習慣？因為本來都在一些有深厚傳統的學校讀書……

**孫** 那當然是有的。你形容「新亞」和「珠海」是較新的學校，這已經是很淡、很輕的形容了，呵呵！「新亞」當時是很爛的學校而已。以前的「清華」，因為是利用庚子賠款興建的，所以它的校舍是很美觀的，以中國的標準而言。例如說「清華」的圖書館，從書庫一直上去的地板，為了遷就光線，有許多窗、有許多玻璃，閱覽室的地板是水松木造的，是很願意花錢的建築。又例如物理系有自己的一座建築物，比較起來，現在香港中文大學或香港大學的物理系都沒那麼大，哈哈！所以你問來港以後入讀「新亞」是不是很委屈？哈哈！那當然是有一點的，但那時候來港，本意是讀些英文，然後有機會便到外國繼續讀物理的。

**熊** 當時沒有想長期留港，只打算暫時、短期停留？

**孫** 對。

**熊** 結果您在「新亞」畢業後也真的到了美國讀書，那時的計劃是以香港為踏腳石，然後出國？

**孫** 如果畢業後不立即工作，那便應該是繼續讀書的意思了。結果我從「新亞」畢業後，當時由於去美國不成功，便在《中國學生周報》做了半年的全職工作，直到美國那邊終於把簽證發下來，我才過去。我一九五八年畢業，一九五八年底才動身，一九五九年初才能去的。到了耶魯大學，又大約有半年不是正式學生，但那半年也做了許多準備工作，例如我想進英文系，入學前要考德文、法文，這些算是學過的，但要考拉丁文，這是我沒有學過的，所以便用那半年來自學拉丁文，那半年就用來做這些事情。

**熊**　或者我們再談談「新亞」那一段。剛才聊天時，孫先生提到現在人們常常弄錯「新亞」創校時有關幾位老師的歷史。以您所知，人們常提到的幾位「新亞」老師，例如錢穆、唐君毅、牟宗三等，他們在裡面的角色是怎樣的？

**孫**　盧瑋鑾應該知道多一些，但當然她比我還晚幾年進去。「新亞」的創辦我也沒有親自見證，因為「新亞」的校史是一九四九年開始的，而我是一九五四年才來的。我還記得……我一九五三年出來，十九歲，我二十歲才入「新亞」，那一年是錢穆先生還曆紀念，錢先生那年剛好六十歲，錢先生的年紀跟我相差四十年，所以我很容易記得錢先生的年紀。我進去時「新亞」已經辦了幾年，那時候同學間流行的說法是，「新亞」的創辦人是錢、唐、張，就是錢穆、唐君毅和張丕介三位先生，其他的老師都是兼任的或是沒那麼投入的。例如一位程兆熊先生，盧瑋鑾也知道他，他後來也曾回來中文系任教的，他好像在最初階段也曾出現過，後來去了台灣，因為他有農科的背景，所以在昔日的台中農學院、後來的中興大學那裡任教。直至「新亞」成了「中大」（香港中文大學）一部分，教職員薪酬提高了許多的時候，有一大批台灣老師來任教，所以有些人說「中大」許多從台灣來的老師是很早就來到的，其實說的是一九六三年那時吧！

如果以一九四九年創校到我進去的一九五四年那段時間來說，主要的領導人應該是錢、唐、張三位。其實我們不會知道很多，嚴格來說，那時「新亞」佔主力的恐怕是錢穆先生而已。因為錢先生從大陸出來的時候，他在中國史學界已經有很高地位，不論昔日在北京或後來抗戰時在西南，他都在一些有名的學校執教。唐先生是年輕許多的，來港之前從北京大學畢業，跟牟先生一樣在北京大學出身，然後在中央大學執教，來港以前的職位是講師或副教授之類而已。談著作，他當時還沒有甚麼著作，我們後來在香港才看到唐先生很努力地寫作，最初只寫一些《人文精神之重建》等書籍，那些《心物與人生》等，都是一些小巧的書，唐先生那幾部較大部頭的書籍那時候還未出版。

**熊** 那幾位老師上課的情況、「新亞」的學習氣氛是怎樣的呢？

**孫** 這些，我照記憶如實地說吧。那時候同學的程度是很參差的，其中為數不少是難民學生，年紀頗大，曾經當兵的。有一些不能夠作比較……譬如進不了香港大學，那時候香港政府承認的大學只有香港大學，而香港大學又要求學生是從認可的中學畢業的，畢業後又要會考等。譬如我，我來到香港雖然已經讀了兩年書，但也沒有資格報考香港大學。所以說，那時候「新亞」學生的水平參差，平均來說程度是頗低的。老師上課，如果遇到班上學生的程度不太好，他們沒心情上課也不奇怪。不過唐先生上課是很認真的，他不上則已，一上便好像上戰場似的，滿頭大汗，很認真，教甚麼都很認真。修唐先生的課有很大的益處，因為他從不欺場的，他很「長氣」。錢先生便完全不同了，那時候我進的雖然是外文系，但那時外文系幾乎沒有老師，也沒有像樣的功課，起碼第一、二年的時候是這樣，所以錢先生、唐先生的課我都選。錢先生講的「中國通史」一定得修吧，那是必修的，然後錢先生講的「莊子」我也修了，其他還修過甚麼別的，我不記得了。唐先生的課我也修過幾門，「中國哲學史」、「哲學概論」、「西洋哲學史」等。錢先生是隨便講的，有時候上課會發脾氣，他在外面受了氣便在課堂上發洩出來，完了便說：「我要講的都在書中，你們自己看吧。」這些都是事實。錢先生有沒有對一些好的學生有一些好的啟發，教了他們很多東西？我相信在「新亞」是有的，應該是研究所的學生，譬如余英時在那裡學了多少呢？我想一定很多。錢先生那時候是很難接近的，大學部的學生很難接近他。後來我跟錢先生比較接近，為甚麼呢？我去了「耶魯」讀書，剛巧雅禮協會安排了錢先生到

**力匡**

本名鄭力匡、鄭健柏，另有筆名百木等。一九五〇年代在港擔任《人人文學》、《海瀾》編輯，經常在不同報刊發表作品。一九五八年轉赴新加坡，一九九一年於當地逝世。著有《燕語》、《高原的牧鈴》、《北窗集》等。

**徐速**

本名徐斌，字直平，一說本名徐質平，曾與慕容羽軍合用筆名「黃先生」。抗戰時期畢業於中央陸軍軍官學校。一九五〇年來港，曾任自由出版社編輯。一九五一年創辦高原出版社，出版《海瀾》。一九五六年創辦《少年旬刊》。一九六五年創辦《當代文藝》。一九六九至一九七一年間於珠海書院任教。著有《星星．月亮．太陽》、《去國集》、《櫻子姑娘》等。

「耶魯」講學半年，那半年間我每星期都到錢先生家吃飯，錢師母做飯，錢先生知道我曾在「北大」讀書，因此便有很多話題，我和錢先生相熟是那時候的事。

**熊** 您那時候除了讀書外也有寫作，會在一些刊物投稿，對嗎？

**孫** 那時候大概都投到《周報》（《中國學生周報》）1。

**熊** 只投到《周報》？《海瀾》之類會不會也投？

**孫** 啊，對，後來也有2。

你問起，我才想得清楚些，最初應該是投到一本叫《人人文學》的刊物3。《人人文學》是怎樣的刊物呢？它是由平凡出版社出版的，甚麼人主持的呢？盧瑋鑾熟悉嗎？

**盧** 《人人文學》本來是由**力匡**……

**孫** 據我所知，平凡出版社的總負責人是許冠三，他又叫許雅禮，後來在「中大」歷史系任教。許冠三是其中一人，鄭力匡是另一人，有時候他用另一名字叫鄭健柏，還有就是我哥哥孫述憲。這三人到底是平起平坐，還是以誰為主，這我不清楚，還有一個姓謝的，後來他們有一些爭執便分開了。因為哥哥參與其中，所以我來港沒多久，雖然本來只懂物理、數學，但也慢慢學習寫作，過了一段日子便在《人人文學》投稿。

**熊** 最初是在《人人文學》？

**孫** 對。然後才是《周報》，至於《海瀾》則是後來《人人文學》的出版社……後來他們拆夥了，鄭力匡便和另一位作家，叫甚麼名字呢……他們合作辦了一間高原出版社，然後才有《海瀾》，那個作家叫**徐速**，你們的資料也應該有。後來又文人相輕，自古已然的了，他們又有爭執分開了，高原出版社不知道維持了多久。後來鄭力匡離開了，到了南洋教書，那時我和鄭力匡相熟。

**熊** 那時是因為投稿而認識還是其他？

**孫** 最初在平凡出版社因為我哥哥的緣故而認識，後來到《海瀾》的時候，大概是他向我邀稿，我便……

**熊** 剛才您提到平凡出版社有幾位負責人，其中一位姓謝的，記得他的全名嗎？

**孫** 他不寫東西的，姓謝，叫謝謀饒。「謀」是

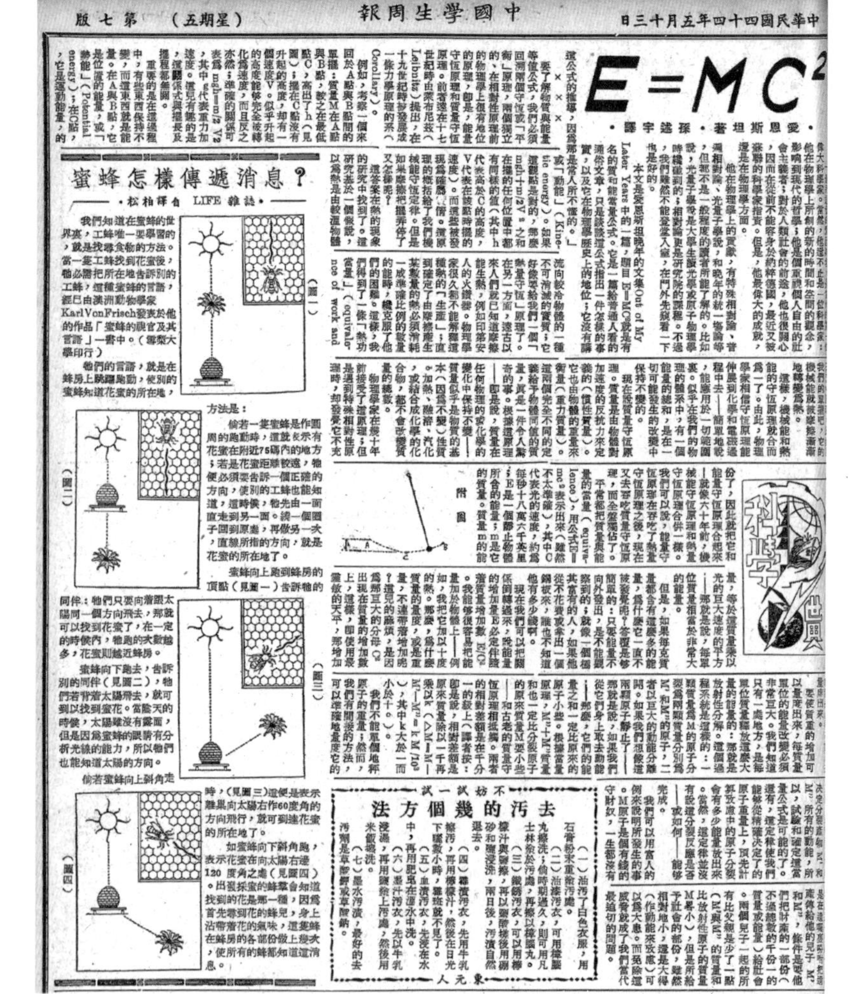

中華民國四十四年五月十三日　中國學生周報　（星期五）　第七版

# E=MC²

・愛恩斯坦著・孫述宇譯・

## 蜜蜂怎樣傳遞消息？

・LIFE 雜誌・自譯柏松・

## 去污的幾個方法

不妨一試

東元人

孫述宇翻譯愛恩斯坦〈E=MC²〉。（一九五五年《中國學生周報》第一四七期）

「謀略」的「謀」，「饒」不知道是「堯舜」的「堯」還是「富饒」的「饒」。

**熊** 他不寫作也不參與實際編務？

**孫** 他應該是負責一些經理的工作，後來跟許冠三意見不合。

**熊** 您在這些刊物發表的主要都是短篇小說，是嗎？那時除了用真名，還會用甚麼筆名？

**孫** 我最早應該用「費力」，後來便將「力」字改成「立」；還有一個筆名是後來才用的，叫「宣仲弘」。

**熊** 為甚麼「費力」會改為「費立」的？

**孫** 我覺得好像很「費力」，哈哈！

**熊** 您在一九五〇年代寫了很多短篇小說？

**孫** 對，在「新亞」的學生刊物上寫過一兩篇，得到學姊古梅賞識，她便介紹我到《周報》做part-time（兼職），做兼任的、工讀的編輯。

**熊** 那時候是古梅女士請您到《周報》的？

**孫** 是她介紹，她在友聯出版社有……該怎麼說呢？那是有管理組織的，負責聘用人事的，又譬如有經理部等等。

**熊** 那時候古梅女士應該也還在讀書吧？

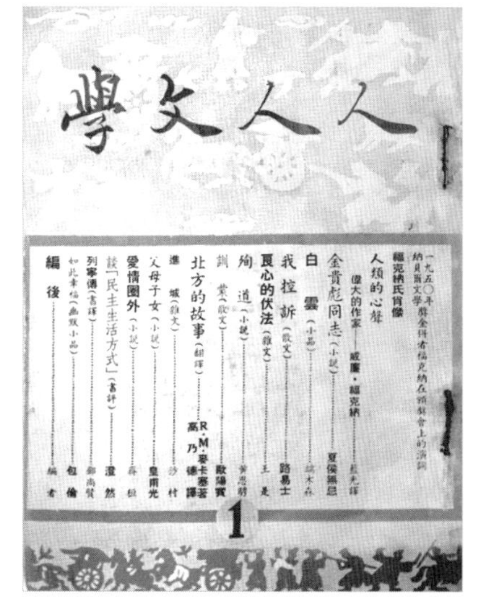

《人人文學》創刊號。（右）
《海瀾》創刊號。（左）

週末

費力

[illegible]

見義勇為

費立

[illegible]

▼費力〈週末〉。（一九五五年《中國學生周報》第一五八期）（右）

▼費立〈見義勇為〉。（一九五六年《中國學生周報》第二〇九期）（左）

**孫**：對，她在「新亞」唸哲學系的，比我高兩屆，所以應該是她四年級、還在「新亞」而又同時在《周報》的時候，她介紹我加入《周報》的，應該是一九五六、一九五七年左右。

**熊**：在古梅女士介紹以前，孫先生也看過《周報》吧？

**孫**：有，間中有看，但因為我已經是大學生，而《周報》是給中學生看的，呵呵！

**熊**：那您還沒有加入《周報》以前，是不是已經認識「友聯」的朋友？

**孫**：不太認識。

**熊**：加入了才認識？

**孫**：譬如在「新亞」遇到一些同學，例如奚會暲，奚會暲那時候好像已經畢業了，還有陳負東等等。但我那時候不知道他們在「友聯」，就是《周報》工作，不知道。《周報》和「新亞」的關係一向是較緊密的，編輯很多都是「新亞」的學生。那時候在「新亞」講國語、普通話的人很多，老師固然是，學生也有許多，因為是從大陸出來的，奚會暲、陳負東、古梅等等都是講普通

**陳特**

本名陳常則。一九四九年由廣州來港，就讀珠海書院，後入讀新亞研究所，受業於唐君毅。一九五四年加入《中國學生周報》，一九六三至一九六五年擔任社長，後赴美升學。一九六九年回港後投入教育與學術工作，於香港中文大學哲學系任教逾三十年。二〇〇二年因癌病逝世。

話的，「友聯」也是講普通話的環境，後來它漸漸擴大，也有一些本地的員工。

**熊** 孫先生那時為甚麼有興趣參與《周報》的工作？

**孫** 一個蠻重要的原因，說很要緊又不是，就是兼職會有一點薪酬。雖然那時候在「新亞」讀書不大需要錢，但有一點積蓄可以花也是好的，這是一個原因。兼職會佔了時間，如果沒有incentive〔鼓勵〕便不會做這些事情了。

**熊** 那這是一個很大的考慮？

**孫** 應該是，不過也有點因為朋友來邀請。那時候古梅介紹，她也介紹了一些屬於「新亞」而又同時參與「友聯」的朋友給我認識，所以大家便一塊兒工作，諸如此類吧。

**熊** 您在《周報》兼職時是負責甚麼工作或甚麼版面的？

**孫** 最初好像是科學版，因為我讀過理科，所以便編這些科學版；又因為寫過一些小說、散文，後來又編文藝版。《周報》的文藝版是很有趣的，它有幾版，最高那個叫……有一版叫〈穗華〉的，我記不清是不是這樣，反正是一級一級的編上去。

**熊** 幾版都編過？

**孫** 可能是。

**熊** 那時沒有當編輯的經驗，編輯知識都是裡面的朋友教的嗎？

**孫** 對。

**熊** 哪些朋友呢？

**孫** 古梅之外，那時候奚會暲當過社長，陳負東是經理，還有一位叫鄭萼芬的。鄭萼芬和**陳特**都是負責那個好像叫聯絡或通訊的部分。《周報》在中學裡有許多通訊員的，那些通訊員會寫一些學生活動的短稿給《周報》，然後《周報》又會……總之編一些配合的內容。陳特做了很多這方面的工作，所以後來他便在崇基書院做輔導工作，這大概也幫助了他後來的輔導工作，我沒有做過。

**熊** 那時候您編文藝版，收到來稿便要審稿，印象中那些來稿的水準如何？

**孫** 那時候我覺得還不錯，我們也會請一些已經成名的作家寫，會從台灣請來，也會在香港本地請。例如我會請鄭力匡，力匡會寫詩或

**黃思騁**
畢業於復旦大學。一九五〇年來港，曾參與自由出版社工作，並經常在報刊發表小說、散文。一九五二年主編《人人文學》。一九六〇年轉赴馬來西亞任《蕉風》編輯。一九六三年回港後於樹仁學院任教。作品包括《當春天再來的時候》、《情賊》、《漩渦》等。

甚麼的，還有**黃思騁**，請他寫，他便會寫一篇來。那時候因為編《周報》而認識了一些台灣作家，郭良蕙、郭晉秀等，台灣主要是女作家。

**熊** 這樣的約稿多嗎？

**孫** 如果要說佔多少比例，那我現在說不上來，不過就是很多。那時候香港《周報》的稿費，還有後來《大學生活》的稿費，對台灣作家來說是有一點吸引力的，尤其對大學生來說。後來很有趣，台灣的兩大報，就是台灣《聯合報》和《中國時報》，他們的稿費比香港的還要高，所以後來薛興國從台灣來港，他是《聯合報》派來香港當特派員的，本來《聯合報》想要進入大陸，因為大陸改革開放，他們等著進入大陸。薛興國很快便在香港組織了一些人，可以弄好一個版面，都是幾間大學裡的同事，這是因為他們的稿費比香港高。

**熊** 那時候香港本地的投稿是否較少？還是水準比不上台灣作家，所以較少選用？

**孫** 也許是香港寫稿的人少，職業性寫稿的人少。

**熊** 您一直幹這個兼職直至大學畢業，直到畢業後……

**孫** 便在那裡轉做全職。

**熊** 全職時是總編輯？

**孫** 我大概在兼職時已經是總編輯，好像我兼職時《大學生活》已辦成了，《大學生活》開始時好像也是古梅主持的，然後她去了美國，我便接手。

**熊** 先當《大學生活》的總編輯？

**孫** 又是社長，又是督印人。《大學生活》只有兩個人，那時候約稿的是我，編輯也是我，甚麼都是我，有一名助手，那就是陳特的太太伍麗卿。

**熊** 那您是不是在編《大學生活》的同時也編《周報》？

**孫** 我記得有過這樣的一段時間，特別是我畢業後卻又未能成功去美國的時候。那時《大學生活》一定是我編的，《周報》那邊好像也多負了責任，詳情不太記得了，大概都不是很要緊的，那時候友聯出版社的工作許多都

《中國學生周報》同人與作家力匡到澳門旅遊。左起：後立者為陳特、孫述宇、力匡、古梅，前蹲者為奚會暲。（奚會暲提供）

是大家互相兼任，錢是很少的。那時候「友聯」有一種精神存在。

**熊** 可以談談那精神嗎？

**孫** 就是一種做事的精神。

**熊** 那時候孫先生不過是學生，卻同時編兩份刊物，會不會覺得責任很大？

**孫** 當時又不覺得怎麼大。

**熊** 為甚麼會把兩份刊物交給一個學生當總編輯？現在不會這樣安排，那時候這種情況是否很自然？

**孫** 其實用人總有許多因素，那時候友聯出版社甚麼人在領導呢？就是幾個人，我相信盧瑋鑾知道的。一位是叫邱然的女性，筆名叫「燕歸來」，她的真名姓邱，名呢？我相信是「自然」的「然」，但我也有印象是解作美麗的「妍」，「妍麗」的「妍」，我都搞不清了。她是美人，但是否因她的美貌而凝聚了一個團體的力量呢？這個我便不知道了，她較我們年長一點。

有一位叫徐東濱，他的筆名叫「岳心」。徐東濱是很有才幹的人，而且不誇張、很願意做事，又不爭功勞、不爭名利，我很敬佩這個人。

有一位叫胡欣平，那時他的筆名叫「胡越」，他還有好幾個筆名的，有個叫「秋貞理」，意思是「求真理」（諧音），他還有別的筆名（常用的如「司馬長風」）。他也是很有本領的人，寫很多東西。他大學時唸甚麼，我不知道，只見中國現代文學、現代文學的歷史方面他有著述，大概「文革」時候的一些事情他也寫，他寫了很多書，後來在「浸會」（香港浸會書院）執教。

還有何振亞、史誠之等。何振亞負責一些經理的工作。史誠之……他的長處或領導才能，他的志向很大吧。還有更具領導才能的陳濯生。就是這一群人在裡面。

這些人是甚麼背景的呢？如果說徐東濱，他在抗戰還沒結束時便進了大學，後來是知識青年從軍，當翻譯官。勝利後復員，他便進了「北大」唸書，跟蕭輝楷既是好朋友又是同學。蕭輝楷唸哲學系，徐東濱是外文系，大概是這樣，他們當兵時已經是好朋友。他們還有一個同學勞思光，年紀比他們大一點。剛才談到的邱然也是「北大」學生，邱然的爸爸（邱椿）是教授。還有李中直，即李達生，他也寫東西，他們從大陸來港時大約都是剛大學畢業或未畢業，許冠三也是差不多的背景。這些都是有本領的人。

我有時候想，陳特後來有些瞧不起這些人，其實在當時來說，這些人都很有本領，如果有機會讓他們到外國讀書，他們也許都讀得上，然後在大學教書，這不足為奇。許冠三根本不曾出國留學，他後來還不是在「中大」教書？而且他憑著自己的著述，從講師升任高級講師。又例如胡越，他雖然只是去了「浸會」，他退休的時候大概「浸會」還沒升格為正式的大學，那也……

這些人便是「友聯」的領導層，他們決定誰編《周報》、誰當總編輯、誰做甚麼，譬如他們或許因為奚會暲、古梅……《周報》第一位總編輯便是余英時……總之，他們決定誰編等等。大概我在「新亞」的成績還可以，又曾經在「清華」、「北大」讀書，他們

**張海威**

筆名方天。父親張國燾。畢業於上海交通大學。一九五五年從香港到新加坡參與創辦《蕉風》，在當地出版短篇小說集《爛泥河的嗚咽》。及後移居加拿大，並於當地離世。

**張國燾**

中國共產黨創始人之一，一九二一年於中共一大當選中國共產黨中央局三人團成員，任組織主任。一九三〇年代中共黨內出現分裂，張國燾於一九三五年自行成立中國共產黨中央委員會，自任主席。一九三八年投奔國民黨。一九四八年移居台北，翌年移居香港，曾任《中國之聲》社長。一九六八年移居加拿大，一九七九年於當地逝世。著有《我的回憶》。

較容易認為我能勝任這些工作，所以我還沒有畢業，便已經又編這些又兼任那些。

**熊** 他們邀請您當編輯，是不是有意想找一些年輕人來編一些年輕人的刊物？

**孫** 應該是這樣，我還記得我編文藝版還是科學版之前，那本來是一個叫做**張海威**的人編的，盧瑋鑾知不知道？

**盧** 不知道。

**孫** 張海威的爸爸是**張國燾**。我那時候跟張海威交談，張海威也是讀數學還是甚麼的，彼此有話題。我那時住在九龍塘金巴倫道，因為我父親、祖父、外祖父和叔父等，都是國民黨舊日的一些官僚，你稱他們為革命的領導人也可以。所以後來我在大陸讀書是較吃虧的，譬如選拔留學生時，其實我的成績是較好的，但就是不會選我，那時選拔留學是留蘇的。我和那個叫管惟炎的同班，如果說入學成績，因為第一年便選，入學成績我比他高很多，但他年紀比我大幾歲，是曾經參加革命的幹部，那當然選他啦！就是這樣，我在大陸讀書會比較吃虧。來香港後，雖然父祖的餘蔭沒剩下多少，但在九龍塘還剩下一幢房子，我在「新亞」讀書的時候便住在九龍塘那祖屋。那房子往下走……很有趣，從那房子往下走，便是亞洲出版社和亞洲電影公司〔亞洲影業有限公司〕的張國興住的地方；再往下走，轉彎處那所房子有一個常常戴黑色眼鏡的人，他本人很少外出的，外出的時候便戴黑眼鏡，那便是張國燾了。我們在大陸讀了很多中共黨史之類的東西，知道張國燾是大叛徒，所以出來以後看到他便好像看到魔鬼現形那樣，哈哈！那時候那地區那環境就是這樣，後面那條路，董浩雲便在那裡居住，即是董特首的父親，哈哈！

**熊** 剛才說的張海威，他後來沒有留在「友聯」編其他刊物嗎？

**孫** 沒有，我不記得他是不是隨父母移民去了加拿大？因為張國燾大概是由美國人給錢養活他的，他後來那本自傳性的作品也是在加拿大寫的，但他在香港也寫了很多。

以我自己的求學經驗來說，在「新亞」那四年有沒有學到甚麼呢？也學到一點的。剛進去外文系時，裡面的師資是很差的，我想不起有哪一位老師真是學英國文學，然後在那裡任教的。

**盧** 王喆先生呢？

**孫** 那時候王喆先生還沒有來，王先生是在「新亞」成為「中大」一分子或以前……總之是「新亞」較有錢的時候才來的。最初的時候，有位叫孫其壽的老師是湖南人，他是到過外國的。那時候我們的印象是，只要到過美國便可以教莎士比亞，就是這樣。到了二年級、三年級，開始有一些較好的老師來。有一位叫丁乃通，丁乃通是很有資格的老師。他是「清華」英文系畢業的，是「哈佛」的博士，後來回去大陸教書，就在南京的中央大學。那時候南京中央大學不知怎的，他們的英文系忽然好得不得了。我後來和「北大」一位李賦寧先生說起，我說那時候丁乃通先生來教我們，他便說在南京中央大學有四名教授，丁乃通和一位叫范存忠的都是「哈佛」出身，柳無忌和一位叫陳嘉的是「耶魯」出身。李賦寧先生說那時候他們是一時之選，因為那時「清華」、「北大」或任何一間大學，都沒有那麼強的陣容了。後來我在美國遇過柳無忌先生，丁乃通先生那時候來了香港，中央大學只剩下范存忠和陳嘉，全都很老了。丁乃通在「新亞」教了一年，我們跟隨丁先生真的學到東西，他教兩門課，我便選他兩門課。有一年來了一位 Fulbright Professor，F. P. Holmes，Fulbright 參議員建議美國政府撥款的交換教授計劃，就是送一些美國的教授出外，差不多等於宣揚美國文化。他教美國文學，我讀了一年。那位「雅禮」（雅禮協會）的代表 Charles Long（郎家恒），其實他是學神學的，但他也是詩人，很喜歡文學。他教古典文學我也修，他教聖經文學我也修，他教現代詩我也修，也學了一點東西，所以我在「新亞」那幾年總算是學到一點東西的。然後到了「耶魯」，我失學半年後，就是還沒正式進去的時候，我自學了一點拉丁文。「耶魯」先把我安置在 General Studies（通識教育），看看我是否讀得上，即是留校觀察。但那時我都選英文系的課，還有戲劇史的課、哲學系的課，這樣讀了一年，他們看我似乎還可以，才接受我修讀英文系。「耶魯」的英文系是很強的，總之以「新亞」那幾年的準備到那邊……即便說我也許是「耶魯」博士班裡最差的學生，但總算能survive（生存）了，就是都熬過了。

**熊** 現在我們提到早期的「新亞」時，總會連繫到「文化中國」的概念，感嘆花果飄零等等，那時您在「新亞」讀書會否也感受到這種氣氛？

**孫** 花果飄零的氣氛應該是怎樣的呢？那是唐先生（唐君毅）一篇文章裡的一句話，〈中國文化之花果飄零〉（〈說中華民族之花果飄零〉）甚麼的，我總記得他這一篇和另外一篇名為〈為中國文化敬告海外人士宣言〉的。後者是唐先生、牟先生（牟宗三）、徐復觀先生和好像張君勱先生四位聯署的，有趣的是，只有錢先生（錢穆）沒有一起聯署，不知道為甚麼。其實，最初錢先生和唐先生並不是甚麼事情都走在一起。唐先生認為中國文化是人類的寶貴財產，如今中國淪落到這樣的境況，我們固然有責任，外國人士面對著這人類文化重要財產正面臨這樣的困境，也應該伸出援手，他是以這樣的態度來說那些話，我的印象是這樣。至於他在校內是不是常常說這些話呢？這又不是……那時候很窮……

**熊** 我們看過一些回憶文章說，「新亞」剛開辦時，老師甚至是睡在桂林街學校課室的地板上，是不是有這樣的情況？

**孫** 我是在一九五四年入學的，總算在桂林街上過課，盧瑋鑾好像沒有在桂林街上過課？那時恐怕是「新亞」歷史的第二個階段了，再早些時候是在怎樣的地方，我也沒有見過。「新亞」一九五四年已經接受了一些所謂美援吧，所以同時在嘉林邊道租了一些地方上課，有些同學在那邊上課。之後是否桂林街那兒就不用了？只用嘉林邊道，另外還有一處地方的，新亞研究所就在界限街甚麼的。至於老師是不是在那裡睡覺，是不是睡過地板，這個我不知道，連床都沒有的話，那應該是桂林街時代，會不會早於桂林街時代，我便不知道了，但我們在桂林街上課時，已經沒看見老師在裡面睡覺了。

**熊** 但也會感受到學校的財政是很緊絀嗎？

**孫** 錢先生會在香港大學兼一些課。錢先生因為……如果說中國歷史，錢先生是名滿天下的，所以香港大學當然會找他兼課，唐先生好像也在香港大學兼過一些課。錢先生還有一個辦法，他能夠在台灣找到一些錢，因為蔣介石和錢先生的關係是很好的。老蔣總統有一些私房錢可以自己動用，他會給一些錢先生。甚至有傳聞說蔣介石曾著蔣經國拜錢先生為師，不知道是否真有其事。總之，老蔣總統對錢先生是很留意的，那時候「新亞」很窮，就是這樣維持。當然，老蔣總統的私房錢有多少？他不會全都給了錢先生的，只是給一些吧，要辦一所學校當然還是很辛苦的。錢先生是會跑去台灣找錢的，又到處演講，一次演講途中有一塊天花塌下來，他受傷進院，胡美琦便去照顧他，他便慢慢康復，有這樣的事。

**熊** 關於「新亞」的一段，還有甚麼片段可以補充一下的呢？

**孫** 那時候很窮。其實有一件事……說起來話又長了。有些人總有一個印象是錢、唐、牟合稱，我已經說了，牟開始時根本不是……應該是錢、唐、張合稱才對，張丕介先生，經濟系的。後來為甚麼變成只是錢、唐呢？舉凡人們合作總有一些裂痕的，大概是張先生最先感覺被排擠了。何以見得呢？大概是在辦新亞研究所的時候，那是沒有經濟系的，新亞研究所是沒有經濟系的。一些「新亞」的老校友有時會強調張先生當初創辦時的功勞，宋敘五等會寫文章說這些。

錢和唐後來也不是好朋友了，這些話說起來是很長的。錢先生曾說過，他以後都不再踏足新亞研究所。多年後他回港主持錢賓四講座的第一講，不知怎的回去新亞研究所了。有說他是不知道的，因為他那時眼睛都瞎了。他去了才說：「啊，這裡是新亞研究所？」因為錢先生後來跟「中大」李卓敏校長不和，錢先生開了記者招待會，對記者說，他是辭職，不是退休，那是因為「中大」的做法不對。他離開時以為很多「新亞」的同事會支持他，又以為離開「中大」可以返回新亞研究所，誰知道不能回去了。他對當時的副院長吳俊升固然很不滿，然後他對唐先生也很不滿。我是老校友，而且我一九六三年就開始在「中大」「新亞」教書，這些會知道一點，十分詳細的我當然不知道了。總之，別以為錢先生和唐先生甚麼都很一致的，不是，兩人的感情後來很不好。當是笑話說吧，唐先生曾經病了，不知道是眼疾還是甚麼，他去了台灣，錢先生要請他吃飯，便叫逯耀東——老校友逯耀東那時在那邊教書來安排，這樣錢先生和唐先生便一起吃了一頓飯。逯耀東說：「這是我一輩子最難吃的一頓飯。」兩位先生這個人說一句，那個又說一句，就是沒有一些很自然的交流。

〔陸離女士加入〕

**熊** 孫先生當總編輯時，手下的編輯除了陸離女士外，還有哪幾位？

**孫** 我一下子想不起，應該有幾位的。

**陸** 黃崖，起碼有黃崖。

**孫** 還有何文仰……

**陸** 他不算，還有楊啟樵……

**孫** 對，何文仰好像是畫裝飾畫的。

**陸** 也許我不認識……還有曾一鳴。

**孫** 對，曾一鳴。

**熊** 這幾位都是編輯？

**陸** 對，就是我剛進去的時候，其實我和他在《周報》的時間是錯開的。我不記得孫先生是一九五八年去讀書的，我不記得了。他介紹我進去，就是丟了我進去便差不多離開了，不過還是曾經 under 他〔當他的屬下〕一段時間。現在我才想起，原來那段時間不是很長。我倒是有印象你是《大學生活》的，《大學生活》是兼任還是後來才調過去的？你是《大學生活》社長啊！

**孫** 對，是社長。

**陸** 兼任？

**孫** 其實也就是總編輯，也是督印人，幾乎是「獨腳戲」，只有一名助手，那便是陳特的太太伍麗卿。

**陸** 所以黃維波沒有跟你共事過，他是後來才進去的。黃維波在《大學生活》幹了很久，但是不知道你們誰先進去……

**孫** 在我進去之前，《大學生活》大概已經出版了五、六輯。

**熊** 那您離開後，誰來接手《大學生活》？

**孫** 不知道陳特是不是馬上接任，還是晚些時候。

**熊** 您擔任《周報》總編輯的前後幾年，《周報》的督印人常常轉換，任期都很短，那是不是有特別原因的呢？

**孫** 我不知道有甚麼特別原因，我只知道往往都是那些……我估計督印人不算很重要，只是掛名，不過他當然得知道一些事，因他要負法律責任，就是對香港政府他要負法律責任，其實社長會否……最要緊的可能是總編輯。

我那時候當《周報》社長，又當《大學生活》社長，薪金只有二百元。

**熊** 記得陸離女士說她一九七二年離開《周報》時，薪金是六百。

**陸** 對，一九七二年離職之前，最初兼職時只有一百。

**孫** 那當然，一九七二和一九五八年……

**陸** 一直有增加的。據說一九七二年香港經濟已經慢慢起飛，一九七〇年代後期到一九八〇年代，大家都……李嘉誠等都逐漸冒起來，白手興家，一九八〇年代開始是較富裕的。

**熊** 全職的薪金二百元，這在那時候來說算是……

**孫** 算是低的。

**陸** 那我part-time有一百元，跟全職相比算是高了。

**孫** 如果不是兼兩份，只幹一份的話，大概也是二百元。

**陸** 對……那時候他們給一份甚麼《海外論壇》我弄，也是兼任的，沒有另外的酬勞。後來有一個外籍人士編了一份文化甚麼，也是沒錢的。我便想，那些酬勞是「友聯」自己收下了。你會兼任，我也會兼任，其他同事都會，你有空便多做幾份，但都沒有另外的酬勞的。細節我不記得了，我想他們習慣這樣吧。

**孫** 最高層的那些，像史誠之、徐東濱，薪金大概是兩百三十、兩百五十元左右，呵呵！

**陸** 就是大家都是低薪的。

**孫** 大家都是低薪的，只是有時候有應酬可以吃吃飯而已，只有一個叫做……甚麼名字？不知道是從哪份西報挖角的，還是新加坡那邊請回來的，他有上千塊薪金，所以「友聯」那時候也算是革命團體。

**熊** 那您算不算是「友聯」的成員？還是像陸離女士那樣，不過是《周報》的編輯，所以跟「友聯」有關係？

**孫** 我也算是社員。

**熊** 可否談談友聯社的理念？

**孫** 民主中國。就是認為在香港只不過是……因為那群人都是從大陸出來，很多都不是講廣東話的，認為過些時候會回到內地。

**熊** 那時候您是怎樣跟這班朋友走在一起的？

**孫** 最初是在「新亞」讀書，後來又在《周報》做事。

**熊** 他們已經成立了友聯社，然後您才加入？

**孫** 對。

**陸** 可否暫停一下，我想補充。現在你問這問題，我有一個印象，就是我的身份算是甚麼？算是你介紹還是別人介紹的？我好像也是社員或是成員，但不是核心，而是在邊沿的邊沿的邊沿。因為那時下班後間中會有聚會，有時倪匡也在的。有一次倪匡哈哈大笑時，整個人向後一翻，從椅子掉下！可能你那時已經離開了。

**盧** 應該是一九五〇年代末期……

**陸** 是，因為我進去的時候，孫先生已經去了外國讀書。

**盧** 那就應該是一九六〇年代初了。您不知道自己是職員還是社員？

**陸** 職員一定是的，但兼……那不可說是「兼」，只是大家聚會。

**孫** 其實陳特是社員，但他已經作古，無法再問他，當時沒有想到要問他。

**熊** 所謂是或不是，有正式的劃分？

**孫** 有這樣的一個組織啊，有友聯社的社員。

**熊** 那時候參與您說的這一類聚會的人，都有不同身份的？

孫述宇（左一）與友人。（何振亞提供）

**陸** 有一些是不認識的，你看見他也不知道他是誰。羅卡應該不是社員。那聚會是甚麼時候停止的，我也不知道。我只是有印象去過，因為倪匡笑得跌在地上，所以便記得有「咦？他也在？」的印象。

**盧** 倪匡最初也在《香港時報》寫稿。

**陸** 但他應該跟《香港時報》沒有關係的。

**盧** 沒有關係，但都屬於右邊的。

**陸** 反共，嗯，所以始終有反共的感覺，明白了。

**熊** 剛才說到，一九五〇年代末那一段時間，「友聯」裡是不是很多人來來去去？為甚麼社長和督印人時有更替呢？

**孫** 所謂來去，是有人加入「友聯」、離開「友聯」，還是仍然在「友聯」裡，只是從這個單位轉到那個單位呢？我想後者的情形較多。

**熊** 就是在裡面的工作崗位會經常轉換？

**孫** 對，譬如你看見那些督印人的名字，他可能當了這份刊物幾個月的督印人，同時或以前或以後又是《祖國》的督印人或是甚麼的。如果是這種情況，那沒有甚麼特別。倒是剛才說督印人是負責坐牢的，就是說，有甚麼狀況的話，警察局便會來追究督印人。

**熊** 那時候孫先生才不過二十四歲左右，擔任督印人不怕坐牢嗎？

**孫** 知道裡面沒有甚麼犯法的事啊。

**熊** 孫先生曾經擔任社長，社長關照的範圍比總編輯多，那以您所知，「友聯」接受亞洲基金會資助的情況是怎樣的？

**孫** 這個我想許多人都知道，即使不是督印人或社長也都知道，督印人、社長是不是多知道一些呢？也不一定，甚至友聯社的成員也只知道有美國的錢資助，但究竟資助了多少，都不太清楚。

美國人有幾個途徑提供金錢資助，其中一個是美國新聞處，最初叫 USIS〔United States Information Service〕，後來叫做 USIA〔United States Information Agency，美國新聞總署〕。他們出版一些書籍，中文翻譯的，有一份刊物叫《今日世界》。他們在中環還是哪裡有一間小圖書館，讓人去看書的，環境不錯。大概他們也有給一些錢友聯出版社、自由出版社、高原出版社等出版一些書刊，就是按一項一項的計劃提供資助。

**陸** 好像叫亞洲基金？

**孫** 亞洲基金會 Asia Foundation，這是另一個。一般了解這是美國援外的，就是做門面的，背後是 CIA〔Central Intelligence Agency，美國中央情報局〕。美國情報機關有很多，所以 CIA 以外是不是還有其他，那便不知道了。

**陸** 那新亞書院是不是曾經由亞洲基金支持？好像是吧。

**孫** 新亞書院的話，亞洲基金好像支持過一些。

**陸** 還有「耶魯」，我記得好像是這樣。

**孫** 有幾處的美金來到新亞書院，如果說「耶魯」，不是指耶魯大學，那叫 Yale in China Association〔雅禮協會〕，大概是一些耶魯大學的畢業生，他們自己捐了些錢，又向外面募捐了一些，因為有 Ford Foundation〔福特基金會〕，那些錢也會進去的。他們從前資助大陸做教育工作，就是湖南長沙的湘雅醫學院、雅禮中學，後來抗戰的時候還有華西大學、華西聯合大學，這些都是用他們的錢去做。後來大陸解放，錢不能進去了，所有人都要離開。過了一段時間，那位盧鼎教授 Harry Ludin 來到香港、台灣，看看怎樣把他們那些不能拿去用的錢拿來資助香港，於是他們選了「新亞」。同時還有哈佛燕京社，詳情我不太清楚，他們會資助一些工作計劃、書籍出版、學報出版。不知道會不會也有一些獎學金或甚麼，但肯定有的是提供學者去「哈佛」訪問一年的機會。余英時當初便是這樣過去的，他是去了以後，才向「哈佛」申請入學做學生的。

**熊**　那時候「友聯」的經費，除了接受亞洲基金會資助以外，還有……

**孫**　我想亞洲基金會和美國新聞處都有一些，大概以亞洲基金會為主，我是這樣想。因為美國新聞處有自己的工作，他們已經自己出版書籍、雜誌，或許也給「友聯」一些資助，因為我知道徐東濱等跟美國新聞處常常有聯絡。

**陸**　替他們搜集了很多報紙、資料，很豐富。

**孫**　那時候友聯出版社還有一個大概名為友聯研究中心的……

**陸**　友聯研究所？

**孫**　對，它主要做的其實是大陸研究，在香港能夠拿到的大陸資料，他們都會搜集，仔細地剪報、研究等。許多美國人都會到那裡用那些資料，我想是亞洲基金會介紹的，包括「中大」第一任校長李卓敏。李卓敏在美國加州 Berkeley〔美國加州大學柏克萊分校〕是教經濟的，主要研究中國經濟，那些資料就是從那裡得來的。

**陸**　搬遷的時候有沒有丟失資料？都是很珍貴的東西啊！徐東濱去美國的時候有沒有帶過去？

**孫**　我不知道，我想沒有。

**陸**　暫停一下。我補充一點，其實許多事情，我想孫先生……我不知道對不對，據我很大概的了解，知道事情較多的應該是何振亞他們那些核心人物。

**孫**　對。

**陸**　孫先生可能接近他們一點，而我邊沿一點。

我指在《周報》之外，我是屬於很邊沿的，有時候他們叫我去聊天或座談會，著我做記錄，但我又不願意，哈哈！因為太累了，又沒有錄音機。有一次徐東濱先生說，他們不想用錄音機。最初沒有錄音機，我的「特技」就是記錄得很快，有錄音機以後我便慢慢給淘汰，但有時候他們開會要做記錄卻不能錄音，於是請我記錄。記得有一次累得很，之後我便不聽話，便說不行了，我支持不了，我不去了。我想孫先生是屬於中間的，很多東西他不知道。

**孫** 大概可以從時間上看出來。我大概是一九五六至五七年加入《周報》當 part-time，做兼職，以前跟他們根本不相識。我一九五八年畢業，有半年全職在那裡做事，但都不過是一九五七年、一九五八年而已，就是這樣。然後我去了美國，到我一九六三年回來，回來後已經在「中大」教書，沒有在「友聯」做事了。所以我跟他們……做事的時候關係還算很密切，但時間很短。

**盧** 就在這麼短的時間內，他們有沒有一些由上而下的指令，要求您怎樣處理《周報》的版面？

**孫** 沒有，我不記得有。基本上我們知道《周報》是給香港的中學生看的，希望能夠給他們最好的教育，這樣我們的使命就算是完成了，就是這樣。而這最好的教育，有一方面是談民主自由和反共的，這一點當然很明顯跟美國人的資助配合，美國人主要就是反共。其實美國人拿錢來……錢的來源當然是美國納稅人所納的稅，美國政府透過 CIA——我暫且當作是 CIA——拿一筆錢出來，在國外做這些宣傳和對抗蘇聯的工作。不單在香港，我聽說當年在法國，Sartre〔Jean-Paul Sartre〕和 Camus〔Albert Camus〕這些很前衛的知識界、文藝界分子，最初都很明顯地有親近蘇聯的傾向，是左傾的、和蘇聯很接近的，聽說後來就是用美國人的錢來使他們跟蘇聯疏遠。蘇聯會有錢進來，如果美國也有錢進來……如果美國只資助右派組織，那工作成效還是有限，如果能同時資助左派組織，使這些左派不用依賴蘇聯……就是如果你幫助迪托，那迪托的南斯拉夫便不用跟從蘇聯了，是相同的做法。當然，他們在香港大概只會成立一些出版社出版刊物，談反共、談自由民主等。那時候美國人是不是有一些錢給左派機構，使他們不那麼接近蘇聯，或沒那麼聽北京的話呢？這不知道，如果真的這樣，那手段真是很高了。其實香港的左派也有一些是中共以外的，譬如彭述之等那些都有些影響，不知道美國人有沒有給錢？就是那些老托派，後來不是有一個年輕人在「珠海」的嗎？叫甚麼呢？

**盧** 吳仲賢，是嗎？

**孫** 對。他們是共產國際的關係。

**陸** 他們搞《70年代》。

**孫** 那些不知道有沒有美國資助？譬如彭述之，彭老是毛澤東那一輩的，大概是勤工儉學，但是沒有回來那麼直接地……總之共產黨裡也有分派，他一直在法國是不是由美國供養？不知道。

**盧** 剛才您談到教導香港的學生，其中包括了的目標是民主自由，但反共也是目的之一，那您聽到這訊息後，有沒有在版面上作一些強調？

**孫** 你說在《周報》的版面上？

**盧** 對，在您個人任內，您有沒有這樣的做法？

**孫** 我不曾有意識做過任何事，反共我們當然是，無論在「新亞」……

**陸** 整個人也是，是很配合的，沒有「友聯」也是反共的了。

**孫** 對。

**盧** 我的意思是，我們入讀「新亞」，我們知道「新亞」反共，只是我們喜歡反共便反共好了，但是作為報社，作為社長或負責出版報紙的人，他的立場有多顯明，這是一個選擇。

**陸** 那就是社論吧。

**孫** 當然是顯明的，但是反共也不會像那時《香港時報》那樣。

**陸** 會不會潛移默化，較軟性而不是喊口號……

**盧** 為甚麼我會這樣問呢，我也向許多受訪者問過這問題，主要是希望知道那由上而下的影

孫述宇（前）與陸離（後左）、盧瑋鑾（後右）。（二〇〇五年）

響有多少。好像您說，沒有指令您要這樣做，但有沒有一些文章經過您審核後或內部指令是不可以刊登的？

**孫** 不記得有，事實上我們很少政治性的。

**熊** 那時候接受亞洲基金會的資助，關於是否接受這筆款項，友聯社內部會不會也有不同的意見？

**孫** 我沒有聽說過有不同意見，那些資助是這個機構存在的必要條件，好像印刷等等。那時候雖然說《周報》的銷路相當好，但收入不多，沒有廣告，大概沒有很多廣告費。雖然即使社長也只拿二百元薪金，但如果沒有美元資助還是不能維持的。另一方面，即使接受了這些美援，社員之間也不認為要替美國人做事、要稱讚美國總統等等，沒有，我們沒有做過這些事。只是美國人贊成民主自由，我們也贊成民主自由。如果說在香港為民主自由做一些宣傳教育的工作是值得的，而又有一些團體願意資助，那我們便拿這些錢來做事。我們沒有揮霍，只有二百元薪金，所以都是很心安理得的。我想「新亞」

中華民國五十三年七月廿四日　中國學生周報　第二版（第六二七期）報慶特輯之二

# 學生周報的進步

孫述宇

## 周報與我

振華

## 情文兼至

趙冰敬題

## 恭喜青春常在

——祝學生周報創刊十二周年

李輝英

## 青年之友

李卓敏題

## 功弘啟導

黃麟書

## 文化之光

林子豐

## 科學廣益開博識　強無遠弗屆示我周行

譚維漢題

## 學生周報十二周年紀念前

## 寫在中國學生周報十二周年

## 報慶特輯之二

▼孫述宇一九六三年從美國回港後專注學術界發展，但文章仍見於《中國學生周報》（一九六四年《中國學生周報》第六二七期）。

的老師也是這樣的態度吧！只是拿美國人的錢來做文化工作而已。如果我們認為我們的文化工作是對的，那我便接受，但是如果你提出很多條件使我的文化工作難以進行，那我當然不要。

那些美元資助是甚麼時候停止的呢？

**陸** 這不知道，但我想應該是在中共加入聯合國前後。

**熊** 您從美國回來後便一直沒有回去「友聯」或做一些類似的工作了？

**孫** 有時候會寫一下稿。

**熊** 孫先生認為美元的資助對香港文化界是否有所貢獻？

**孫** 我沒有甚麼特別的角度，美國人的錢、美國新聞處的錢出版的《今日世界》等許多書都是很好的，印刷又精美，翻譯也很好，賣得很便宜，你說對香港的年輕人、知識界有沒有一些好的影響？應該是有的。

我在大陸讀書的時候，對共產黨所說的，都不覺得全是對的，不過不敢說而已。如果我留在大陸，到「大鳴大放」的時候會不會被當作壞人抓了去呢？大有可能。那時候的同學，例如「北大」的同學如果來了香港，他們當然會感到環境很不一樣，但過了一段時間，他們的觀念，起碼是對民主自由的觀念，會不會感到很難接受？我想不會很難接受。

**熊** 孫先生的感受是否更複雜？反共，但那時候要去台灣也不可能，甚至畢業後拿美國簽證還是有麻煩，就是一方面是反共，但另一方面要去美國或台灣都不容易？

**孫** 那時候的情勢是這樣，我曾經以僑生身份考台灣的大學，但真的要去的時候又不敢去，怕去到後會被抓。

**熊** 在香港考？

**孫** 對。後來考了雅禮獎學金去美國讀書又拿不到簽證，這些都是事實，但這些並不影響我對自由民主的信念。美國不讓我去，因為那時候美國有那個所謂麥卡錫主義，McCarthyism。看到任何一點紅色的東西都不可以的時候。

**盧** 編《大學生活》的一段時間，您認為讀者對象是很清楚的，但那時候香港沒有多少正式大學，只有香港大學，那您怎樣界定《大學生活》的內容？拿甚麼給這些所謂香港的大學生看？因為只有一間大學，您不可能只給他們看。

**孫** 不是只給他們，香港大學大概也沒有多少人看，那時候他們只用英文。那時候除了有「新亞」，還有「崇基」，還有……

**盧** 那時候是大專。

**孫** 還有台灣那些學校，大陸進不去，但台灣可以。

**熊** 《大學生活》會發行到台灣？

**孫** 台灣其實也不很願意讓你進去，他們擔心……台灣其實有許多限制。

**熊** 結果能夠進入嗎？

**孫** 我的印象是台灣沒有公開代理發行，但是可以訂閱，我們在台灣幾間大學裡都有通訊員。台灣一些大學教授和一些已經成名的作家也有替《大學生活》寫稿，台灣的大學生也有當通訊員的。後來我去台灣教書，不知道是怎樣的機會下，通訊還是甚麼，石永貴說他從前是《大學生活》的通訊員，還說叫過我社長。石永貴是何許人呢？石永貴是中央社還是《中央日報》的社長。

# 注釋

1 孫述宇於《中國學生周報》發表的作品包括：（一）愛恩斯坦著；孫述宇譯：〈$E=MC^2$〉，一九五五年五月十三日，第一四七期；（二）費力：〈一個副連長的懺悔〉（上、下），一九五五年五月二十日，第一四八期及一九五五年五月二十七日，第一四九期；（三）費力：〈週末〉，一九五五年七月二十九日，第一五八期；（四）孫述宇：〈光學顯微鏡與電子顯微鏡〉，一九五五年八月五日，第一五九期；（五）孫述宇：〈光學顯微鏡與電子顯微鏡（續）〉，一九五五年八月十二日，第一六〇期；（六）費力：〈價值〉，一九五五年十月十四日，第一六九期；（七）費力：〈報復〉，一九五五年十二月十六日，第一七八期；（八）費力：〈名醫〉，一九五六年四月二十日，第一九六期；（九）費力：〈論法捷耶夫的死〉，一九五六年五月二十五日，第二〇一期；（十）費立：〈見義勇為〉，一九五六年七月二十日，第二〇九期；（十一）費立：〈吉利〉，一九五七年二月一日，第二三七期；（十二）費立：〈假銀元〉，一九五八年十月三日，第三二四期；（十三）孫述宇：〈徐訏的「懷璧集」〉，一九六四年三月六日，第六〇七期；（十四）孫述宇：〈莎士比亞對英國文學的影響〉，一九六四年四月二十四日，第六一四期；（十五）孫述宇：〈學生周報的進步〉，一九六四年七月二十四日，第六二七期；（十六）孫述宇：〈法國古典戲劇裡的「朱門蕩母」〉，一九六四年十月三十日，第六四一期；（十七）孫述宇：〈關於「法國古典戲劇裡的朱門蕩母」的一點更正〉，一九六四年十一月二十七日，第六四五期；（十八）孫述宇：〈介紹最近逝世的詩人艾略特〉，一九六五年一月十五日，第六五二期。

2 孫述宇於《海瀾》發表的作品包括：（一）費力：〈陳大和〉，一九五六年一月一日，第三期，頁一七—一八；（二）費力：〈介紹人的故事〉，一九五六年二月一日，第四期，頁一四—一六；（三）費力：〈年初三〉，一九五六年四月一日，第六期，頁一〇—一三；（四）費立：〈解救〉，一九五六年七月一日，第九期，頁二七；（五）費立：〈閑散〉，一九五六年十月一日，第一二期，頁一一、頁一二—一三；（六）費立：〈追求〉，一九五六年十一月一日，第一三期，頁六—九。

3 孫述宇於《人人文學》發表的作品均署名「費力」，包括：（一）〈人情之常〉，一九五三年十二月一日，第二三期；（二）〈埋兒〉，一九五三年十二月十六日，第二四期；（三）〈一個教訓〉，一九五四年三月一日，第二九期；（四）〈送禮〉，一九五四年八月一日，第三六期。

# 王健武

（一九二九——　）

原籍安徽，上海出生，一九四九年來港。一九五二年入讀新亞書院經濟系，在學期間已擔任《中國學生周報》通訊部主任。一九五四年畢業後加入「友聯」開始全職工作。一九五〇、一九六〇年代，主要參與「友聯」在新馬的發展工作，曾籌辦劇團及擔任發行公司、印刷廠等負責人，約於一九六七年回港，其後歷任友聯研究所秘書長、友聯文化事業公司董事長、友聯出版社社長，一九七〇年代初轉而經營玩具生意並移居美國，目前於美國三藩市定居。

日期｜

二〇〇九年十二月三十一日

地點｜受訪者親友住宅

訪問者｜盧瑋鑾、熊志琴

列席者｜張浚華

王—王健武　盧—盧瑋鑾　熊—熊志琴　張—張浚華

---

**王**　能夠活到今天，有機會能跟大家談談，我覺得是很高興的一件事。我想起的、聽過的、經歷過的，現在我盡量說。從前說起「友聯」，坦白說，很多人都「閃閃縮縮」，我則覺得能夠做的事就不怕跟人說，我們沒有做過任何虧心事、傷天害理的事，所以都可以說，你們問到，只要是我知道的，我一定說。我所知道，不一定就是事實，有些是我聽說的，但我自己所經歷的就是事實了。我知道的、聽到的、經歷的、想到的，都會盡量說。

**熊**　謝謝您，王先生不是在香港出生，是從國內來的，是嗎？王先生是哪年出生的？

**王**　一九二九年，屬蛇，在上海出生（原籍安徽）。生在那個時代，我可以說是很幸運也可以說是很不幸的，幸運的是我去過不少地方，以前很多中國人可能一輩子都沒離開過鄉下，我呢，中國相當多的地方，我都去過。先父很會動腦筋，很有頭腦，他學生時代是搞學運的，當時曹錕賄選，他是帶頭打的。為甚麼提到我父親呢？因為我在國內從沒見過日本軍隊，從沒見過解放軍，戰事一發生，全家就到了四川，還沒解放，我們就到了香港，他很多判斷都很精確。

**盧**　請問您是甚麼時候來到香港的？

**王**　我在國內時，差不多每半年、一年就換一個地方，打仗時我在四川、貴州，復員就到了南京，一九四七、一九四八年到桂林，一九四九年就到了香港，所以從沒見過解放軍。到香港後，一九五二年對我可以說是相當重要的一年——現在好像不是在說「友聯」，是在說我個人了……

**盧**　沒關係的。

**王**　當時我參加了美國之音，Voice of America，美國之音有一個節目叫「學習小組」，一群年輕人一起講所了解的國內所發生的有關學生的事，或者所知道的國內發生的事，五、六個人一起廣播，像是座談會一樣，你一言我一語，文稿事先寫好的，一星期一次，對大陸廣播。當時我認識了誰呢？Raymond Chow，鄒文懷。我們錄音的時候，桌上放了一座很大的錄音機，誰說話主持人就把電線接著的咪高峰對著誰，這就是鄒文懷的工作。座談的待遇，一星期好像是十五塊，相當不錯了，當時大滷麵一塊錢一碗，鑽石山的擔擔麵也是一塊錢一碗，所以那十五塊已是很大幫助。就在這個時期，我入了新亞書院（經濟系）。當時入「新亞」（新亞書院）是不用考試的，我所記得後來考試進去的是誰呢？孫述宇。他是考進去的，朱光國監考。

當時我們是三兄妹都進了「新亞」，兩個妹妹先進去，王光一、王明一。「新亞」這次六十週年紀念，王光一都回來參加。我進入了「新亞」，陸續參加教會、報佳音甚麼的，跟過去比較，完全是另一種生活。

大約半年前，我收到「中大」（香港中文大學）的《中大校友》期刊，那一期夾附了一份剛創刊的《新亞校友》，我看到裡面有對香樹輝、鄭海泉等等這些「後起之秀」的介紹，一時興起，就寫了一封信給《新亞校友》的主編，說了些我所知道關於當年「新亞」初辦時的掌故。如果沒記錯，首先我先說是哪一年入「新亞」的，是一九五二年，兩個妹妹先進去，可能很多人都知道桂林街和農圃道，但我在嘉林邊道的「新亞」也讀過，後來是農圃道的第一屆畢業生，可說是「四朝元老」了。信中也說到當年在校內「搞搞震」，差不多所有活動我都有份，未必是我發起，但總有份，一年班就參加合唱團，曾經在麗的呼聲演唱，在聖德肋撒輔堂也唱過。校外也有活動，參加了話劇《大馬戲團》的演出，也許你們已聽說過，奚會暲演黃大少，當時電影明星葛蘭是女主角，涂蝶也在裡面，我是後台主任。因為「搞搞震」，奚會暲那一屆畢業的時候，張丕介是總務長，張先生跟我說：王健武，他們畢業了，你來籌備畢業典禮吧！我倒不怕，就說：好啊！他們雖說是第二屆畢業，但應該是第一屆，因為之前在六國飯店行畢業禮的「第一屆」學生，是在國內讀過大學到「新亞」再讀的，所以他們才是真正的第一屆畢業生了，最好要有校歌。張先生認為很對，就說：我跟錢先生（錢穆）說。第二天他就告訴我：錢先生昨天晚上就寫好了，校歌在這裡！當時我們請黃友棣教授譜曲，然後我們就在桂林街練習。當時一切都很簡陋，第一屆畢業禮在六國飯店舉行，我不想再在那兒辦，忘了為甚麼會借了青山道的海員工會，好處是樓面很闊，可以辦自助餐。那一屆九個人畢業，奚會暲、陳負東、朱光國、列航飛、唐端正，忘了還有誰了[1]，總之是九位，那年是第一次有校歌。

說到這裡，我想要提一下孟氏教育基金會，我就住過孟氏宿舍。為甚麼叫「孟氏」呢？這是亞洲協會（指亞洲基金會，下同）Asia Foundation 捐的，他們原先準備叫「孔氏」，紀念孔子，但一想「孔氏」有點犯忌，因為當時中國最有錢的是孔祥熙，一說「孔氏」，人們會以為是他家捐辦的，然後想到孔孟並稱，於是就叫「孟氏」了。我那封信最後也附了一張支票，捐了點錢作助學金之類。

**熊** 剛才王先生說一九四九年來港，一九五二年才入「新亞」，那中間的幾年呢？

**王** 也讀過嶺東中學大概半年至一年吧。

**熊** 王先生在國內唸到甚麼程度？

**王** 高三沒畢業，在嶺東中學也是唸高三，後來也做過工廠，最後才入「新亞」。剛才提到的《大馬戲團》是《中國學生周報》辦的，因為這樣的原因，我才跟《周報》（《中國學生周報》）、「友聯」拉上關係。

**熊** 就是《大馬戲團》那一次……

**王** 就是《大馬戲團》那一次。

**張** 《大馬戲團》跟《中國學生周報》有甚麼關係？為甚麼會找你去幫忙？

**王** 是《中國學生周報》演出的嘛，我「搞搞震」嘛，我不會演戲，但在後台做這做那總可以，這是我踏進「友聯」的第一步。

**熊** 當時還有哪位參加了演出？奚會暲先生？

**王** 奚會暲是男主角之一，當時有兩個電影明星，一個是葛蘭，另一個是男的，後來沒聽到他的消息了。當時因為演出相當成功，在青山道新舞台演出是正式賣票的，後來也不記得是徇眾要求還是甚麼理由，又到葛量洪師範學院的禮堂加演三場，在此之後就進了

# 我也參加了大馬戲團的演出

・葛蘭・

很久以前，卜萬蒼先生對我說，胡春冰先生想找我參加一個話劇演出，角色是「原野」中的金子。當時我很高興，過去在上海學校裏演話劇時的情景，又迴旋於我的腦海中。

可是過了很久，「原野」一直沒有消息，我以爲一定是告吹了。直到有一天，「中國學生劇團」的負責人張先生來告訴我，他們現在已經改了劇本，決定上演「大馬戲團」。並且想找我演翠寶一角。這樣我便開始看劇本，加入「大馬戲團」的演出了。

排戲時情緒很好，原因是每個人都希望把這個戲演得像樣，尤其是大家都肯作自我犧牲，有人放棄了週末作郊遊的機會，也有人捐出自己游水的時間，甚至於在星期日，每個人都不缺席地從下午二時一直排到深夜十二時，晚飯就在四川麵店中，老是圍了一大桌，吃吃笑笑，好像每個人的食量都很好。時已深夜，大家都不覺得疲倦，就是胡先生也是如此，也許是因爲見到我們這般熱誠的情緒，使他對我們這般人和這個戲發生好感。所以，每次胡先生爲我們排練時，我們都覺得格外的興奮，大家也就特別用心。我想：我們這次演出，該不會使他過於失望吧！

現在全戲已排得差不多，後台工作也準備得有個頭緒，服裝和造型開始設計預備了。總之，我這次參加「大馬戲團」的演出，實在感到非常榮幸。所担心的是我的戲，希望能不使觀衆感到失望！

一九五三年中國學生劇團上演《大馬戲團》，主角葛蘭在《中國學生周報》第五十一期撰文談排演感受。

《周報》，我進去以後幹甚麼呢？我既不是寫作的又不是編輯，而是負責通訊員活動。當時來說——很多人都這樣說，我也認為是這樣——香港是一個文化沙漠，《周報》創刊帶給香港一片新氣象，學生活動在香港更可以說是沒有，於是我們想到通訊員這個辦法，每一間學校的學生都可以參加，一方面可以投稿，當通訊員將學校的花絮寫來，《周報》可以刊登，香港一百多間中學和大專，幾乎每一間都有通訊員，總數曾經超過四百人。此外，我們每個週末都舉辦通訊員文娛活動，分有很多小組，有文學組、戲劇組、體育組、音樂組、口琴組、攝影組等等。記得我進去之後，還辦了全港第一次的中學籃球比賽，最後還在修頓球場舉行決賽，我特別訂了一座「金像獎」，得獎學校可以保存獎座一年，第二年就要交給新得主，誰當頒獎嘉賓呢？李惠堂，國足，名人嘛！我竟然敢——我現在說廣東話，你們不要笑，當時我的廣東話還差得多，我竟然敢用廣東話致詞！呵呵！當時我是《周報》的通訊部主任。

《中國學生周報》三周年化裝舞會。左起：王健武、廖冰如、奚會暲、甘美華、姚拓、古梅、司徒亮。（奚會暲提供）

讀者通訊

我．們．的．話

近來，我們收到不少各地讀者的來信，使我們知道一些同學們生活的情形，和對於本報的愛好與期待。我們願意供獻一些篇幅，專門登載同學們的通訊，並願同學們藉此能夠獲得進一步的聯繫，如知識的交換，學術的溝通，感情的建立，以及社交面的擴大等等……。

呼聲來自泗水埠

我們要打成一片

椰嘉達動人鏡頭

同學們搶閱本報

印尼泗水自由中學學生會來信：「敝會亦自願担負貴報之泗水通訊員，報道一切泗水之學府風光。」（一九五三年《中國學生周報》第三五期）

熊　當時一邊也在「新亞」讀書？幾年級？

王　當然了，二年級。

熊　一直幫他們辦活動？

王　是的，一直到我畢業。當初辦《周報》時，大家都是門外漢——我說的這些，不知道其他人有沒有說過，我想起就說了——報紙是怎樣編排的呢？大家都不知道。現在我們大概知道報紙編排有甚麼要注意，但當時沒有人懂。大家都是沒有經驗的年輕小伙子，第一任社長是余德寬，總編輯是余英時，拼拼湊湊的報紙就出來了。《周報》有一個很好的傳統，不知道張浚華知道不知道，就是每一期的《周報》出來以後，就有一個讀報會，所有人對這一期有甚麼意見，都可以說出來討論，以後便可改進。漸漸發展不錯，便發展海外版，當時有新馬版、緬甸版、印尼版。說起印尼版，一九六〇年代印尼反華，很多中學生要回中國，當時印尼政府說：如果你們要去中國就不要再回來了，取消你們的印尼籍！他們不管，還是要去，這些人到了今天，已經幾代了，都再回不去印尼。他們經過香港，因為是通訊員，我們也招待他們。

既然有《周報》新馬版，即代表「友聯」開始在那邊發展，余德寬是《周報》第一任社長，他跟太太是第一批到新加坡的。當時新馬是一家，沒分的，馬來亞後來獨立，英國離開才改名為馬來西亞。我們在那兒跟當地的政黨關係不錯，當時他們在馬來亞競選時……馬來亞主要是馬來人，其次是中國人，再其次是印度人，新加坡則中國人最多，佔百分之八十幾，但在馬來亞，中國人就比較少。當時那邊有三個政黨，聯合組織一個同盟來競選，馬來人那個叫「巫統」，中國人那個叫「馬華工會」，印度那個叫「印度國大黨」，三個聯合起來競選，想要執政。當時我還在香港，那邊除了余德寬，還有好幾個朋友過去了，包括張海威，即是張國燾的兒子。當時幫他們競選，他們以國內學生運動的那一套幫他們，結果幫我們所認識的梁宇皋成功當選議員。這個政黨聯盟執政後，梁宇皋便當了衛生部長，後來馬來西亞獨立之後便當了馬六甲的州長。馬來西亞有十一個州，有九個州有蘇丹，他們輪流當馬來西亞國王，有兩個州沒蘇丹，一個是檳城，一個是馬六甲。當時十一個州，只有馬六甲州長是華人，就是梁宇皋，「友聯」跟他的關係非常好。「友聯」在那邊發展後，我們慢慢在馬來亞、新加坡開書店、做書報發行，在馬來亞辦印刷廠，慢慢發展起來。那時我剛畢業便叫我去新馬，最初他們叫我做甚麼呢？叫我搞劇團。我到新加坡之後就辦了藝聯劇團，我離開之前公演過四場話劇，在當時確是相當轟動，我們公演了《北京人》、《花木蘭》、《秋海棠》和《雷雨》，奚會暲是《秋海棠》的主角，在新加坡大會堂演，都是有名的話劇，余德寬的太太劉波每齣戲都是女主角。藝聯劇團到現在還存在，聽說經常有活動，但是正式公演就比較少了。

**熊**　當時是幾年？

**王**　一九五六至六一年，我是一九五二年入「新亞」，一九五五畢業，年底就馬上去新馬。當時去新加坡要坐三日船。

**熊**　當時新馬的「友聯」還有哪位？

**王**　余德寬夫婦、王兆麟，後來陳濯生也去了，即是陳思明，我也算相當早去。

**張**　劉國堅呢？

**王**　劉國堅是，相當後期了。

**張**　俞南琛呢？

**王**　俞南琛最初參加過「友聯」，後來去了台灣，去新馬則是很後期了。我們在新馬有出版教科書，賣得不錯，公司叫馬來亞文化公司，主要出中學教科書，是跟胡家健胡先生合作的。

**張**　這是後來了？

**王**　是後來了，我最初到那邊是為了辦劇團，也做通訊員活動，我們在新加坡、檳城、吉隆坡、怡保都有通訊部，整個新馬都有辦通訊員活動。

有一點要提的，說「友聯」一定要說。當時我們這群人，都是對國內情形不贊同而出來的，既不是國民黨，也不贊同共產黨，這群人出來以後，台灣也不想去，所以很多人以為「友聯」是第三勢力。這群人在香港，最初在鑽石山，後來在元朗租了一個地方，等於是「吃大鑊飯」，幾個人在外邊賺了稿費，就拿回來給這班朋友開伙。當時開始搜集國內資料，做剪貼，資料室把能得到的有限資料，分門別類貼起來，這就是友聯研究所的前身。當時燕雲的一位父執朋友，把「友聯」介紹給美國亞洲基金會的 James Ivy（James Taylor Ivy）。Ivy 認識和了解「友聯」這班年輕人之後，就慢慢對這團體提供資助，《周報》就是因為他們的幫助而產生的。《周報》當時在香港所起的作用相當大，後來左派有一份《青年樂園》，形式、編排跟《周報》完全一樣！「友聯」當時除了《周報》，也有《兒童樂園》，這個一定得說了。當時讀者對象為一般社會大眾的是《祖國》，對象為中學生的是《周報》，對象為小朋友的是《兒童樂園》，後來再辦《大學生活》。到了新馬，又辦《蕉風》和《少年樂園》。「友聯」註冊的全名是友聯文化事業公司和友聯出版社。友聯出版社有友聯圖書編譯所，出版很多種叢書，對中學生影響最深的可能是「友聯活葉文選」。當時「活葉文選」相當能銷，因為它的注解詳盡，中學所選的課文，它差不多都有，學生除了買課本，也買「活葉文選」來參考。編譯所也重新校對、再版了很多名著，《三國》、《水滸》、《紅樓夢》、《金瓶梅》都出了。還有通訊社、印刷廠和書報發行公司，在澳門還有優良圖書服務社。

**盧** 哪年的事？

**王** 大概一九五六、一九五七年。另外在黃大仙徙置區天台還辦過中國學生周報小學[2]，由**鄭萼芬**擔任校長。當然還有友聯研究所，最初有胡欣平、徐東濱、史誠之……史誠之是最早逝世的。

後來我們到新馬發展，也有書報發行公司，主要是發行自己的《兒童樂園》、《周報》等期刊，我們在馬來亞還有自己的印刷廠。《周報》還有個重要的活動是——我們辦了生活營。當時馬來亞的新村幾乎都受馬共控制，英國人看守很嚴，很多新村都有鐵絲網

**鄭萼芬**
香港崇基學院畢業，於「友聯」負責總務，兼任中國學生周報小學校長。該校原為鄭氏與友人合辦的夜間義學，一九六〇年代初得《中國學生周報》資助，並向政府以象徵式一元租金，於黃大仙徙置區中一幢大廈的天台以日校形式開辦小學，並以《周報》標誌設計校章，後隨著香港教育署推行六年義務教育，該校隨其他天台小學日漸式微而結束。

中華民國四十四年八月廿六日　中國學生周報　（第一六二期）

# 歡樂歌唱

本報馬來亞怡

猶疑什麼？把你的大名簽上去吧！

余德寬先生致開幕詞。

靜靜坐着，聽黃春樹同學講故事。

各報新聞採訪記者都來了，請用茶點。

怡保霹靂女中和聖瑪瑞亞學校的教師也來道賀。

女通訊員弄好茶點，由男通訊員送到來賓前面。

金保的三位通訊員搭長途汽車趕來參加。

梁宇皋先生在細閱本報。

◤一九五五年《中國學生周報》馬來西亞怡保辦事處開幕情況。（一九五五年《中國學生周報》第一六二期）

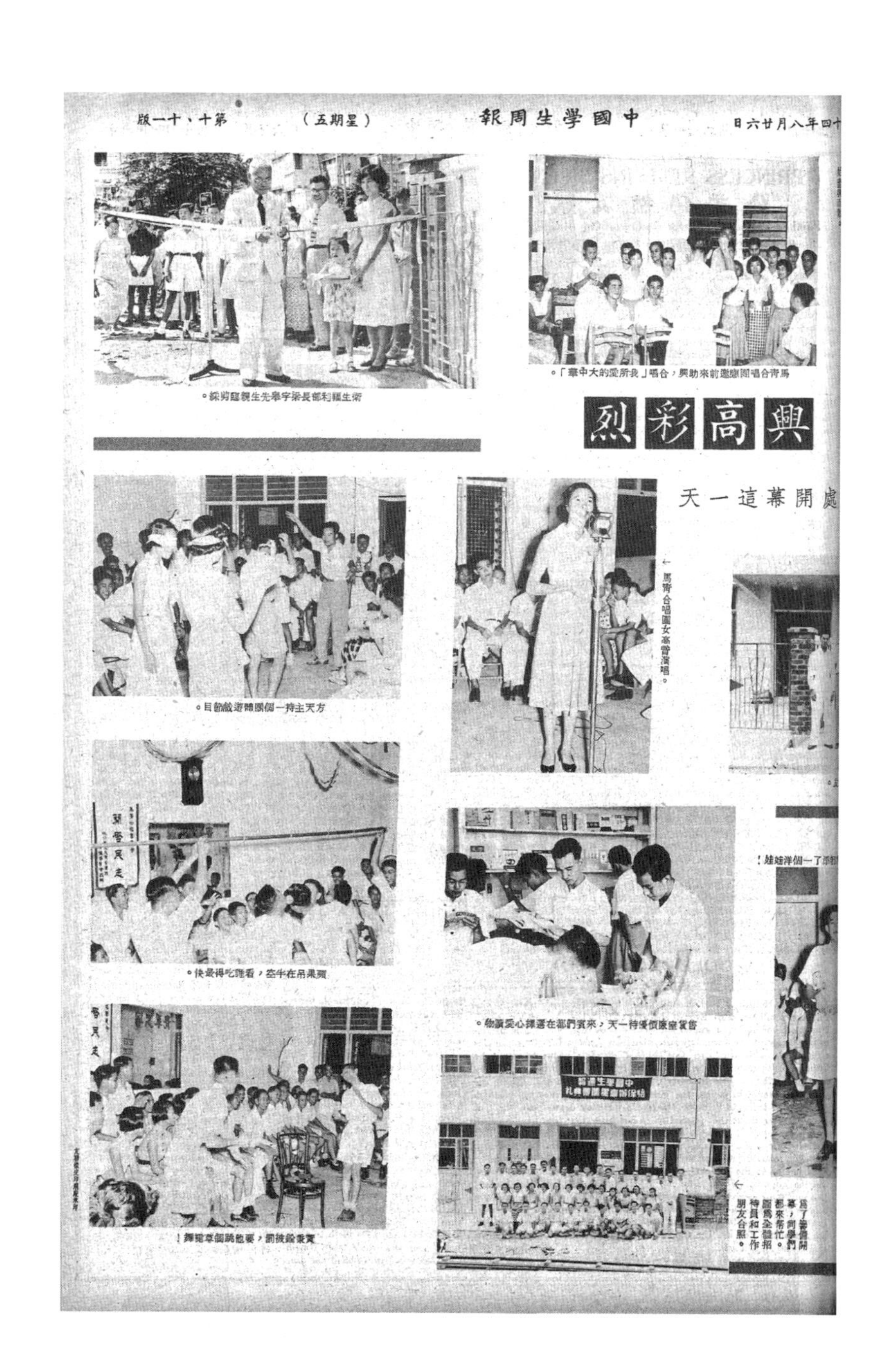



衛生福利部長梁宇皋先生親臨剪綵。

馬青合唱團應邀前來助興，合唱「我所愛的大中華」。

# 興高彩烈

……處開幕這一天

方天主持一個團體遊戲節目。

← 馬青合唱團女高音演唱。

蘋果吊在半空，看誰吃得最快。

售貨室廉價優待一天，來賓們都在挑選心愛讀物。

……都添了一個洋娃娃！

黃秉銓被罰，要他跳個草蹈舞！

← 為了籌備開幕，同學們都來幫忙。圖為全體招待員和工作朋友合照。

友聯活葉文選

題解清楚　註釋詳明
提示深刻　語體譯文

初中教材篇目

17 出師表 諸葛亮 一毫
26 秋日登洪府滕王閣餞別序 王勃 二毫
39 阿房宮賦 杜牧 一毫
48 前赤壁賦 蘇軾 一毫
49 後赤壁賦 蘇軾 一毫
77 武昌軍政府第一號公告 佚名 一毫
82 國風黍離 詩經 一毫
83 小雅蓼莪 詩經 一毫
86 哀郢 屈原 二毫
101 蜀道難 李白 二毫
104 琵琶行(并序) 白居易 一毫
113 陸游詩五首 陸游 一毫
119 四時田家苦樂歌 鄭燮 一毫
123 景陽崗武松打虎 施耐庵 一毫
128 給我的孩子們 豐子愷 二毫
141 可愛的詩境 易君左 一毫
145 走自蘇花路 王平陵 二毫
149 求學 羅家倫 一毫
161 往事(三) 冰心 一毫
163 山中雜記 冰心 一毫
166 愛晚亭 謝冰瑩 一毫
169 小英 凌叔華 二毫
170 母親的病 徐且木 一毫
173 阿里山之遊 龔文開 一毫
186 大明湖 劉鶚 一毫
190 冰心詩二首 冰心 一毫
211 桃花源記 陶潛 一毫
217 信陵君救趙 司馬遷 二毫
220 勸學 劉向 一毫
226 三戒(并序) 柳宗元 一毫
229 荔枝圖序 白居易 一毫
232 詠鳥詩二首 白居易 一毫
235 愛蓮說 周敦頤 一毫
240 雜記二篇 蘇軾 棠觀 一毫
251 李龍眠畫羅漢記 黃淳耀 一毫
252 核舟記 魏學洢 一毫
257 金乳生草花 張岱 一毫
259 小洋 王思任 一毫
266 為學一首示子姪 彭端淑 一毫
267 沈雲英傳 夏之蓉 一毫
268 費宮人傳 陸次雲 二毫
269 核工記 宋起鳳 一毫
271 大鐵椎傳 魏禧 一毫
273 祭妹文 袁枚 二毫
276 寄子書 左宗棠 一毫
281 范縣署中寄弟墨書 鄭燮 一毫
285 日觀峯觀日出 孔貞瑄 一毫
291 新加坡洪家花園記 郭嵩燾 一毫
297 彫刻 蔡元培 一毫
300 返鄉記 徐自華 一毫
307 亞美利加之幼童 包公毅 一毫
308 記馮婉貞事 佚名 一毫
313 寒木披黎之戰 佚名 一毫
325 美猴王 吳承恩 一毫
326 王冕的少年時代 吳敬梓 一毫
327 王三姑娘的死 吳敬梓 一毫
328 最後一課 胡適譯 一毫

高中教材及合訂本　大量供應歡迎選購

總發行友聯書報發行公司

香港德輔道中廿六號A二樓　電話：三三二一七
九龍新圍街九號地下　六〇九七四

星馬總代理：中國學生周報星馬辦事處
26 Winchester House
Singapore (1) TEL. 23733

友聯活葉文選廣告。

大學譯註
友聯圖書編譯所編輯
友聯出版社有限公司印行


友聯圖書編譯所編輯《大學譯註》。

圍著。我們辦生活營，將學校裡的通訊員集中起來，到金馬崙高原一起生活三個星期，灌輸各方面的知識，主辦的人有燕雲、奚會暲、古梅，我們跟政府的關係也很好，因為從某一方面來說，我們幫了它。這樣辦了好幾屆，是很重要的學生活動，而且到了五十多年後的現在，這些通訊員經常都還有連繫。因為這些關係，馬來西亞是不容易取得居留權的，但後來我們——離開了的當然不算數——留在那邊的朋友都得到居留權，這些事是奚會暲辦的。

**張**　**黎永振**甚麼時候出現？

**王**　一九五四年，當時《周報》的人差不多都是外省人，剛才提到的幾位，都不是廣東人，黎永振好像是第一批廣東人。我一九五二年入「新亞」，一九五五年去新馬，他差不多一九五三、一九五四年來，是到《周報》，比我晚加入，在奚會暲、古梅之後，做過《周報》的社長。

黎永振的國語是笑談！剛才說有讀報會，有一次提到一件事，有關陳負東的，忘了關於甚麼，黎永振用國語說：讓我替他大便！他是想說「替他答辯」，哈哈！當時有一位老太太，是羅榮莊的媽媽，我們叫她羅老太，其實她當時只有三、四十歲，大家都叫她伯母。她說：你們的廣東話說得不好，我不會聽，黎永振是廣東人，他的廣東話我會聽。其實黎永振是跟她講國語，哈哈！還有一個笑話，剛才說馬六甲的梁宇皋州長，他做衛生部長的時候經常要到新村演講，宣揚政府的政策，他有時要找翻譯，請「友聯」的朋友幫忙翻譯，有時他也要講國語，他就指明要黎永振教他國語，因為別人教的，他學不了，有些讀音發不了，哈哈！不要說黎永振了，說黎永振我可以寫一本書。

我是由在《周報》辦通訊員開始的，到一九七〇年代離開——其實也沒有離開，到今天也沒有離開——「友聯」各方面的工作，我可以說都做過，由負責《周報》通訊員開始，到新馬辦「藝聯」和通訊員活動，一次我從檳城回來，他們跟我說：他們要你做甚麼你知道嗎？我說：不知道啊！因為我

**黎永振**

友聯社早期成員，一九五六年接替陳日青任《中國學生周報》督印人（一九五六年八月十七日第二一三期至一九五七年六月二十一日第二五七期），後轉赴馬來西亞發展「友聯」工作。

《中國學生周報》三周年茶會。右二、右三：奚會暲、胡家健。（奚會暲提供）

們朋友是互相推選誰負責甚麼的，這次回來，他們決定要我當發行公司經理，我說：甚麼？他們說，他們認為我可以做業務方面的事情。因為當時書店經理陳稚農去了教書，教書的待遇當然比「友聯」好了。

後來李光耀上台，那時新馬是絕對反共的，但李光耀則是靠同情共產黨起家，當時新加坡政府抓了一個馬共分子，叫林清祥。李光耀雖然不是共產黨，但他是靠左派思想取得政權，他當選之後，人民行動黨完全……以前新馬那邊的官員在正式場合一定穿西裝，他們就職典禮則全穿白衫白褲，也不打領帶，他們第一件事就把林清祥從監牢放出來，帶他遊行，慶祝勝利，但不久又把他抓回監牢，後來新加坡則是一個「非共」的國家。李光耀上台後，我便去了吉隆坡，那時馬來亞已經獨立，改名為馬來西亞了，做甚麼呢？做印刷廠經理，這調動是完全不同的業務。

新加坡的華人學生經常亂用成語，當地的習俗是喜歡在報紙上登廣告，一次有同學的父親去世，他們就在報上登了個「痛失家嚴高三某班全體同學敬輓」，那大家的父親都去世了！他們叫古梅作「梅姐」，有個通訊員說：梅姐，你是「麻雀雖小，五臟俱全」！哈哈！她甚麼都懂嘛！

**張** 有人說自己媽媽「徐娘半老，風韻猶存」！

**王** 那時有個學生作文，說在火車上碰到一個人，大家聊天，談得很投契，他就寫是「一夜春宵」！後來下了車見到媽媽，就說看到了「半老的徐娘」！

**熊** 王先生在那邊留了多久？

**王** 十年，我是一九五五、五六年去，一九六五年底回來，五年新加坡，五年馬來西亞。

**熊** 前後做過甚麼工作呢？最初是劇團，然後是辦書店、做發行公司經理……

**王** 然後是印刷廠。我們當時也出版教科書，在新加坡做發行公司時，我也推銷教科書，當時馬來西亞用我們教科書的學校相當多，「馬文」，即是馬來亞文化公司，俞南琛、胡德馨，都是那時才來的。說到這裡，又有一段故事。因為馬來亞文化公司是跟胡家健教授合作的，胡教授是我的中學老師，在貴州的時候，他是浙江大學附屬中學校長，我當時唸一年班，初中一年班，「友聯」很多人都是他的學生，包括陳濯生、負林、何振亞，都是他的學生，不過是他中央大學的學生。他當時要找一個人代表他的利益，他找了我。我跟他說：胡先生，我不能做，因為我是「友聯」的人，不能同時做你的代表，無私也要避吧。後來他就找了負林代表他。在那邊，我的得意之作是，我拉攏了當地兩個出教科書的人，一次我遇到兩間學校的英文老師，他們覺得當時的英文教科書不合時宜，兩人想另出一本。我跟他們談了，覺得他們很有想法，就說：我支持你們！我幫你們印！當時我能說這句話。結果他們的書出了，很多學校都用，我也因此接了很大的生意。那時我們在吉隆坡郊區買了一塊約兩英畝的地，只建了印刷廠和寫字樓，我們在吉隆坡市區也有寫字樓，我就在那裡幫他們建了書庫，租給他們。大家關係很好。後來這邊「友聯」叫我回來，叫我當友聯研究所秘書長。

**戚鈞傑**

一九六三年接替胡菊人任《中國學生周報》督印人（一九六三年十一月二十二日第五九二期至一九六四年五月一日第六一五期），同時兼任《兒童樂園》第二任社長，後移居美國。

**熊** 即是從辦印刷廠，到回來當友聯研究所秘書長。

**王** 是，這又是工作性質完全不相干的。我離開吉隆坡的時候，那兩位老師已經發大財了，我第一隻勞力士手錶就是他們那時送的，我從沒戴過這麼名貴的錶，你也知道「友聯」的待遇了。初加入「友聯」的，全都是一百五十塊錢一個月，後來有家眷的另有津貼，有子女的再有津貼。當時不是說你負責甚麼工作、當社長、當編輯便待遇不同，而是大家都是一百五，所以當時有勞力士是很甚麼的了，回來便到友聯研究所。

**張** 出版社呢？

**王** 這是再下一步了。進了「研究所」，那年我第一次去美國，UC Berkeley（加州大學柏克萊分校）每年暑期都有一個三星期的青年領袖研討班，世界各地的公司年輕負責人都可以申請參加，「友聯」派了我去，趁這個機會我到世界各地繞了一圈回來，回來時剛好是發生暴動的一九六七年。那次我還去了堪薩斯參加**戚鈞傑**拿到碩士學位的畢業禮——他是很喜歡讀書的，可是回「友聯」工作一段時期，全家五口移民美國後，在加州政府找到一份安定的工作，繼續讀博士，就只是夢想了。「友聯」的制度，工作是大家推選的，我回來兩年後，朋友推選我做友聯文化事業公司董事長，兼友聯出版社社長。

**熊** 一九六七開始就兼任董事長和社長？

**王** 不是，我一九六七年底回來，大約一九六八或者一九六九年才開始被選的。《周報》是甚麼時候結束的？

**盧** 一九七四年。

**王** 多實街的社址是我經手買賣的……哪一年我記不清楚了。

**熊** 我們手上有《周報》上所列的社址的資料，《周報》是一九六八年開始就寫上多實街的社址。

**王** 將多實街的社址賣了之後，買了何文田（王補：何文田的地方用作書庫，從沒用作社址，因此在《周報》出版資料欄沒顯示），後來再買新蒲崗[3]，年份不太記得了。《周報》後來實在辦不下去了……

熊　因為……

王　因為銷路不能維持，主要是銷路問題。那時一個通訊員，後來很有名的，說有興趣接手，一下子忘了名字，去世了……

熊　陳任？

王　是，是陳任。那時我在新加坡，他去了新加坡，林悅恆陪他去的，說他有意接辦，我就跟林悅恆說：你跟他談好了。

張　你那時在新加坡？

王　我到那邊開會，剛好林悅恆、陳任也去了，忘了在誰的家談的。這些事不是一時之勇，中間牽涉很多問題，即使有錢，也不一定能辦。後來很可惜……

張　你那時是「友聯」總經理？

王　社長。

張　林悅恆呢？

王　林悅恆是《大學生活》社長。

張　同時也是《周報》社長？

王　你手上的資料說多實街時期的督印人是誰？

熊　林悅恆先生。

王　那就是林悅恆了。

熊　那王先生一直到一九七〇年代……

王　這中間又有另一段故事。那時我負責「友聯」，奚會暲已經在三藩市，我想他也跟你們說過，他弟弟在美國因為車禍去世，他覺得有責任照顧弟婦，所以就去了美國，但他沒有離開「友聯」，他是「友聯」駐美國代表，任何人到美國都一定找他的……

張　徐東濱在友聯研究所是甚麼職位？

王　徐東濱是所長，也是兼任的。

張　後來你出去做生意，「友聯」的身份算是兼任了？

王　說來又是一段故事，奚會暲在美國碰到他從前在 UC Berkeley 的兩個同學，他本來做的生意跟東方有些關係，後來這兩個同學拉他三人一起做的公司叫 Aviva〔Aviva Hasbro (International) Limited〕。因為他是中國人，做跟東方有關係的生意時會較方便。後來他們拿了 Snoopy 一項產品的專利。發給 Snoopy 的產品專利的條件很嚴，他們拿了甚麼項目呢？拿了 trophy，即是運動獎品，在某種運動得勝的，就可以拿的那種獎座，開始時有八款，打算在香港造，奚會暲就想起我，叫我幫他在這邊找工廠造，那時是塑膠業最低潮的時候，沒人願意接這種沒有前景的生意。為了這個，他和大老闆來香港住了一星期，我幫他找，找來找去也找不到工廠肯做，最後他就說：大王，交給你啦！我走啦！這就是他的性格，拍拍屁股就走了。我只好再盡量替他找，最後終於託朋友找到了柴灣一間工廠肯做，他們的訂單不大，看起來也沒有繼續再訂的可能，人家肯做其實只是幫忙而已。他的同學是猶太人，腦筋很好，他們拿了這個專利，最初的八款依照申請時所報列的是World's Best Football Player之類，後來他將這些銅牌改換一下，變成greeting（祝賀語），設計成生日和甚麼慶賀的都能送的禮品，代替送賀卡，這銷路就愈來愈好了。我本來的想法是順便幫忙，但這故事教訓我，不可以同時做兩件事，只能專心一項，發展下去，我就沒有當「友聯」社長了，這是一九七二、一九七三年左右的事，我轉做玩具生意了。後來我們跟畫漫畫的Charles Schulz（舒茲）的關係很好，他去世了。

**熊** 那時有正式辭任嗎？

**王** 「友聯」，你知道啦，都是大家朋友互相推選的，那時就是我想繼續做，大家也不一定推選我，但我也表明退居二線，後來林悅恆接替我負責「友聯」了。

**熊** 但正如之前所說，王先生其實一直沒有真正離開「友聯」？

**王** 從某一方面來說，是。十多年前，一班「友聯」的朋友全都在新馬聚了一次，大約一九九八年，林悅恆、趙永青等都有去；然後在二〇〇三年，我們在三藩市又辦了一次，那一年因為「沙士」，海外的朋友，香港、新馬的朋友都來不了，只有美國的一批朋友聚頭，那張照片我應該帶來！

**熊** 王先生在「友聯」多年，都是管業務比較多？

**王** 是，編輯、寫作我不行的。

**熊** 王先生後來哪年離開香港到美國定居的？

**王** 我有兩次離開香港到美國定居，第一次是一九七五年，移民美國，那時我已經離開「友聯」的工作，幫Aviva做玩具。那時打算

不幫 Aviva 了，想到夏威夷去定居，移民手續辦好了，全家本來住在畢架山，那時房子已經賣了，準備到夏威夷開飯店，跟一位教會牧師朋友一起做，我一個兒子兩個女兒，唸喇沙書院、Maryknoll（瑪利諾書院），轉學證書都拿了，那邊房子也付了訂金。一到那兒，看看房子，很不像樣，那房子已經建成很久，也荒廢了很久，也不管它了；那邊的天主教學校名額已滿，都不收我的子女；加上那飯店，本來就是已經宣告破產……

**張** 呵呵，那你又買回來？

**王** 貪便宜嘛！怎知道人家寧願給銀行接收，也不願低價出售。於是臨時全家開會，全都說不喜歡那兒，說走！那時我四十個紙箱都裝好了，我馬上打電話給輪船公司，本來準備上船的紙箱，最後一分鐘，不運夏威夷，轉運去三藩市，我因此不見了一箱行李。本來不打算做玩具了，結果還是繼續做。

因為 Aviva 的關係，我後來和最初找的那位朋友合夥在鰂魚涌開了工廠，有一次「孩之寶」（孩之寶遠東有限公司）的老闆來找我，

◤一九九八年十一月十六日，「友聯」諸友聚首新加坡。左起：周立良（新）、劉國堅（美）、王健武（美）、古梅（美）、嚴漢平（美）、奚會暲（美）、赫鳳如（美）、胡嘉（美）。（王健武提供）

以為大家就隨便談談而已，沒想到其實是在 interview〔面試〕，他們問我願不願意幫忙，我說願意，但有兩個條件。我提條件呢！我說：第一個條件，我要有全權，在香港所有事情我作主；第二，我不能放棄 Aviva，兩間公司我都一樣幫忙。他們同意了。後來我就兩間公司都做，一直到 Aviva 結束。

**張** 那時你在香港？

**王** 在香港，我就是幫「孩之寶」在香港正式成立公司的。

**熊** 即是一九七五年那次去美國，後來回流香港了？

**王** 那時是剛到美國馬上就回來了，回到 Aviva，「孩之寶」是一九七九、一九八〇年才開始的，後來「孩之寶」愈來愈大規模。這中間有個小笑話，他們要在廣州成立公司，我跟老闆說：你叫我做甚麼都可以，但中國我不去、大陸我不去。我心裡……也不知道共產黨是怎樣的，當時有人嚇我，說：你們「友聯」這些人，他們「裡面」是有名單的。我雖然不太相信，但也犯不著啊！這個大家說明白了，沒所謂。「孩之寶」另外有一個中國人，女的，從美國來的，土生土長，會說一點國語，就讓她負責中國大陸，跟鄉政府談。一切談好了，要去廣州簽約，大伙人去了，這本來與我無關，怎知道他們晚上回來說大陸方面臨時變卦，說合約有問題，老闆就跟我說：You have to go，你一定要去了！到這個地步，我不能說不去了。這邊有一位工廠老闆，姓林的，跟我說：不要緊，我陪你去！那好吧，那次是坐飛機去的，大家就約定哪班飛機，一起去。那天我到了機場，等來等去，不見他們，航空公司已經在廣播我的名字，非上機不可了。我上了機——我到現在也還記得，多少年了？我在機上，看來看去，我眼睛不好，逐個人看，也看不見他們，想解除緊張，就拿插在座位上的那些單張看看，還沒看完，飛機就 landing〔降落〕，到達了。沒辦法，只好硬著頭皮，我當然已經拿好回鄉證，不是現在那種，是一本的，要填上你身上帶了多少錢，還有手錶、戒指，就這三項，有人先告訴我是這

◤一九九九年十一月十八日，「友聯」諸友聚首吉隆坡。前排左一：林悅恒（港）；中排左起：王兆麟（馬）、姚天平（馬）、余德寬（新）、鄭蕚芬（美）、陳負東（美）、任顯潮（港）；後排左起：陳思明（美）、王瑞龍（馬）、詹遠浦（美）、王健武（美）、劉甫林（巴西）、朱學禹（美）。（王健武提供）

樣。過關卡時心裡也不知道是怎樣的，就這樣把證件遞上去，結果蓋了印就過，沒事啊，很簡單。我到現在還記得，進去以後，有個人靠在門上抽煙，我走過，他問：去哪兒？我說：我出去；他說：出去是那邊。原來這邊是人家的後院，呵呵！我拎著過夜的手提包往前走，心裡面還是很亂，又走過一個人，他攔住我，指一指行李輸送帶，我心慌到甚麼程度——我整個人走到行李輸送帶上面！我以為他叫我站上去啊，一站，會動的！不對，馬上又跳下來。可知那時的心理，慌到甚麼程度！到了門口，酒店的車已經在等，我到了酒店，一打電話問，原來他們在北角塞車！後來坐第二班機來。結果第二天我跟鄉政府的人談，也沒甚麼，合營公司合約馬上弄妥，「變形金剛」就拿到大陸生產了。就是這樣的故事。

**熊** 那王先生到一九七〇年代為止，在香港的時間都在「友聯」做事？

**王** 可以說是一九五二到一九七三年左右吧。

**熊** 甚麼原因令您留在一個機構這麼長時間？

**王** 大家想法一樣吧，志同道合。

**熊** 那時怎麼知道他們的想法呢？

**王** 最初的時候其實有點糊裡糊塗，只是大家談得來，也合得來，如果中間有甚麼不對就 bye bye（再見）。

**熊** 中間二十多年，王先生跟哪位「友聯」朋友較多來往？

**王** 來往最多的可能是奚會暲，其他都差不多，跟她（張浚華）也算多。

**張** 徐東濱呢？

**王** 當然徐東濱也是，在馬來西亞時尤其多來往。如果要談「友聯」，也不能不提徐東濱。

**熊** 王先生能給我們一些徐東濱先生的資料嗎？最好能有他的手稿。

**王** 應該沒有問題。

**熊** 那後來怎樣理解他們的想法呢？

**王** 他們並沒有怎麼灌輸，也沒有說過進了「友聯」就要怎樣，大家交往，一切都很自然。

**熊** 剛才王先生也說，很多人認為「友聯」有政治背景、政治目的，王先生身在其中，認為這些說法對「友聯」有沒有影響呢？

**王** 首先，自己沒有感覺他們有甚麼政治背景，沒有要打倒誰、推翻誰，沒有說要怎樣，孫中山要推翻滿清，那是有一種理念的，我們沒有這樣的理念，只是「不跟你玩」，「你在這兒我就走」。我第一次去台灣是因為先父去世，那時台灣已經相當拉攏「友聯」了。

**熊** 那時是甚麼時候？

**王** 最初他們認為「友聯」是共產黨，後來他們認為「友聯」是第三勢力，慢慢才對「友聯」了解，才拉攏。奚會暲當社長時，請他去了台灣，蔣介石跟他見面，他有沒有提到？

**熊** 有。

**王** 我當社長，也請我去台灣，去了兩次。

**熊** 以甚麼名義邀請？

**王** 友聯出版社社長。

**熊** 有以甚麼活動之類的名目嗎？

**王** 沒有，只是請我去台灣參觀。我記得很清楚，他們派專人帶我去參觀，去日月潭甚麼的，也帶我去看他們對大陸的廣播發射站，這方面可能有一點點政治目的。蔣經國也見了兩次，我去兩次，兩次他也見我，陪著的

**雷震**

青年時期即加入中華革命黨，畢業於日本京都帝國大學政治學系。一九二六年返國，抗戰時期任國民參政會秘書長。一九四六年出任政治協商會議秘書長，並獲選為制憲國大代表。一九四九年赴台，與胡適等創辦《自由中國》，負責實際運作，刊物對時政頗多批評，一九五五年遭撤銷黨籍。其後力促成立反對黨，發起中國民主黨組黨運動，一九六〇年九月四日被當局以「知匪不報」、「為匪宣傳」罪名起訴，判刑十年。一九七〇年刑滿出獄，一九七九年於台北逝世。一九八九年《雷震全集》共四十三冊在台出版。

那位甚麼處長，坐著動也不敢動，我和他談話就像現在跟你們談話一樣，很隨便。因為先父是國大代表，他跟**雷震**是很好的朋友，我母親則是他太太宋英的同學，我小時候總稱他雷伯伯。後來雷震在木柵時等於是被監視，路口有車停著看守，我不理，我去台灣，一樣去看他。

後來台灣也知道我們不是共產黨，也不是反國民黨，只是不贊同他們。事實上，早期的國民黨也太糟，我記得我離開南京時，一九四七、一九四八年，大學生在街上遊行，叫著「反飢餓、反迫害」的口號，共產黨取得大陸，不是因為他們的軍事力量，而是國民黨已失民心。

**熊** 後來國民黨請奚先生、王先生去台灣，還請了哪位？

**王** 還有徐東濱，他是和奚會暐一同被請的。

**熊** 那有下文嗎？

**王** 好像沒有，呵呵！就是拉攏你，表示大家是friends（朋友）、沒有敵意，以前還以為「友聯」是共產黨的同路人，如果說第三勢力，第三勢力的定義是甚麼？那時好像有個姓蔡（蔡文治）的，在沖繩培訓甚麼的，那時美國國策是反共，想盡辦法拉攏反共者，也想辦法訓練人反共，所以你們沒問我也說了，亞洲協會可能是有CIA（Central Intelligence Agency，美國中央情報局）支持的，他們是想拉攏反共分子的。當時他們資助香港的團體，我知道有三間出版社，「友聯」不是最大的，「友聯」拿的錢也不是最多。亞洲出版社有沒有聽過？他們那時還辦電影廠，拍電影；自由出版社最早，他們有自己的印刷廠「田豐」，他們都比「友聯」大。

**熊** 拿的錢也比「友聯」多？

**王** 我想應該是，你想想，能夠開電影廠，不是一點點錢就可以，我們的錢用來辦《周報》，弄這弄那，後來很多地方都賺錢，而我們得到的錢都是用來發展的。除了新馬、印尼，泰國我們也想發展，開過辦事處，汪……Peter就去了那邊。

**張** 汪……汪子新。

**王** 對，汪子新、黃慕道、任顯潮也在那兒。

任顯潮是我們發行公司經理，他們都去過泰國。

那時雷震因為曾經幫「友聯」說話，好像也造成他的一些不便。雷震對「友聯」是相當看得起的，胡適也是，相當看得起「友聯」。一開始就說，我們這些年輕人的確想做點事的，我們也盡了力，希望做點事，當時的香港，的確沒甚麼活動，「友聯」的《周報》在這方面起了發酵作用，不是說《周報》做了甚麼，但是能引起大家共鳴，這是我的想法。我現在仍然跟陳濯生說，在香港，《周報》和《兒童樂園》的確起了很大的發酵作用。知道「友聯」的人不是太多，知道的也說不定對「友聯」有偏見，但這兩部刊物完全是正面的，這是我的看法。我離開香港許多年，後來與「友聯」也沒有直接關係，但這點還是可以體會的。

**熊**　當日與亞洲基金會最初是怎樣開始接觸的？

**王**　經過朋友的介紹，了解了「友聯」的性質和理念，他們希望找一些反對共產黨的人來做一些事，而「友聯」當時想做很多文化工作，但沒錢。這中間有一點可以肯定的，他幫你，沒有附帶條件，沒有說拿了錢就要替他做甚麼，沒有的，就這樣一拍即合，大家合作……也不是合作，它資助我們，我們做我們認為應該做的工作，後來看到我們這群人不是亂來的，經費也漸多了。我現在不是替「友聯」吹牛皮，剛才說的三間出版社，到現在大家知道的、記得的、還存在的，只有「友聯」，這最大原因是甚麼？我們這群人，沒一個是假公濟私的。所有負責的朋友代表「友聯」跟亞洲基金會拿了資助，全都用在事業上，人離開就離開了，沒有把「友聯」的房子甚麼的帶走，這也是「友聯」的基本精神。所以雖然朋友後來都四分五散，新馬「友聯」甚至已經結束，從前剩下的「馬文」也結束了，但我們依然經常聯絡，朋友是一生一世的，雖然這個機構在香港現在只剩一個寫字樓。每次我回來，大家都會聚會。

**熊**　王先生在「友聯」做事一直到一九七三、

一九七四年，亞洲基金會是否到那時都一直有資助「友聯」？

**王**　後來沒有了。

**熊**　甚麼時候開始沒有呢？

**王**　我想想……一九六〇年代末、一九七〇年代初，來自亞洲基金會的經費沒有了。我記得很清楚，那一天，亞洲基金會的負責人，鄒文懷的岳父袁倫仁，「袁世凱」的「袁」，「人倫」的「倫」，「仁義」的「仁」，是 Raymond 的岳父。

**熊**　他是亞洲基金會的代表？

**王**　後期他一直是亞洲基金會的代表，直到亞洲基金會結束。他住在半山，最後就在家辦公，他一家都長壽，他活過一百歲，離世時我在三藩市也去送他。一九六〇年代後期，他說美國總部通知他，經費沒有了，他們願意資助我們最後一次。如果我沒有記錯，那最後就是拿了一筆錢，買了新蒲崗利森大廈的單位。

**張**　四美街那兒？

**王**　是。這個我想說出來也沒所謂，無論「友聯」賺多少錢，那時要買兩層工廠大廈根本沒可能。那時他們的意思就是，以後你們自己搞定了！

**熊**　那是一九七〇年之前的事？

**王**　不是一九六〇年代尾，就是一九七〇年代初。我記得那時孟氏基金會也結束了，我曾經說笑，說我後悔那時沒要他們界限街的那幢樓房，後來他們給了台灣中山圖書館[4]，是賣是送就不清楚了。

**熊**　我們查看《周報》上面寫的編輯部地址，是一九六七年搬去利森大廈的。

**王**　那就應該是一九六七了。那時我回來將多實街的房子賣了，十八萬，我記得，是三層樓的洋房，我想現在已經改建成高樓了。

**熊**　那在王先生所接觸的亞洲基金會代表，是不是由始至終都是剛才提的那位袁倫仁先生？

**王**　不是，最初是 James Ivy，後來袁倫仁做到結束。

**熊**　袁倫仁先生就是接替 James Ivy？

**王**　好像是。

**張**　奚會暲在《新亞生活》有一篇文章[5]，提到一位亞洲基金會的朋友，後來年紀大退休了，在美國，你們合資……

**王** 沒錯，我們一人一萬塊，合夥做生意。

**張** 美金？

**王** 美金，他的公司叫甚麼呢？New Asia（新亞）！他對於「新亞」相當有感情。

**熊** 是甚麼性質的生意呢？

**王** International trading（國際貿易），最初每年都有 report（報告）給我們，後來做不下去了，他也完全退休了。他是從亞洲基金會到 Ford Foundation（福特基金會），後來從 Ford Foundation 退休，到三藩市定居，他太太過世以後就住進了老人屋。老人屋就是，花一筆錢，買一個單位，管吃管住管醫療照顧，每個月再付多少，直到離世。他住得相當遠，我們差不多一年去看他一次，跟他一直保持聯繫，我們算是老朋友了。

**張** 亞洲基金會是不是也資助新亞書院？

**王** 有。

**熊** 「友聯」甚麼時候知道亞洲基金會跟 CIA 有關？

**王** 我想這是傳聞聽說的，自己想想，好像也是。我所了解的是，主要是有三個基金會資助它，Rockefeller（洛克菲勒基金會）、Ford（福特基金會）、還有一個是 Shell——蜆殼石油公司，CIA 那個，算是「事出有因，查無實據」吧。

**熊** 就是本身不知道，後來才有所聽聞？

**王** 是，後來有聽說，但無甚麼實據，不過這推論……後來也覺得很有可能性。那時他們對香港很多機構的資助相當大。

**熊** 那以王先生所知，他們對「友聯」的資助有多少？

**王** 這個，我不是不回答，而是我不知道。因為我剛進去的時候，這個跟我沒關係，到最後，我從馬來西亞回來，全面負責，才代表「友聯」跟 Asia Foundation 接觸，以前都是跟著去而已。我不是不說，而是真的不知道，只知道最後拿了一筆錢，是多少我也不記得了。

附：

## 徐東濱生平簡表（王健武提供）

徐東濱，來港後一度用「許崇智」一名，後復用原名「徐東濱」。

筆名岳中石、岳心、蕭獨、藕芽生、吳拾桐、祁彈、張西望、呂洞賓、王延芝等等。

原籍：湖北省恩施縣。

一九二七年一月二十五日，生於北京。（丙寅年十二月二十六日）

一九四四年秋，考入昆明西南聯合大學外語系；同年冬投筆從戎，任軍委會外事局少校譯員。

一九四五年，復員退伍。（抗戰勝利）

一九四六年，入北京大學西語系。

一九四九年，赴香港。

一九五一年四月五日，與友人共創友聯社；成立友聯出版社，任總編輯；後歷任友聯出版社社長、友聯研究所所長等職。

一九六四至九〇年，就職《星島日報》，先任主筆，後寫專欄。

一九七三至七八年，任 TIME 雜誌《時代叢書》總編輯。

一九八一年，任《明報》總主筆，寫社論。

一九八一年，十月赴北京觀禮。（三十五周年國慶）

一九八九年，退休赴美，定居三藩市。（仍為《明報》每週寫一篇社論，迄至九五年初。）

一九九五年十月一日病逝。

《星島日報》周鼎先生收 「煩請何錦玲小姐轉」

滄海客言

「黑手」不可能成「旗手」

王延芝

（附）遠志明痛責「黑手」未成「旗手」

上星期的滄海客言節錄了二月號《開放雜誌》許行先生大文《遠志明的沉痛反思——評海外對八九民運的檢討》許多段落。遠志明是《河殤》作者之一，也是北京知識界「黑手」之一；他在今年一月寫出的「反思」之中，沉痛地責備大陸的高級知識分子（包括他自己）在學運、民運之中只扮演了所謂「黑手」的角色，而沒有挺身而出成為「旗手」，最後眼看着天安門廣場的學生們被坦克車隊輾過。

P.1

3/18/90

3/19/90 寄 [illegible]

徐東濱手稿。（王健武提供）

晚年徐東濱，「昨日少年今白頭」。（王健武提供）

移居偶作

避秦海角百尺樓
憑欄俯首看漁舟
遠山迤邐環碧海
近窗翩躚翔白鷗
縱筆放論天下事
橫刀漫琢稻粱謀
天心未回劫未已
[illegible][illegible]廿年今白頭

一九六四年仲夏

▲徐東濱〈移居偶作〉手稿。（王健武提供）（左）

## 徐東濱〈移居偶作〉說明

徐東濱兄早年就讀北京大學，解放後，一九四九年隻身遠來香港。

一九五六年與友人共創「友聯社」，此後數十年從事寫作，以十餘筆名發表不同文體作品，享盛譽於文壇。

東濱兄文思快捷、隨感成章，他是橋牌高手，閑暇時也歡喜麻雀娛樂，曾有一次在張羅牌局的前十來分鐘完成了一篇社論。

一九五九年，代表「友聯」和「星系報業」在馬來西亞吉隆坡籌辦中文《虎報》，該報結業後，一九六四年應聘回香港擔任《星島日報》主筆，並獲報社轉讓港島海旁樓宇，是為「友聯」朋友能自置產業的第一人，相信是心情暢快之餘，寫了這首〈移居偶作〉。

「友聯」老友　王健武謹識

二〇一一年四月

# 注釋

1 新亞書院一九五三年畢業生中，朱光國、唐端正、王懿文、周美蓮為文學院畢業生，奚會暲、列航飛、朱清旭、陳漢侯為社會科學院畢業生，陳負東為商學院畢業生。

2 王補：「『中國學生周報小學』前身是一九五七年創辦的『中國學生周報義學』，當時租用砵蘭街『耀中小學』於夜間上課，分一至五年班，有學生百餘人，教師七位，學費全免。迄至一九六〇年，向香港政府以每月一元租金租借了黃大仙徙置區第二十三座大廈天台，自建課室四間，開辦了『中國學生周報小學』。有一年級至六年級，分上、下午班，校長一直都是鄭萼芬，《中國學生周報》派任的，教師十餘人，部分來自『大專學生工讀輔導會』，學生有四百多人，學費初期每月三元，後增至五元，可申請免費。開辦至一九七三年結束，有畢業生十二屆。經費是由《中國學生周報》支付，其中有數年由『亞洲基金會』資助。」

3 根據《中國學生周報》出版資料欄，該報編輯部地址及友聯印刷廠地址，從一九六七年五月十二日第七七三期起改為「九龍新蒲崗四美街二十三號利森工業大廈九樓」，直至該報於一九七四年七月二十日第一一二八期停刊。

4 九龍界限街一百七十二至一百七十四號為一西式三層樓宇，原為孟氏圖書館，屬美國亞洲協會物業，該館後因故停辦，中國文化協會於一九六八年購入上址並改建成中山圖書館。中山圖書館於一九七〇年一月一日開幕，為香港少數私人圖書館，至二〇〇〇年遷往九龍窩打老道七十九號H怡安閣A座三樓。以上資料據中國文化協會網頁（http://chineseca.org.hk）。

5 奚會暲：〈懷念艾維先生〉。收入編輯小組編：《多情六十年——新亞書院的過去、現在與未來》，香港：香港中文大學新亞書院，二〇〇九年，頁五二一—五二三。

# 林悅恆

（一九三五——　）

筆名林亙。

原籍廣東新會，家鄉出生。一九四九年底移居香港，曾於文德中學、德明中學就讀。一九五四年入讀國立台灣大學哲學系，一九五八年畢業後得老師殷海光介紹回港加入「友聯」，初期在友聯研究所整理資料，並在《祖國》撰寫文章。一九六〇年代初負笈加拿大，一九六四年回港後繼續為「友聯」服務，並與文樓、鍾華楠、包錯石、戴天等友人合辦創建實驗學院。一九六七年支持友人創辦《盤古》雜誌。一九六〇年代以來，歷任《大學生活》總編輯、《中國學生周報》社長等職，後逐步接手「友聯」其他工作，至今仍為友聯文化事業有限公司主要負責人，目前在美國定居，經常往來內地、新馬及香港，舉行書法展。

**日期｜**

**二〇〇二年四月九日（第一次訪問）**

**地點｜** 香港創建教育中心

**訪問者｜** 盧瑋鑾、郭詩詠

**列席者｜** 何杏楓

**林**—林悅恒　**盧**—盧瑋鑾　**郭**—郭詩詠　**何**—何杏楓

**林**　今天先把大問題弄清楚。關於《中國學生周報》的經濟來源，可以看我給你的那份資料〔陳維瑲〈風雨同舟五十年——簡介友聯社的創始與發展〉[1]〕，那是關於這些事情最早期的記載。《周報》〔《中國學生周報》〕是由余德寬創辦的，他現在身在新加坡。如果想知道早期的事情，或者應該要訪問他。他是很重要的人物，因為他是早期「友聯」負責青年工作的主要人物，這些人當中也包括奚會暲等人。他是《周報》的第一任社長。如果想知道社長接替的過程，可翻查《周報》的督印人資料[2]。現在歷屆《周報》社長應該大都還健在，或者你們把目錄弄出來以後，可以見面或電話訪問他們。

**盧**　這些社長是怎樣選出的呢？

**林**　社長主要是由「友聯」的理事會，也就是後來的董事會決定的。

**盧**　在理事會中互選的嗎？陳維瑲的文章中沒有談到。

**林**　這可能沒提到。早期的友聯社主要是由幾個負責人找人來參加的，早期的《周報》還有一位黎永振先生，現在在馬來西亞。

**盧**　《中聲》報業跟「友聯」的關係原來這麼密切？

**林**　他們是在《中聲報》工作的。他們在那兒掙到錢，然後成立自己的組織。

**盧**　在《中聲》集團那兒賺到錢？

**林**　不是。他們只是在那兒工作，拿薪水，就幾個人，最初就是這樣幹起來罷。大家把錢都拿出來，工作後回來「吃大鑊飯」。

**盧**　那就是同人合作了。

**林**　正是，誰有錢就拿出來，這是早期的方式。

**盧**　但演變下去，後來就難以由幾個人湊錢支持吧？

**林**　那時候經濟可能比較穩定一些。

**盧**　很奇怪，陳維瑲的回憶文章幾乎沒有提供具體年份。

**林**　他自己也忘記了。我們沒有做這些史料性的工作，現在也不過憑記憶說說。現在我們都希望他可以提供一些資料，因為他是我們的創辦人之一。事實上，《中聲報》創辦人是他的岳父**丁庭標**，那時候他在香港

**丁庭標**

丁文江堂叔，曾任國民政府立法委員，江蘇省青年黨負責人。一九四九年移居香港，加入自由中國運動，並參與自由出版社、《自由陣線》出版工作。

中華民國四十一年七月二十五日　中國學生周報　第一版

本期要目

本報創刊辭
平津大學院系調整
漢文學院擴大招生
會考日記
當代學生的特殊遭遇（論著）
請作想一想
愛的新路（文藝）
生命的呼喚（文藝）
如何欣賞電影

中國學生周報

The Chinese Student Weekly

每逢星期五出版　創刊號　每份售港幣壹毫

本報已經香港政府登記
督印人　余德寬
社址　九龍鑽石山聯誼路華園六號B
承印者　聯華印務公司
地址　香港灣仔石水渠街十一號
電話　三六七〇七轉

創刊詞

## 負起時代責任！

人類文明正面臨着空前的危機，中國文化已遭受到徹底的破壞；我們這一代的青年學生面對着這股歷史的巨流，實在無法再緘默了。

「五四」以來，中國學生對於國家確已貢獻了不少的力量；曾以高度的熱情，天真的嚮往，純潔的動機，力求國家的復興。但是，這些都失敗了，這些不僅未能主動地解決了中國的問題，反而被野心政客利用作政治工具，間接地助長了中國的害難。

我們今日痛定思痛，追根究源，不能不承認是因為我們的熱情過份衝動，沒有經過理智的誘導；我們的嚮往過份天真，未能明辨善惡真偽；我們的動機雖然純潔，不能掌握原則，堅持到底；以致目前的現實與理想脫節，甚至背道而馳。

經過最近的這次巨創以後，有的同學消沉了，退縮到個人的小天地裡，悲觀、苦悶、頹喪；縱然，這都不是聰明的辦法，只有毀滅了自己，斷喪了國家的生命活力。我們必須再接再厲，對時代負起責任。

我們能眼看着自己的國家這樣沉淪下去嗎？

我們能讓中國的歷史永遠這樣延續下去嗎？

基於這些想法，我們才鼓起勇氣，在極艱苦的條件下，出版了這份刊物——中國學生周報。

中國學生周報是屬於我們學生自己所有，是由我們學生自己主辦，是為海內外全體中國學生而服務的。因此我們可以不受任何黨派的干擾，不為任何政客所利用。在這裡，我們可以暢所欲言，以獨立自主的姿態，討論我們的一切問題；從娛樂到藝術，從學識到文化，從思想到生活，都是我們研究和寫作的對象。只有在這種自由的園地裏，才可以充份表現我們的意志，才可以充份闡揚我們的理想，才可以充分發揮我們的智慧，並且使我們與各國學生之間得到充分的瞭解與溝通，進而溝通中西文化，替未來的中國摸索出一條正確的出路來！

## 平津各大學院系再調整

（本報北平訊）六月二十九日，北大、清華、燕京、輔仁、師大這五個大學的教職員七百多人，在燕大禮堂開了一個「聯歡大會」。他們都是屬於中共教育部所決定要加以調整的院系的教授或講助教職員。大會一致通過擁護院系調整方案，保證作好調整，並向中共毛澤東主席致敬。[illegible]

## 美國哈特維克大學增設中國文化學系

「把中國文化介紹給現代美國人民，目前沒有比這件事更重要的了」——哈大校長 H. J. Arnold

（本報美國航訊）美國紐約州的哈特維克大學（Hartwick College）現正籌設中國文化學系，並且請了該校校董 Dr. Voigt 和美國史學權威 Dr. Hoopes 等學者擔任顧問。[illegible]

（又訊）哈特維克大學的外國學生獎學金運動，已經收到很好的效果；下半年將有二十五位來自世界各地的學生在哈校就讀，其中有十名是來自台灣的學生。（伯）

## 菲學生消除文盲

（本報訊）[illegible]

## 中國學生成績特優　打破美國種族偏見

美國紐伯理學院歡迎中國學生前往讀書

（本報美國南加羅林州訊）[illegible]

Mr. James C. Abrams, Newberry College, Newberry, South Carolina, U. S. A.

## 馬來亞師資缺乏　英國正在大批訓練

（本報利物浦航訊）[illegible]

## 大陸文教拾零

福州各中學合併

[illegible]

## 第一次美洲學生會議

十七國代表齊集　成立通訊局

[illegible]

德國重建聲中

德國學生近況

[illegible]

《中國學生周報》一九五二年創刊號。

有個機構，陳維琯先生是他女婿。丁庭標從大陸來港，在文化界、政界都有點影響力。**丁文淵**從**丁文江**的家庭出來，所以有這樣的人脈關係。陳先生後來跟丁庭標的女兒結婚，於是「友聯」漸漸以陳先生為主要人物，將人們連結起來。姚先生（姚拓）也是朋友介紹來的，他們在調景嶺將政界、軍界，或者對文化有興趣的人凝聚在一起。**楊望江**先生加入「友聯」辦了《兒童樂園》，他是社長，找來**羅冠樵**來畫插畫。楊望江不是真名，他的真名叫閻起白，從東北來港，懂日文，對兒童文學的興趣比較濃，因此辦了《兒童樂園》。

**郭**　《周報》的督印人是不是一定也是社長？

**林**　是的。《周報》的督印人一定是社長，因為要向政府負責。

**盧**　如果有人起訴你們，就是督印人坐牢。

**林**　是的，報紙雜誌都比較嚴格些。

**盧**　那時候的編輯都不標示姓名，陸離、吳平他們在報上吵吵嚷嚷的，我們才大概知道他們是編輯。

**林**　早期的編輯與讀者、作者的接觸不是太多。

**盧**　所以早期的資料最難處理。

**林**　**楊啟樵**也很少跟讀者接觸。

**盧**　我從不知道他在《周報》幹了這麼久。

**林**　他在《周報》幹了很久，胡菊人則是比較後期的了，那時還有李金曄先生。

**盧**　**李金曄**在香港呢，好像在香港中文大學。

**林**　是嗎？他也幹過一段時間。那時候《周報》有澳門版，他跟胡菊人負責。早期好像還有**楊啟明**。

**盧**　澳門版我沒看過，日後一定要找來看看。

**林**　澳門版是不是在澳門出版，我就不知道了。

**盧**　誰會知道呢？

**林**　澳門版是李金曄跟胡菊人辦的。

**盧**　那就是很後期的了。胡菊人大概是一九六〇年代初期吧？

**林**　那時我們在澳門有書局，還搞通訊員活動。

**盧**　《周報》經濟來源的問題，希望您可以談一談。

**林**　其實是這樣的。亞洲基金（亞洲基金會）支持的時候，主要是看我們工作的項目，就是

**丁文淵**

丁文江四弟，畢業於同濟醫學院，曾留學德國，歷任國民政府行政院參議、考試院參事、中國駐德國大使館參贊等，抗戰期間曾任同濟大學校長。一九四九年赴台，後移居香港，一九五〇年出版《前途》雜誌，一九五七年在港逝世。

**丁文江**

中國地質學家，曾留學日本及英國，與翁文灝、曾世英合編有《中華民國新地圖》、《中國分省新圖》，又與胡適等創辦《努力》、《獨立評論》，另編有《徐霞客先生年譜》、《梁任公先生年譜長編初稿》。一九三六年任中央研究院總幹事，勘探煤礦時煤氣中毒逝世。

**楊望江**

本名閻起白。原籍東北，畢業於日本帝國大學。抗戰時期在東北從事抗日工作而被囚，戰後獲釋。來港後曾在荃灣硫酸廠當工人，同時在《中聲日報》等報刊發表作品，後與燕歸來、陳濯生等創辦《兒童樂園》。

**羅冠樵**

畢業於廣州市立美術專科學校，專修西洋畫。一九四七年移居香港，曾任教於華僑書院、清華書院、經緯書院等。一九五三年閻起白、燕歸來等創辦《兒童樂園》，羅冠樵曾任主編、畫師，至一九八三年離職。一九九九年獲香港藝術發展局頒發視藝終身成就獎，二〇〇八年香港文化博物館舉辦「兒童樂園——羅冠樵的藝術世界」展覽，筆下故事《小圓圓》、《西遊記》於二〇〇〇年後重新出版單行本。二〇一二年在港逝世。

**楊啟樵**

畢業於香港新亞書院、新亞研究所。一九五〇年代曾任《中國學生周報》副總編輯，後負笈日本，獲京都大學文學博士後於廣島大學任教。著有《雍正帝及其密摺制度研究》、《明清史抉奧》等。

**李金曄**

一九五九年接替楊啟明任《中國學生周報》督印人（一九五九年九月十一日第三七三期至一九六〇年六月二十四日第四一四期），後曾主持《中報周報》、《中流月刊》。

逐年商討和寫預算，我們計劃好今年做甚麼工作，出版、通訊員活動，或者其他大型活動，然後提交預算給亞洲基金會，他們認為可以進行，才逐年簽撥款。是這樣，不是其他的方式。

**盧** 您的意思是說，每年都得交預算給基金會？

**林** 還要交工作報告上去。

**盧** 資助會不會一年多、一年少呢？

**林** 也會的。我們提出需要多少，他們認為可以就撥給你，「友聯」的工作項目、友聯研究所都是這樣。他們支持的不是「友聯」，而是「友聯」的工作項目。我們按照自己的想法去做。我們提出的工作計劃和預算是逐年計算、逐年申請撥款的，他們按工作項目來批。那時「友聯」有青年活動，包括《大學生活》、《周報》的出版和學生活動。

**盧** 這是你們轄下的青年活動？

**林** 友聯出版社在那時已經隸屬於友聯文化事業有限公司了，我們本身的友聯研究所專門負責搜集資料，出版有關研究中國的資料，另一個是青年工作，包括《大學生活》和《周報》。

**盧** 《兒童樂園》呢？

**林** 《兒童樂園》沒有申請，《兒童樂園》用自己的錢[3]。

**盧** 自負盈虧？

**林** 屬友聯社本身的工作，他們只支持這兩項。

**盧** 《祖國》周刊呢？

**林** 《祖國》周刊，他們沒有支持過。

**盧** 我們常常以為所有出版物都是他們支持的。

**林** 他們只支持他們認為應該支持的工作，由他們選項目，給「友聯」的錢不是給友聯文化事業有限公司的。有段時間他們覺得我們應該有家印刷廠，於是撥款給我們購買印刷廠的設備、廠房，那等於支持一個項目，而不是支持「友聯」整個機構的運作。

**郭** 您上次提到友聯研究所主要做雜誌的剪存、出版英文的通訊等等，這些工作是一直都在進行，然後向亞洲基金申請經費，還是因為有撥款才構思這個計劃？

**林** 「友聯」最早期的工作就是友聯研究所的工作。那時大家關心祖國，覺得需要有資料根

**楊啟明**

一九五七年接替黎永振任《中國學生周報》督印人（一九五七年六月二十六日第二五八期至一九五八年十月十七日第三二六期），後交由孫述宇接任，一九五九年再次出任該刊督印人（一九五九年三月二十日第三四八期至一九五九年九月四日第三七二期）。

《祖國》一九五三年創刊號。

《兒童樂園》。

據，因為做政論都得有根有據才行，於是我們自己找些紙皮箱，搞起分類來。幹了很久，確實時間我不太清楚，總之幹了很多年。這群人開始常常聚在一起，有些是基本的班子，其他有興趣的人也來參與，孫述憲先生、許冠三先生等，都是早期的成員，大家有共同抱負，思想上有可以溝通的地方，覺得可以合作，那是一種很鬆散的合作。許冠三早期是「友聯」的一分子，但後來大家可能在合作上有些意見，複雜了，於是他和孫述憲在外邊另辦平凡出版社。友聯研究所的工作是從一開始就進行的，到了後期，尤其是韓戰之後，美國覺得要加強對遠東和中國事務的了解，覺得「友聯」的工作對他們有幫助，於是支持「研究所」。

**盧** 您的意思是說，早期「友聯」是自己拿錢出來辦的，到了韓戰爆發，美國就覺得需要才支持一下？

**林** 工作一直都在做，不是有錢才做的，只是他們覺得我們做得不錯，於是撥款給我們繼續做下去。「友聯」的工作都是這樣子，《周報》早期也不是他們撥款才搞的。出版《兒童樂園》也是這樣。「友聯」是政治性比較強的團體，它的政治主張是：民主政治、公平經濟、自由文化，這是它基本的信念。我們覺得在香港進行工作，教育是很重要的，故此希望在不同的階層進行工作，所以有《兒童樂園》、《周報》、《大學生活》、《祖國》周刊，這些雜誌的出版時間先後不是相差很遠，大家覺得這幾個層面都必須包括在內。出版書籍方面，主要出版一些有關理念的書籍，例如「自由民主論叢」、「學生叢書」等出版物。後來美國新聞處覺得有些書的內容跟「友聯」的思想差不多，於是做好了交給「友聯」，這等於是間接由他們找人全做好了、出版了，由「友聯」發行。

**盧** 難怪有時候看到一些「友聯」的書，分明不是「友聯」印的，是不是凡由「友聯」發行的就是這種情況？

**林** 早期發行的是這樣。這些由「美新處」（美國新聞處）出版的書，全部由我們發行。發行賺得的錢留給友聯書報發行公司。那時

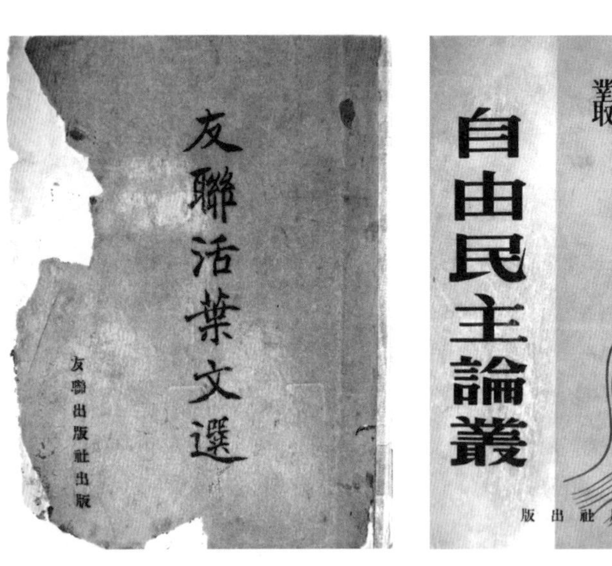


◤《自由民主論叢》。（右）
◤《友聯活葉文選》。（左）

候，大家如果覺得可以出版某些東西，就在那兒拿錢出來。

**盧**　那就是說，到了這個時候，有人給了「友聯」一筆錢，讓友聯發行公司代人家發行，如果你們自己覺得有些書需要出版，就動用這筆錢。

**林**　如果大家都覺得可以出版，就拿錢出來。

**盧**　「友聯活葉文選」也是這種情況下出版的嗎？

**林**　「友聯活葉文選」是自己出版的。「友聯」本身有友聯編譯所，出版跟中國有關的文化書籍，早期新亞書院唐君毅先生、牟宗三先生、左舜生先生的書，以前多數由友聯出版社出版。另外「友聯」的朋友常與一些文化界、思想界的人聊天，他們都很支持「友聯」的工作，所以余英時、黎永振、奚會暲、古梅、孫述宇這些新亞書院的學生都來幫手。張丕介先生介紹他們來「友聯」工作，於是就有了關係。

那我為甚麼會加入「友聯」呢？主要我「台大」（國立台灣大學）的老師殷海光跟胡永

祥、陳先生（陳維瑲）在大陸已經認識，在老師的介紹下，我畢業後便參加了「友聯」。我們有幾個同學都參加了，後來有些人離開，我留得最久。

**郭** 剛才您提及「美新處」把書翻譯好之後，交由「友聯」發行。這些書看起來有沒有甚麼不同？可否從你們自己的出版物中識別出來？

**林** 他們用他們的名義出版，我們只管發行，不過有些書會用我們的名義，就是用那筆錢出版的。這些書會有些不同，因為他們有些不同的要求，在編排上有點不一樣，因為編輯工作是他們負責的。

**郭** 會清楚寫出來嗎？

**林** 有些沒有的。他們覺得有些書應該讓人看，他們以前的《今日世界》都是贈閱的，他們覺得這些書或送或賣都沒所謂，只要你拿去做發行工作。這種工作持續了很久，實際上得到的錢有時他們會拿回去，但有時有些出版物可以利用這些錢來出版。

**盧** 記得那些書名嗎？

**林** 不很清楚了，有些書看到或者會記得。關於「友聯」和「美新處」的接觸，或者你可以問問何振亞，他在香港。他在「友聯」應該是很重要的。

**盧** 戴天在「美新處」做了很久，但他一直不肯談。

**林** 他就是覺得……其實工作是這樣做、這種性質，沒所謂的，心安理得。不過，這畢竟牽涉美國的新聞政策。那時我們替張愛玲出書呢！

**盧** 甚麼時候？

**林** 好像是英文的（張愛玲《赤地之戀》英文版）[4]，我回去翻查一下，很早期的，英文的。

**郭** 是她翻譯自己的作品嗎？

**林** 應該是她自己的作品，我回去看看，很早期的。我記得好像有。我現在在找我們的書種，好像有這樣的書，是英文的。她替美國工作，一定跟「友聯」有些關係。

跟「美新處」合作這項工作，最初是由何振亞先生負責的，他主要負責業務上的工作。你們如果想知道有關《周報》「企業化」的問題，應該要找他。他比較務實，主張「友聯」本地化，要有自己的經濟基礎。很早的時候，他就有個計劃——那時候觀塘的地皮很便宜，他提出要在那兒買一大幅地。這是我們後來才知道的。那時候才幾毛錢一呎，他說應該在那兒買地建廠房。早期的友聯印刷廠也是他負責的。所以要了解「友聯」，何振亞是個很關鍵的人物。

**盧** 說到企業和文化，我們早期也出版教科書的，我們出版中國歷史和「友聯活葉文選」，不負責發行，要學校自己來取書。我覺得那時候實在應該繼續做教科書。

**林** 利森工廠大廈也是你們買的嗎[5]？

**盧** 是何振亞先生經手買的，我們賣了多實街的房子買的[6]。後來「友聯」能夠繼續下去，主要是由於賣了部分工廠大廈，這才能支持下去。早期真的計劃過買一大塊地，興建廠房、書庫，甚至宿舍。你們說的「企業化」，我不知道從哪兒看來的？那時負責朋友都覺得不應該把重點放在這方面就是了。

**郭** 「企業化」的講法主要是在《博益月刊》羅卡訪問中看到的[7]。

**林** 那時進「友聯」工作的朋友都有共同的理念，在管理上不很細緻。至少在我當社長的時候，進來的編輯都是大家了解比較深的，所以基本上不會出現政策上的衝突。我是比較放任的，除非有政治運動，那便會出現一些問題。

**盧** 他們常常念念不忘一件事，就是某年雙十節的《周報》的封面。陸離說當時她和吳平跟《周報》決策層出現了很大的矛盾，開會之後，那一期的《周報》要立刻從報攤回收。這事您有印象嗎？

**林** 應該有這件事。

**盧** 主要是因為政治敏感？

**林** 這種政治敏感主要關乎「友聯」基本的思想。「友聯」基本上是反共的，因為它政策上對中國文化有所摧殘。那時換封面應該就是因為這個問題。因此問題不在陸慶珍（陸離），主要在吳平。

**盧** 是吳平，在新蒲崗的時候他是比較激進的[8]，但陸慶珍始終傾向「自由」。

友聯出版社出版張愛玲《赤地之戀》英文版 *Naked Earth*。

何振亞（左）與林悅恒。（二〇〇四年）

**林** 那時他覺得暴動中有些東西是可以支持的。

**盧** 他真的去了，那時蘇守忠在天星碼頭示威。那時他是〈穗華〉和文藝版的編輯。

**林** 記憶中只有這一次（回收刊物）。

**盧** 那麼，就是說，你們對編輯是完全放手的了？

**林** 我們和編輯的思想基本上是差不多的。電影版因為任由羅卡發揮，所以才這麼熱鬧。羅卡是我拉入《周報》的。那時他在唸數學，在崇基學院，替《大學生活》寫稿。他畢業後說對數學沒興趣，想當編輯。我覺得他文章寫得不錯，於是提議他來《周報》試做編輯。那時《周報》本身也有談電影的，主要是汪榴照搞。早期有些朋友對電影、影藝有興趣，主要是奚會暲。那時開始有《銀河畫報》。

**林** 奚先生所帶領的《周報》話劇社演過幾齣很轟動的劇，好像《清宮怨》、《大馬戲團》等。那時電影版有點影話，後來羅卡加入，還有金炳興、戴天、李浩昌、吳振明等等，陸離則寫了杜魯福（François Truffaut）。

**盧** 石琪後來也投稿。

**林** 慢慢地，電影版便擴大了，覺得既然同學喜歡，不如繼續搞下去，於是就有了《大學生活》電影會。那時我在《大學生活》，胡菊人負責《周報》。後來我從加拿大留學回港，陳特要離開，胡菊人又去了「美新處」，後來又去了《明報月刊》，於是叫我回去負責《周報》。

**盧** 您讓大家知道了《周報》的經濟支援，實際上並非坊間流傳的講法。

**林** 他們都不知道內裡的情況，以為美國給我們錢，然後要求我們做各種事情。不是的，其實「友聯」的工作一直都是這樣做，後來他們覺得某些地方可以合作，就支持我們。

**郭** 他們從不給你們意見嗎？

**林** 我們是按照我們自己的理念來做，有時計劃提出來，即使他們不撥款，我們也照樣做。《兒童樂園》他們就從沒給過錢。

**何** 《祖國》周刊也沒給過錢嗎？

**林** 《祖國》周刊也沒有，因為它是政論性的。他們不會直接支持這些東西。

中華民國五十六年一月十三日 中國學生周報 （星期五） 第十一版 電影圈

# 去年十大名片

## 幾句談助

田戈

## 去年西片我見

石琪

## 悅目．悅心

西西

## 族性與個性

林年同

## 來函照登

### 1966年本港公映十大名片

除首名外，其餘不分名次

| | | |
|---|---|---|
| 古城春夢 | Zorba the Greek | （希．卡高揚尼[illegible] |
| 色情男女 | The Knack | （英．R. 黎斯[illegible] |
| 蝴蝶春夢 | The Collector | （美．威廉韋[illegible] |
| 浴血突圍 | 317 Section | （法．薛度雅[illegible] |
| 烈士忠魂 | Behold A Pale Horse | （美．仙納[illegible] |
| 血印 | The Pawnbroker | （美．薛尼盧[illegible] |
| 瑪利亞萬歲 | Viva Marie | （法．路易馬[illegible] |
| 活色生香 | Circle of Love | （法．羅傑華[illegible] |
| 追 | The Chase | （美．雅瑟佩[illegible] |
| 齊瓦哥醫生 | Dr. Zivago | （美．大衞[illegible] |

珠遺

荒唐世界、魔爪還珠、戀海春夢、柔道群英、棋子戰爭、情殺驚魂、女賊金絲貓、虎俠、百怪圖、四美挑情

*以評分最高之前十名計，因有同分缺分等情，除首名外，其餘各片不分名次，又最佳國片及最佳外國導[illegible]及最遜外國片只提名而不計分。



一九六七年《中國學生周報》電影版，左下角見《大學生活》電影會廣告。

**盧** 為甚麼不直接支持政論性刊物？

**林** 我們覺得政論性的東西接受他們支持好像有點不太好。不過他們好像支持過香港一些政治人物，例如左舜生先生。

**盧** 也就是青年黨吧？

**林** 他們部分是青年黨。

**盧** 我們以前總以為是一筆錢批下來支持「友聯」，於是就有友聯研究所、友聯編譯所、出版……

**林** 他們從來沒有支持我們的編譯所，因為友聯編譯所專門出版我們自己的書，例如「友聯活葉文選」、古典小說和其他教科書。他們支持友聯研究所、《大學生活》和《周報》的活動。

**郭** 只支持活動嗎？

**林** 就是選擇某些工作支持，錢不是給友聯社的。

**盧** 就是每年跟他們說《周報》需要多少錢？

**林** 我們每年提交工作報告和預算。錢較多的時候可以搞夏令營、冬令營。

**盧** 通訊員活動呢？

**林** 我們辦活動，通訊員活動有導師，也請人來演講。

**盧** 徵文比賽呢？

**林** 徵文比賽是《周報》內部的活動，還有週年紀念活動等等，另外《周報》也支持很多文社活動。

**郭** 那麼《周報》出版方面是不是可自負盈虧？只有活動方面需要亞洲基金會支持？

**林** 該筆錢是包括資助出版和活動的。那時如果只計算賣報的收益，應該不能支持出版經費。

**盧** 是嗎？陸離曾告訴我，《周報》最高峰的時候有十名編輯。

**林** 她比我清楚。有些是兼職，只有車馬費。

**盧** 今天講清楚了許多事情。就是當年我在中華文化促進中心請徐東濱先生來談這些問題[9]，他也說得不太清楚。

**林** 他也不了解的。別人總說亞洲基金會給了我們一大筆錢，然後指使我們做各種工作，不是這樣的。他們選擇他們贊成的來支持，有時他們甚至會反對我們，覺得某些活動不應該做。不過我們按我們的目標去做，不支持，我們還是會繼續做。

**何**　這些支持是亞洲基金會主動提出的嗎？

**林**　是的。

**何**　那可不可以說說接受的原因？是真的有經濟需要？

**林**　我們想做一些工作，多些經費可以做得好些。那時香港真的很需要青年工作，有多點資源便可以做好一點。我們很後期才接受資助，《周報》最初是同人雜誌。

**盧**　您記得是由哪時開始接受資助的嗎？

**林**　這要問問陳維琯先生才知道了。

**何**　當時是誰決定接受的？有沒有甚麼顧慮？

**林**　是大家一起決定的。除了亞洲基金會，我們的《科學世界》也跟華僑合作。《科學世界》由友聯編譯所負責。那時有位同事叫常友石，他跟電影界熟稔，於是就編起《銀河》來，後來不想做「娛樂」了，那便交李國鈞先生接手出版。

**盧**　交李國鈞先生接辦以後，仍然由你們發行嗎？

**林**　是的。我們管書局的發行工作，至於報攤的，就交由「同德」（報刊發行公司）管。

**郭**　當亞洲基金會不繼續支持你們的時候，影響是不是很大？

**林**　後來資助慢慢減少。可能他們資源有限，到了一九七〇年代，他們不支持《周報》了，改為支持我們的印刷廠，給我們一筆錢讓我們設立印刷廠，讓我們繼續下去，至於《周報》、《兒童樂園》等刊物，就不支持了。那時我們出版教科書，做得不太好，反而在馬來西亞辦得較好。別人說「友聯」是美元文化，哈！其實不過是一群有共同文化理想的人在工作，他們對於部分工作有興趣，於是提出合作建議，不過是這樣罷了。有錢，我們幹；沒有錢，也想辦法幹，沒錢才停止。《周報》停辦，我覺得是因為當時青年活動、青年刊物很多，《周報》的內容再不能吸引學生。教育司署開始舉辦類似《周報》的活動，宗教團體更不用說了，我們肯定比不上。

**盧**　亞洲基金會逐漸淡出，《周報》停辦，哪一件事發生在先？

**林** 那時亞洲基金會沒有像以前一樣很實際地批出一筆款項，支持的方式改為支持我們的生產工具，幫助我們設立印刷廠。這等於幫最後一次了。他們退出以後，《周報》仍出版了一段時期，《兒童樂園》維持得更長一點，也出版教科書。

「友聯」一直都有自己的基本架構，後來亞洲基金會覺得我們的工作可以跟它們配合，於是他們支持「友聯」的工作，但不是支持「友聯」。他們沒有一次批出巨款，是一年一年地批，這一年過去了，我們得交工作報告和預算。「友聯」不附屬於他們，不是依他指示做事。大家對此雖然眾說紛紜，但我們自覺心安理得，所以一直沒有澄清。

陸離雖然在《周報》工作了很久，也直接參加「友聯」，但她對這些情況也未必很了解。她先做編輯，然後才參加友聯社。

**何** 她擔任甚麼工作呢？

**林** 哈，她喜歡做甚麼就甚麼。「友聯」裡的上司好像個長者，不會叫你做這做那，只說你應該怎樣怎樣，「友聯」的氣氛就是這樣，從來不會說「我是上司，你是下屬」這樣的話。

**何** 那有職稱嗎？

**林** 當然有，陸離是編輯。她是真的喜歡當編輯才做這份工作的。

**盧** 那時排字的工友被她氣得要命，因為她總是在最後一分鐘去改東西。

**林** 她跟他們感情很好，後來清伯（排字工友李清）還到她家裡住。「友聯」裡上司和下屬的關係比較特別，也可以說是放任，編輯的個性在版面上也可以看出來。

**盧** 那時陸離的放任、吳平的關注社會，都可以在版面上看出來。其實您給他們多少自由度？

**林** 吳平從通訊員做起，喜歡寫文章，後來當見習編輯，他是慢慢培養出來的。他很用功，但他後期的一些想法，從「友聯」的立場來看，就偏了一些。有些方面我們會跟他談，但我們也沒有特別處理。這關乎他越過了決策部的底線，吳平不了解這不只是《周報》的立場，而是整個「友聯」的立場，香港、馬來西亞都受影響。他們覺得有些事情應該做，在報紙表現了出來，但別人會有疑問：是不是「友聯」整個變了？這會造成很大問題。

日期｜

二〇一〇年十月十二日（第二次訪問）

地點｜

香港灣仔某餐廳

訪問者｜

盧瑋鑾、熊志琴

**林**—林悅恒　**盧**—盧瑋鑾　**熊**—熊志琴

**熊**　林先生是哪年出生的？

**林**　一九三五。

**熊**　在香港出生嗎？

**林**　不，在廣東新會。

**熊**　那甚麼時候移居香港的呢？

**林**　大約在一九四九年底，來到香港唸中學。

**盧**　哪間呢？

**林**　初中在文德中學讀，在九龍窩打老道（林按：油麻地戲院斜對面，已改建）。那是當時國民黨官員在這裡辦的學校，當時的教師陣容也頗可觀，劉太希先生就在裡面教中文，曾先生（曾克耑）、潘重規先生也在裡面教，我初中在這裡畢業，然後轉去「德明」（德明中學）。

**盧**　都是典型的國民黨學校。

**林**　因為我唸的學校有老師跟「德明」的老師相熟，介紹我轉過去，還跳班呢！那時很多老師都是從國內來的，他們辦學校，也就是等於讓朋友有落腳的地方。我在「德明」唸了兩年，然後便升讀大學。

**熊**　當時首先考慮的是到台灣升學？

**林**　是，那時台灣教育部在這邊統一招生。

**熊**　完全沒考慮在香港升學？

**林**　那時在香港根本沒甚麼機會，因為我是中文中學出身，當時香港只有一間大學，就是香港大學，加上經濟原因，在香港升學根本不可能，所以台灣有機會便到台灣，那兒有很多大學可以選擇，我便考入了「台大」。

**熊**　甚麼學系呢？

**林**　文學院哲學系。我唸了四年，在「台大」追隨**殷海光**先生，他是我的導師。殷先生與「友聯」的朋友在國內時已經認識，離開內地之後也一直有來往，所以我畢業便加入「友聯」。

**熊**　林先生是哪年到「台大」的？

**林**　一九五四年去，一九五八年畢業。

**熊**　「友聯」是在香港的，但林先生卻在台灣讀書，林先生當時對「友聯」有甚麼認識？

**林**　《中國學生周報》也有看過，活動也知道一點。

**熊**　林先生那時跟殷先生是很密切的師生關係？

**林**　當時學生入學之後可以選一位導師，請他

**殷海光**

先後就讀國立西南聯合大學哲學系、清華大學哲學研究所，畢業後一度加入青年軍。一九四九年赴台，任國立台灣大學講師，兼任《自由中國》編輯，勇於批判時政，被譽為台灣自由主義代表人物。一九六〇年代開始不斷受政府壓逼，國家長期發展科學補助金停止發放、作品被查禁（版稅收入因此中斷）、被迫離開教職、生活起居受監視。一九六九年罹患胃癌鬱鬱而終，同年其學生林悅恆、何友暉、黃展驥、羅業宏合編的《殷海光近作選》於香港出版，台大出版中心於二〇〇九年開始出版《殷海光全集》，至今共出二十一冊。

大學生活

公元一九六九年■十月號■總號第四十六期■每月十五日出版

公元一九六九年
十月號（每月十五日出版）
第四卷　第十期目錄



封面：殷海光先生．設計：文樓．（大學生活）集大晉龍興碑字

College Life Monthly

◤一九六九年九月，殷海光逝世，同年十月《大學生活》以殷海光作封面人物，並刊登「追悼殷海光先生專輯」。

提供課業以外的指導，我第一年便選了殷先生。殷先生當時名氣很大，演講很吸引，很多人去聽他演講。我當時請殷先生當我的導師，他會介紹一些書給我看，跟我談談將來希望往甚麼方向發展，我後來便唸分析哲學。

**熊**　林先生加入「友聯」之後，最初負責甚麼工作？

**林**　我最初在友聯研究所，那兒專門收集有關中國的資料。加入後便接觸許冠三等人，他們建議我先在「研究所」弄弄資料，之後再向其他方面發展。當時我也在《祖國》寫點文章，中國社會新聞之類，後來才轉去《大學生活》。

**盧**　您加入友聯研究所時知道他們的組織是怎樣的嗎？

**林**　最初不知道的啊，只知道是哪些朋友做的，後來才知道……

**盧**　除了許冠三，當時您還跟哪位相熟呢？

**林**　當時許冠三已經不在「友聯」了，秋貞理在裡面，也有跟他接觸。他很喜歡接觸年

輕人，後來才離開「友聯」。還有，那時**蕭輝楷**也在裡面。

**盧** 他們當時也在「友聯」？

**林** 是，還有史誠之、負東（陳負東）。那時陳先生（陳濯生）、姚先生（姚拓）已經去了馬來西亞。

**盧** 剛才您說後來才知道，後來知道甚麼？後來又是甚麼時候？

**林** 幾年後吧，兩年左右。

**熊** 剪貼資料、寫文章的階段維時多久？

**林** 一年左右。

**熊** 文章就只在《祖國》寫？

**林** 是，《祖國》是政論嘛，後來才轉到《大學生活》。

**熊** 林先生在《祖國》用甚麼筆名？

**林** 我都忘記了。

**熊** 「林亙」是林先生嗎？

**林** 「林亙」是我其中一個筆名，在《大學生活》有用，但《祖國》用甚麼筆名便不記得了。

**熊** 那些文章是讀資料的心得？

**林** 寫些時事，或者對時事提些意見、社會新聞吧。

**熊** 這個階段之後便加入《大學生活》了？

**林** 是，在《大學生活》當總編輯。

**熊** 一到《大學生活》就當總編輯？

**林** 是，那時菊人（胡菊人）便在《周報》[10]。

**熊** 當時《大學生活》還有哪位前輩在裡面？

**林** 《大學生活》人很少，後來的編輯有馮肇博，後來去了「華仁」（華仁書院）教書。《大學生活》分文字編輯和活動兩部分，活動便跟《周報》合辦夏令營之類。

**熊** 早期的活動是兩份刊物合辦的？

**林** 有些是合辦，有些是《周報》辦。後來的工作人員還有黃枝連，黃維波當時是學生，來幫忙辦活動。

**盧** 黃枝連是從馬來西亞來的，是嗎？

**林** 他們那邊稱為「學友」，由那邊的《學生周報》提供類似獎學金的資助，讓他們來「新亞」（新亞書院）讀書，他也來幫忙辦活動，後來他去了外國讀書。

**熊** 林先生擔任《大學生活》總編輯期間有沒有同時兼任「友聯」甚麼工作？

**蕭輝楷**

筆名陳紅、方暭等。曾就讀國立西南聯合大學，後加入軍隊任翻譯官，復員後於北京大學復學。一九四九年十二月來港，兩個月後赴台，於國立台灣大學哲學系借讀畢業，再到東京大學深造五年，一九五七年返港。曾任友聯出版社總編輯、友聯編譯所所長，並參與編輯「友聯活葉文選」。退出「友聯」後創辦河洛出版社，出版《知識生活》。一九七五年任時代生活叢書出版社副總編輯，並曾先後於香港浸會書院、能仁書院、珠海書院等任教或從事行政工作。

公元一九六六年
六月號（每月十五日出版）
第一卷 第六期目錄



封面設計：王無邪・《大學生活》集大晉龍興頌字

大學生活 月刊
College Life


督印人：林悅恒
編輯者：大學生活編輯委員會
社址：九龍發打士街九十一號七樓六號
91 Dundas St. 6th Fl. No.6
Kowloon, Hong Kong
電話：八五二六一五
承印者：友聯印刷廠
地址：九龍土瓜灣新山道三十一號八樓
電話：六二五八八三
每本定價
港幣五角
美金一角


本社啟事

本社編輯部自五月二十三日起，已遷往九龍窩多實街十四號。電話：八二二三九一內線四號。來稿及信件，請寄新址為盼。又本社活動部仍在發打士街91號七樓社址辦公。

公元一九六六年
七月號（每月十五日出版）
第一卷 第七期目錄



封面設計：王無邪・封面人物：心理學家畫像（由右至左Watson、郭任遠、Tolman、Pavlov、Hull、Thorndike）。《大學生活》集大晉龍興頌字

大學生活 月刊
College Life


督印人：林悅恒
編輯者：大學生活編輯委員會
社址：九龍發打士街九十一號七樓五號
91 Dundas St. 6th Fl. No.5
Kowloon, Hong Kong
電話：八四五零八八
編輯部：九龍窩多實街十四號
14, Dorset Crescent,
Kowloon Tong,
Kowloon, Hong Kong
電話：八二六二九一
承印者：友聯印刷廠
地址：九龍土瓜灣新山道三十一號八樓
電話：六二五八八三
每本定價
港幣五角
美金一角


大學生活山川兒女組
暑期渡假
地點：大浪灣育英小學
時間：七月廿七日至卅日
費用：十六元（膳宿船費）
截止報名日期：七月廿一日。詳情請於每日上午電話[illegible]（歡迎大專同學參加） 本社活動部

◤林悅恒擔任《大學生活》總編輯、督印人，同時以筆名「林亙」發表譯著。

**林** 沒有了。

**熊** 這段時間有多長呢？

**林** 也是大約兩年，我記不清了。離開《大學生活》是為了去加拿大讀書，讀了三年回來。

**熊** 林先生是哪年到加拿大的呢？

**林** 也不記得了。

**盧** 可以推算吧？

**熊** 照推算應該是大約一九六一年。

**林** 可能是一九六一年下半年，入學應該是秋季，三年後回來。

**熊** 林先生這次回來之後便一直沒有再離開「友聯」了？

**林** 對，一直到現在了。

**熊** 這次回來便不單做《周報》的工作了？

**林** 也是相關的範圍，《周報》、《大學生活》、青年活動之類，後來才接手友聯研究所等工作。

**盧** 後來是甚麼時候？

**林** 不記得了。

**熊** 那是在甚麼情況下接手的工作愈來愈多？是因為許多前輩離開「友聯」，還是有甚麼重

大轉變？

**林** 主要是創辦人逐漸離開，例如徐東（徐東濱）去了《星島日報》，有些則去了美國或別的地方。

**盧** 那您逐一接手時，有沒有發現他們的做法跟以前不一樣？

**林** 沒甚麼不同。

**盧** 不會因為一些人離開而改變？

**林** 沒有。

**熊** 理念也沒有改變？

**林** 沒有，一直如此，後來「友聯」開始做教科書，因為經濟來源慢慢……教科書也做得不太成功。

**熊** 林先生到加拿大留學之前，在「友聯」所接觸到的都是最早一輩的創辦人，有沒有哪位林先生印象特別深？

**林** 也沒有，都是朋友，很融洽。後來「友聯」主要是陳濯生負責，那時他在馬來西亞。

**盧** 那不會很難聯繫嗎？

**林** 不，我們經常聯繫，開會。

**盧** 在馬來西亞？

**林** 兩邊都有，因為公司的組織是兩邊的，但同一個機構管理，不過這點不會在有限公司的報表上交代。

**盧** 兩邊開會，有沒有哪邊較有領導性？

**林** 就是陳濯生，因為他是整個社的總負責人，只是公司業務分開。

**盧** 他有沒有指導你們要怎樣工作？

**林** 這些倒是開會大家決定的，大家有管理委員會，一些地方性的工作便彼此配合。

**熊** 那陳先生是總負責人，而總負責人身在新馬，這是否意味著新馬是重點發展工作的地方，甚至比香港更著力發展？

**林** 也不會，只是那邊的業務發展較好，他們出版教科書很成功，經濟資源比香港好。

**盧** 友聯研究所那時是不是有意獨立出來？你們開會管不管友聯研究所的呢？

**林** 管，也管的，只是友聯研究所的作用慢慢消失，以前可以收集到很多特別的、有關的資料，開放之後，這類資料很容易得到，「研究所」的作用便失去。整個「友聯」的員工最多時有百多人，後來慢慢收縮，後來「浸

◤《友聯研究所分類資料目錄》。（一九六二年）（右）

◤《紅衞兵資料目錄》，友聯研究所出版。（一九七〇年）（左）

會」（香港浸會書院）對中國社會研究有興趣，於是友聯研究所收集的資料都轉了去那兒，那時謝校長（謝志偉）的太太（謝吳道潔）在「浸會」的圖書館任職，這事就是她經手的。

**盧** 據說有些資料去了「中大」（香港中文大學）？

**林** 這我可不知道。

**盧** 當時你們有沒有簽合約？合約有沒有說明是由他們保有還是怎樣？

**林** 當時「浸會」有興趣搞中國社會研究，林年同、黃枝連等都在那兒，我們沒有要求他們保證以後怎樣處理這些資料，只是把圖書、資料都轉了過去。

**盧** 全部？

**林** 全部，「友聯」出版物他們好像沒有要。

**熊** 那出版物去了哪兒呢？

**林** 後來處理掉了，因為沒地方放。他們認為有用的是我們搜集的資料，和我們圖書館的書，就從我們書院道那兒搬到「浸會」。

**盧** 「浸會」沒承諾甚麼？就送給他們了？

**林** 我們沒有弄甚麼清單，只是把東西包好……

**熊** 資料是包括……

**林** 主要是分類剪報，還有一些圖書。

**熊** 有沒有蓋上「友聯」的印章？有沒有甚麼標記可以識認出是「友聯」產物？

**盧** 您也幫忙剪過報的啊，有甚麼識認憑證呢？

**林** 我沒剪過啊，那是另一些人剪的，也不記得了。

**盧** 為甚麼傳說部分資料去了「中大」的中國研究服務中心？

**林** 應該沒有，這件事是我跟謝太太經手負責的，不會去了「中大」。「中大」那個中國研究服務中心我不知道是怎樣的組織，只知道他們主要招待外來學者，如果他們要看我們的資料，就得到我們那兒借，有人專門將資料拿過去送回來的。

**盧** 那是友聯研究所的人？

**林** 不，中國研究服務中心的人。

**熊** 即是他們只是借，借完便還？

**林** 是，即是某個學者研究某個問題，借去資料，用一段時間，用完便還。這件事是我經手的，所以應該沒有資料送了去「中大」。

**熊** 把資料送給「浸會」應該是一九七〇年代的事情了？

**林** 也不是送，他們有給一些錢的。

**熊** 那是一九七〇年代的事嗎？

**林** 不太記得，我們搬來搬去，沒有保存這些資料了[11]。

**盧** 那辦公室還有甚麼？

**林** 沒有甚麼了，連《兒童樂園》也不齊全。

**熊** 林先生一九六四年回港，逐步接手「友聯」的工作，同時也參與「創建」（創建學院）？

**林** 「創建」其實跟《盤古》有關，當時已經有《大學生活》、「大影會」（《大學生活》電影會），加上當時發生學運、保釣，有些外地朋友、台灣朋友來到，例如「阿包」包錯石，他是我的同學。

**熊** 是甚麼時候的同學？

**林** 「台大」的同學，他是政治系，我們在台灣已經有接觸，和殷先生一起談國是等等。當時史誠之先生離開「友聯」後自辦了一個福利機構，在太子道……

**盧** 福利機構？做甚麼福利？叫甚麼名字？

# 創建實驗學院

**宗　旨**：推廣一般和專業教育，使失學、就業或在學青年和成年都有機會追求實用智識技能，發展個人人格心智。

**學生資格**：初中以上或同等程度。

**科　別**：建築科：基本透視學（陳淳翰）；現代建築設計（鍾華楠）；建築科學（徐偉德）。

藝術科：素描（文樓、戴海鷹）；油畫（徐榕生）；工商美術設計（譚乃超）；木刻板畫（戴海鷹）；初級雕塑（張義、文樓）。

文學科：中國文學概論（葉然、古蒼梧）；現代文學欣賞與批評（戴天、胡菊人）；詩作坊（戴天、古蒼梧）。

實驗教育：香港及中國文化發展趨勢的關係（十二次演講）；現代思想（十二次演講）；語意學（林悅恒）；邏輯與集論（黃展驥）；思想方法訓練（黃展驥）；存在主義與人生（胡菊人）；文化理論（包少昕）。各課程三月一期，每期十二講（廿四小時），各課程每期費用五十元，術科加十元。每班九人一組，着重師生討論。晚上授課。

**設　備**：本校特設視聽器材、黑房、陶瓷燒窰、版畫機、繪圖桌等專門設備，以便學生用以致學。

**學校環境**：竹疏草淺，樹蔭叠翠，蕊香撲鼻，鳥語怡人。內設文化茶座，小飲隨意，高朋共對，互相切磋。

**開課日期**：十月廿一日。詳細章程，函索即寄。即日開始報名。

**校　址**：九龍塘多實街十四號　電話：八二二二九一（中國學生周報通訊部新址內）

▲創建實驗學院招生，學院宗旨：「推廣一般和專業教育，使失學、就業或在學青年和成年都有機會追求實用智識技能，發展個人人格心智。」

**林** 也研究吧，名字要再想想，那機構辦了一年多兩年，當時由何先生（何振亞）負責辦註冊之類的事，後來結束了，太子道那地方便空了出來……

**盧** 即是後來他們一大伙住在一起的地方（指「愛華居」）[12]？

**林** 是，那地方很大，後來我便遊說戴天、胡菊人等不如搬到那兒、租那兒。那時戴天反正在外面租地方住，菊人也還是單身，後來慶珍（陸慶珍，即陸離）和伯母（指陸離母親）也搬了進去，黃維波也搬了進去。他們住在那兒，來來往往的人也很多。

**熊** 那地方是屬於「友聯」的嗎？

**林** 不是，也是租來的，那時座談會甚麼的都在那兒搞，後來想到「友聯」、《大學生活》等等都是有立場的，比較受限制，大家談起來便說不如另辦一份刊物，於是便辦了《盤古》。

**熊** 那時為甚麼突然有《大學生活》等等有立場而要另辦一份刊物的想法？

**林** 他們覺得「友聯」有明顯的政治立場，外面的人覺得來參與活動、投稿等等不適合，於是便辦《盤古》。《盤古》是同人雜誌，大家合資的。

**盧** 即是跟其他人無關的？

**林** 早期是這樣，後來我們這一批人沒有參與，他們另外有搞出版甚麼的，那是後期。也是那時，我們便辦「創建」，因為「友聯」有地方可以辦學生活動，九龍塘多實街是「友聯」的地方。因為大家的興趣很廣泛，於是便這樣辦，辦了一年，因為「友聯」的轉變，我們要搬去四美街[13]，這我也沒辦法了（指「友聯」要賣掉多實街的物業）。多實街轉手以後，「創建」還有一段時間有活動，但他們移師到沙田[14]，包錯石、黃維波和一些年輕人時常有聯繫。

**熊** 這段時間林先生便沒有參與了？

**林** 我早期參與，當時主要是我提供地方，因為那地方是我管的，有地方便可以辦活動。因為做這件事，我給萬人傑罵了一個月。那一年多辦了很多活動，實驗電影、話劇甚麼的，因為「浸會」就在附近，楊頌良對這些

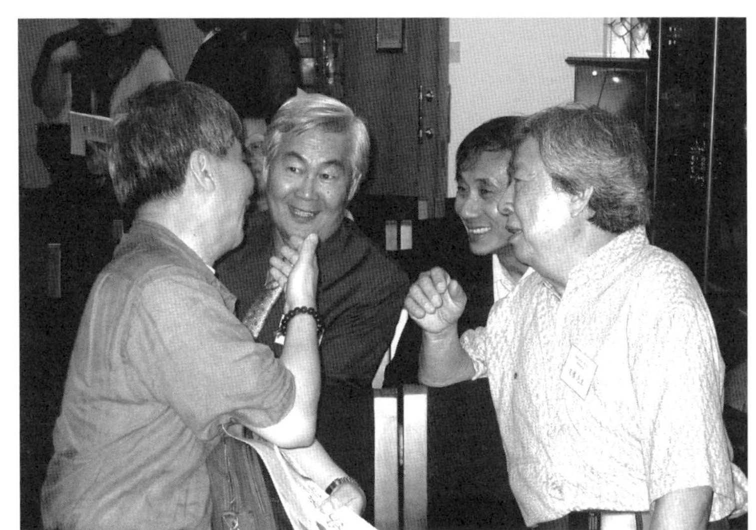

左起：古蒼梧、林悅恒、黃維波、文樓。（二〇〇三年七月二十一日《中國學生周報》（網上版）新聞發佈會）。

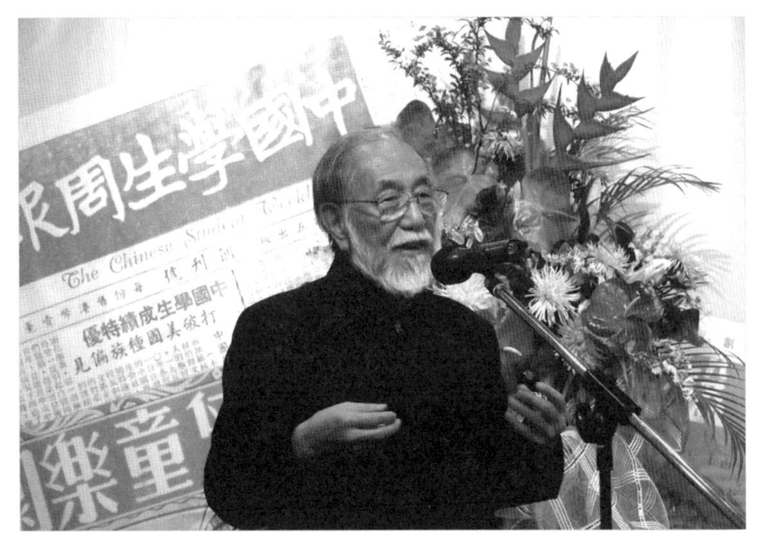


鍾華楠（二〇一二年二月二十四日「茅龍妙動——林悅恒書法暨好友藝術展」）。

**鍾華楠**

香港執業建築師，畢業於英國倫敦大學巴特萊特學院（The Bartlett, University College London），曾任香港建築師學會會長、香港古物諮詢委員會委員、香港城市規劃上訴庭委員、中國建築學會海外名譽理事等公職，現任香港大學建築系名譽教授及國內多所大學建築系的顧問教授。樂富中心第一期樂富園、港灣道公園、寶石大廈、綠悠雅苑等均為其名下建築設計事務所作品。一九六〇年代，與林悅恒、文樓等創辦創建學院。

**文樓**

又名文寶樓。廣東新會出生，三歲即到越南生活，一九五八年於台灣師範大學藝術系畢業。一九六〇年移居香港，與林悅恒、鍾華楠等創辦創建學院，先後支持《盤古》、《文學與美術》、《八方》等刊物出版，替有關刊物設計封面。曾任香港基本法諮詢委員會委員、香港文學藝術協會副會長、香港中華文化促進中心理事會主席、中國人民政治協商會議全國委員會香港地區委員等，一九九九年獲香港特別行政區政府頒發銅紫荊星章。

活動很有興趣，便來參加我們。那時有胡菊人、戴天……

**盧** 林年同？

**林** 林年同不算創辦人。

**盧** 古兆申？

**林** 古兆申也不算……

**熊** 鍾華楠？

**林** **鍾華楠**是，還有**文樓**、我，我們那一輩是這幾個，古兆申、黃子程、劉天賜他們算是晚一輩。那地方可以讓他們留宿，有時談天晚了，他們就留下來。

**熊** 那財政上也是林先生等前輩支持？

**林** 那時沒甚麼開支啊，因為不用交租，裝修便列入學生活動的預算，將那兒改建。上課當是集會，話劇、音樂會、實驗電影等等個別負責。要印刷甚麼的，在我能力範圍以內便處理一下。

**熊** 那時有沒有收學費？

**林** 沒有，最初說收的，後來都不管了。

**熊** 那時「創建」有建築班、存在主義班等等很多小組，但《大學生活》、《周報》本身也辦很多青年活動、通訊員活動，性質不是很相似嗎？為甚麼要另外辦？

**林** 有些人就是不參加「友聯」結構內的活動，我們認為這些朋友也應該交往，互相對文化起作用，在我能力範圍以內便做。有些人說我們有政治目的，那是他們的說法，「友聯」有些朋友認為我們根本不是做這些的，還說去找**萬人傑**說清楚。他怎麼會跟你談？他罵足一個月，除了在《星島晚報》的專欄罵，還每期在他的《萬人雜誌》上罵[15]。他這樣罵，反而令一些人對我們產生興趣。我們沒有具體的政治目的，只是說不同的人、不同的思想，大家可以一起座談，互相撞擊，我個人和「友聯」都這樣認為。這些就當是青年活動，在這個範圍之內，是我安排的，菊人是「友聯」出去的，戴天等很多從前都是「友聯」刊物的作者，彼此都了解不是想要辦甚麼有背景的活動。

**熊** 那《盤古》的經費呢？印刷也需要經費啊，是不是也是幾位前輩出資？因為年輕一輩可能沒甚麼經濟能力。

**萬人傑**

本名陳子雋，另有筆名俊人、子家等。一九四六年自曲江來港，先後於《工商日報》、《華僑日報》、《星島晚報》任職，另以筆名「俊人」撰寫大量言情作品，包括《兒女情長》、《斷腸草》等。曾開辦俊人書店，一九六七年創辦《萬人雜誌》，一九七五年創辦《萬人日報》，反共立場鮮明。

**包錯石**

本名包奕明。父親包華國為台灣立法委員，弟弟包奕洪曾任職國民黨中央黨部。一九五〇年代就讀國立台灣大學法學院，在學期間因思想激進、批評時政言論大膽而被捕監禁，後因父親關係獲釋，赴美國哥倫比亞大學升學。一九六〇年代後期轉到香港，於《盤古》第八、九期（一九六七年十月、十二月）發表〈研究全中國——從匪情到國情（對海外中國留學生和港、台準留學生的一個建議）〉，引起文化界極大震動。

▶ 一九六八年《萬人雜誌》第五五期封面。（右）

▶ 萬人傑〈小爬蟲為「台獨」運動鋪路　號召海外中國人「回歸」〉（一九六八年《萬人雜誌》第五五期）。（左）

**林** 合資吧。

**盧** 文樓就說他出了不少。

**林** 還有梁寶耳，他管賬。

**盧** 其實也可以請他談談，但他好像不太肯說。他長期在《信報》寫專欄，署名「程逸」，最近才沒寫。

**熊** 剛才也提到**包錯石**先生，林先生可否多說一些在台灣時對包先生的認識、了解？

**林** 我們在台灣是同期的同學……

**熊** 年紀也差不多？

**林** 頂多差一兩年，他是政治系的，後來去了紐約，曾替《大學生活》寫文章。他說有機會到香港，我便說：好啊，你來。大家是同學，能幫忙的便幫忙。那時他有一位在聯合書院教社會學的朋友，好像叫張華保，也是「台大」的同學。他來到便寫文章、便認識了這班朋友，大家都喜歡跟他聊天，他在紐約參加很多運動，又多才多藝，會彈結他、寫詩。「新亞」社會系的冷雋跟他父親應該在內地時已經認識，他在「新亞」也曾擔任社會系講師，但時間很短。

包錯石。(二〇一三年)

**熊** 據說是林先生首先將包先生和他的文章介紹到香港的?

**林** 因為他替《大學生活》寫文章,他來了香港,我便在生活上幫忙一下,介紹朋友一起聊天,就在剛才說的太子道那地方。後來他搬了去沙田,《盤古》後期和「創建」後期的一些朋友因此也常到那兒。

**熊** 剛才林先生說包先生在美國已經參加運動,那他來港後有沒有為朋友帶來怎樣的衝擊?

**林** 大家都是討論談天吧,沒有甚麼組織性的東西,只是座談,後一輩尤其喜歡跟他談。

**熊** 林先生在《盤古》和「創建」的參與後來都逐漸淡出了?有特別原因嗎?

**林** 那時沒甚麼時間,他們又經常在沙田活動,如果在多實街(可以多參加),反正是我上班工作的地方,但後來要特別抽時間才能參加,那時他們大部分都是待業,時間比較多,我的參與便沒那麼多了。

**盧** 您淡出《盤古》後,他們後來有些比較鮮明的立場,您知道嗎?

**林** 很模糊了,《盤古》本身也沒甚麼組織性,編輯也沒甚麼明確的範圍，後來誰參與編輯便誰作主了。

**盧** 今天讀者如果從頭讀《盤古》，上面看到您的名字，然後看到後來的變化，但無法看到您甚麼時候淡出、離開？

**林** 那是因為不了解，《盤古》是同人雜誌，沒有組織的。

**盧** 那您記得是甚麼時候淡出的呢？後來都不太理會他們了？

**林** 不太理會了。

**盧** 但仍繼續出錢資助？

**林** 出錢到甚麼時候我也不太記得，也許是他們問我，我就給吧，沒有問要來做甚麼。

**熊** 那段時間《周報》其實也在繼續出版，我經常聽到陸離女士、羅卡先生、古兆申先生等都說林先生是最開放的上司，那時林先生其實怎樣面對這些同事、下屬、「小朋友」？

**林** 我覺得他們的想法、做法合理便隨他們去吧。

**熊** 他們的做法會不會偏離了「友聯」前輩、創辦一輩的想法？

**林** 也很少。

**盧** 您覺得很少？

**林** 我覺得很少，在我負責的時期很少[16]。

**熊** 那就任由他們發揮了？

**林** 可以這樣說吧，我比較開放一些，有甚麼問題大家討論過後，如果你也有理由便……

**熊** 那「友聯」裡的其他朋友會不會覺得他們走得太遠、電影談得太多、太深？

**林** 有些人會說，但我說有讀者啊，他們談電影是談很多，但這也是特色啊，而且有讀者，那就應該讓他們發揮吧。我們做青年工作，就是希望有這些人有想法的對某些文化是有作用的，那就應該……我就是這樣處理吧。

**盧** 即是那時候還是有些上層的人不滿意，但是您擋住了？

**林** 就是開會批評吧，是有意見，但沒將我「炒魷魚」。慶珍他們看來比較隨意，但其實也是認真的，而且有成績做出來，難得有這樣的青年，這麼堅持做一些在思想上有啟發性的事。

**熊** 還有一件事，陸離女士和古兆申先生都提

▲《中國學生周報》的編者、作者、讀者。前排左起：羅卡、盧瑋鑾、林悅恒、陸離；後排左起：黃子程、汪海珊、黃維波、李天命、徐芷儀、石琪。（二〇一二年）

過，一九七〇年代初古先生差一點便加入《周報》，但結果沒有成事，這事是不是也跟「友聯」的管理層有關？

**林** 也不是。那時我曾經跟古仔（古兆申）談過，說他可以來，但後來他出國後可能思想有變。當時「友聯」環境……《周報》也頗困難，在這樣的情況下，社會也有變化，政府、教會都辦很多活動，我們的社會責任已經完成，青年刊物很難自給自足。古仔出國前跟我有接觸，不是跟「友聯」上層，只是跟我有接觸，後來他在國外參加很多運動，跟「友聯」某些地方不太……我覺得他也對，大家只是口頭上談過。

**熊** 林先生在「友聯」許多年，就以一九七〇年代中期以前來說，「友聯」工作最大的困難是甚麼？

**林** 主要是資源缺乏，難以發展。我們以為出版教科書可以幫補一下，但不行。我們出版的書大多要賠錢，文化書籍很難賣出去。馬來西亞那邊的教科書倒辦得成功，有些資源倒是由那邊提供。

**盧** 馬來西亞有金錢上資助這邊？

**林** 有一些。

**熊** 甚麼時候的事？

**林** 後期了……我們在一九九七前全面結束，那時應該是「友聯」最後的十年了。

**熊** 「友聯」有正式的全面結束？

**林** 那時以為一九九七我們便……業務全部結束了，現在我們形式上還有一間有限公司。

**盧** 沒正式宣佈結束的？

**林** 沒有。

**熊** 但實際業務在一九九七以前便完全結束了？

**林** 是，因為那時我們以為我們在一九九七以後不能存在的嘛，我們都走了。

**熊** 結束前有甚麼業務呢？

**林** 有些書、有些出版。

**熊** 後期出版甚麼書呢？

**林** 也有些文化性的書。

**熊** 用友聯出版社的名義？

**林** 用友聯出版社的名義，友聯出版社是前幾年才自動結束，在憲報刊憲，但我們現在還存在友聯文化事業有限公司。

**盧** 友聯出版社結束刊憲是哪年的事？

**林** 應該在二〇〇〇年後。

**熊** 友聯出版社有限公司跟友聯文化事業有限公司的時間是否重疊的？

**林** 我們是友聯文化事業有限公司，下面分友聯出版社有限公司和香港文化事業有限公司。香港文化事業有限公司是出版教科書的，友聯出版社有限公司是管《周報》、《兒童樂園》、書籍、《祖國》、《中華月報》、友聯編譯所之類的。

**熊** 「友聯活葉文選」呢？

**林** 「友聯活葉文選」和四大小說都屬於友聯編譯所出版。

**熊** 那友聯研究所呢？

**林** 很早就沒有了，也在友聯文化事業有限公司下面的。

**熊** 不是在友聯出版社有限公司下面？

**林** 不是，友聯研究所、友聯出版社和香港文化事業有限公司都在友聯文化事業有限公司下面。

**熊** 友聯研究所有沒有正式結束呢？

**林** 也有，因為舉凡有限公司結束都需要刊憲的。

**熊** 友聯研究所甚麼時候結束呢？

**林** 不記得了。

**熊** 除了友聯研究所、友聯出版社和香港文化事業有限公司，「友聯」還有沒有其他分支？

**林** 應該就是這麼多了。

**熊** 三者都有正式結束？

**林** 所謂正式結束就是沒有出版了，而且有刊憲[17]。

**盧** 您一直的態度都比較開放自由，這種態度是來自殷先生的吧？

**林** 也不是，殷先生倒比較擇善固執，我比他開放，殷先生比較堅執，有些事情我覺得過分堅執了。但沒有這樣堅執的人，有些現象就不會出現。我跟他不同的地方就在這裡。一些事我當時覺得是合理的，那便可以做。

**盧** 但上層還是有些人對您這樣開放的態度有意見，您怎樣解決呢？

**林** 還可以勉強通過吧，我跟他們說我的意見是這樣，我認為這樣對，你的終極理想是甚麼呢？大家辯論吧，你要民主，民主一定得容忍、開放，不能像某些人那樣認為自己的一套才對，這樣還算不算民主呢？

**熊** 那時會一起辯論的有哪位呢？

**林** 比較堅持的有蕭輝楷。

**熊** 後來陸離在《周報》當編輯時，蕭輝楷先生還在「友聯」？

**林** 還在，有一段時間重疊。他們很多便對慶珍的工作態度有意見，菊人也容忍的，我負責《周報》時，慶珍已經差不多離開《周報》了〔陸離於一九七二年離開《周報》〕。

**熊** 除了蕭輝楷先生，比較堅持的還有哪位呢？

**林** 其他的都沒那麼明顯，司馬長風也是可以討論的，性格上比較包容，大家討論，你有理由的話，他也容忍。

**熊** 那司馬長風先生、蕭輝楷先生有沒有甚麼時候開始淡出「友聯」？

**林** 也有，但時間想不起來了，蕭輝楷不是明確地負責「友聯」甚麼工作，後來他自己另外辦了一間出版社〔河洛出版社〕。大胡〔司馬長風〕則因為家事而淡出。後來徐東也是很包容的人。

**盧** 在「友聯」中，私人的感情問題、私人的糾葛會不會影響到決策或人事安排？

**林** 我看不會，大家都是就事論事，有些情況很複雜，頂多就是自己離開罷了，像老何（何振亞）那樣，他不喜歡，那他就離開吧。

**盧** 他不喜歡甚麼？

**林** 他覺得有些人做事不怎麼樣，他便離開，後來我們也叫他回來。在「友聯」的一群朋友中，不會因為私人感情而影響組織的決策。

**盧** 您看著「友聯」的變遷，可否總結一下「友聯」對香港文化、思想有甚麼影響？

**林** 我覺得對文化至少有啟發作用，而且那種工作態度現在也應該存在，只是現在的環境都改變了。「友聯」對文化也算是有一點貢獻，現在有些人想把「友聯」以前的刊物重印，現在我還算是負責人，我的態度是，可以用的便盡量公開讓人使用，只要是我能作決定的，我便這樣做。有人想出書刊，我便簽授權，《周報》由你幫忙，現在算是安頓了（指《周報》已全文上載互聯網，讀者可不限時地免費瀏覽）。

# 注釋

1 陳維瑲（陳濯生、陳思明）：〈風雨同舟五十年——簡介友聯社的創始與發展〉。（文章由林悅恆提供，缺出版資料。）

2 《中國學生周報》出版資料欄只列督印人資料，未列總編輯及社長姓名，唯一九七三年四月六日第一〇八一期，至一九七三年十月二十六日第一一〇〇期，除督印人外，另注明「總編輯：陳任」。

3 林悅恆在二〇〇四年十一月二十四日何振亞訪問中表示《兒童樂園》後期沒有申請亞洲基金會資助。

4 Eileen Chang: *Naked Earth: A Novel About China*, Hong Kong: Union Press, 1956.

5 據一九六七年五月十二日第七七三期至一九七四年七月二十日第一一二八期《中國學生周報》出版資料欄，當時《中國學生周報》的編輯部和友聯印刷廠都位於九龍新蒲崗四美街二十三號利森工業大廈九樓。

6 據《中國學生周報》出版資料欄，九龍九龍塘多實街十四號於一九六〇年十二月二十三日第四四〇期至一九六六年六月三日第七二四期為友聯書報發行公司地址；一九六六年六月十日第七二五期至一九六七年五月五日第七七二期為《中國學生周報》編輯部地址。此前該報資料欄未有列出編輯部地址。一九六八年九月二十日第八四四期至一九六九年十一月七日第九〇三期，該處為《中國學生周報》社址。此後該欄不具社址，只有編輯部地址。另，「友聯」多實街的物業曾供創建學院上課及籌辦活動借用。

7 參劉耀權：〈一個總編輯的回顧〉，《博益月刊》，一九八八年十月十五日，第一四期，頁一一〇—一一八。

8　指《中國學生周報》編輯部遷往九龍新蒲崗四美街二十三號利森工業大廈的一段時間，詳參注釋5。

9　中華文化促進中心曾於一九八八年八月二十日舉辦「漫談《中國學生周報》」座談會，出席者包括徐東濱、吳平、李國威等，主持盧瑋鑾，客席主持古兆申。

10　據《中國學生周報》出版資料欄，胡菊人擔任督印人的時間是一九六〇年七月一日第四一五期，至一九六三年十一月十五日第五九一期。

11　據香港浸會大學圖書館二〇〇六年為慶祝館藏圖書逾百萬冊而出版的 *Celebrating Collections: Treasures from the Hong Kong Baptist University Library*，該館於一九八四年從友聯研究所購入逾二萬冊有關中華人民共和國的書刊、廣播筆錄等材料，以及數以千種一九五〇年代至一九七〇年代的剪報冊及微型菲林，原文如下："Purchased by the Hong Kong Baptist University Library in 1984 from the Union Research Institute (URI), the URI collection provides a major resource for contemporary Chinese studies. This collection of primary sources and research materials on the People's Republic of China comprises over 20,000 volumes of books and journals, original back issues of daily newspapers, news releases and radio broadcasts, thousands of volumes of newspaper clippings between 1950s and 1970s, and reels of microfilms."

12　戴天、胡菊人、陸離一九六〇年代合租太子道二百三十號愛華大廈六C，並將此處命名為「愛華居」。

13　據《中國學生周報》出版資料欄，九龍九龍塘多實街十四號為該報一九六八年九月二日八四四期至一九六九年十一月七日第九〇三期社址，同時為該報一九六六年六月十日七二五期至一九六七年五月五日第七七二期編輯部地址（第七二五期之前不列編輯部地址）。而由一九六七年五月十二日七七三期開始，編輯部地址改為九龍新蒲崗四美街二十三號利森工業大廈九樓，直至一九七四年七月二十日第一一二八期該報結束。

14 參《中國學生周報》所載「創建」的活動消息，「創建」活動約於一九七〇年移師到九龍紅磡譚公道八十四號十一樓舉行。此處「他們移師到沙田」所指是包錯石和黃維波搬到沙田居住，「創建」的一些朋友也常到他們的住處活動。

15 萬人傑的「罵文」太多，難以盡錄，此處引錄其中一段以供參考：

「他們抄襲了中共人民大學的辦法，成立一個學院，用『不分性別，不限年齡，不收學費，不必考試』來吸收學員。在樹林陰翳，鳥語花香的環境裡，還設有『文化茶座』，有空的時候，大家來討論問題，師生打成一片，互相學習。

值得注意的是有這麼一個環境幽美的校舍，一切免費，還有西餅汽水招待，哪一個熱心教育的人士肯負擔這麼大一筆開銷呢？

如果在香港多些這樣的人，力求進修的青年就有福了。在香港，家長們為了子弟入學問題，大傷腦筋；學生也因應付考試，犧牲了無數腦細胞。這家學院一成立，不就把一切『問題』都解決了嗎？

可是，在這家學院的招生章程中，一開始就用佔全頁的位置，寫出他們的『宗旨』，說：『人必須再教育』。

在香港，『人必須再教育』的這口號許多人都會感到陌生；可是在大陸，尤其紅衛兵垮台後，『再教育』已經人人都知曉是甚麼回事了。

當紅衛兵倒下來，工人掛帥，進入學校，掌握大權，大陸的知識青年，上山下鄉，被趕去勞改，約在今年夏秋之間，名為『知識分子再教育』。

為甚麼毛林共黨創造的新名詞，會被此地熱心『教育家』引用呢？頗值得注意。也許他們特別喜愛新名詞，認為毛林此一創作，有效法的必要。

人是不是必須再教育呢？這是一個微妙的問題，要看各人立場而定。

毛澤東當然認為『人必須再教育』，因為他要人人服膺毛思想。如果毛思想搞不通，非再教育不可。至於此地的小爬蟲，為甚麼也倡議人必須再教育？很簡單，他們要培養更多小爬蟲，使他們這一伙『壯大』起來。廣東話有句俗語說，『蟻多攰死象』，小動物多起來，可以鬭垮大動物。這也是毛發明『人海戰術』的道理。目前，為『台獨』鋪路的香港小爬蟲，雖然只有那麼一小撮，但他們想利用這家『新人民大學』繁殖更多小爬蟲；猶如中共利用人民大學去訓練更多幹部一樣。爬蟲一多，儘管你是大笨象，也頂佢唔順，於是，他們的顛覆大計，就可由這一大群爬蟲去完成。

認識清楚這一家『新人民大學』的本質，青年們可以不致因貪小便宜，免收學費還有汽水西餅招待而入了他們的圈套。

廣東人最聰明的一句話是：『光棍佬教仔：便宜莫制。』是的，如果不是另有目的，哪會有咁大隻蛤乸隨街跳呢？香港人辦學，縱不想刮龍也不想蝕本；甘願蝕本的只有左派學校和這家學院，他們的

目的是否一致，就該由讀者們自己確定了。」（萬人傑：〈小爬蟲為「台獨」運動鋪路 號召海外中國人「回歸」〉，《萬人雜誌》，一九六八年十一月十四日，第五五期，頁二一三。）

16 據《中國學生周報》出版資料欄，林悅恆先生擔任督印人的時間是一九六六年三月十八日第七一三期，至一九七四年三月五日第一一一九期。

17 據香港政府憲報及香港政府公司註冊處資料，友聯研究所有限公司於一九六二年五月二日成立，一九八五年九月十二日解散；香港文化事業有限公司於一九六八年六月十日成立，二〇〇二年十月十一日解散；友聯出版社有限公司於一九六三年三月十六日成立，二〇〇六年十月二十七日解散；友聯文化事業有限公司於一九六二年五月二日成立，至今仍在登記冊上。

# 胡菊人

（一九三三——）

本名胡秉文，另有筆名華谷月。

原籍廣東順德，內地出生，初中三未畢業即到港謀生，曾於聖類斯中學當校役及教堂雜役。一九五五年由潘誠介紹加入「友聯」，初期任職資料部，同時在珠海書院進修，及後陸續參與《大學生活》、《中國學生周報》工作，歷任社長、督印人等職。一九六二年應美國國務院邀請到當地考察半年，回港後離開「友聯」，於大學中心（University Center）短暫工作後轉入美國新聞處擔任《今日世界》叢書部編輯。一九六六年應查良鏞之邀出任《明報月刊》總編輯。一九八〇年轉任《中報》及《中報月刊》總編輯，但不久即退出。一九八一年與陸鏗合辦《百姓》半月刊，並任總編輯。《百姓》於一九九四年結束，隨後移居加拿大溫哥華。著有《坐井集》、《旅遊閑筆》、《小說技巧》等。

**日期｜**

二〇〇二年十一月三日

**地點｜**

加拿大溫哥華胡宅

**訪問者｜**

熊志琴

**胡**—胡菊人　**熊**—熊志琴

**熊**　我們知道胡先生在青年時期已加入「友聯」，當時是一九五五年。胡先生可否談談回憶中的「友聯」印象？

**胡**　我加入「友聯」以前，本來在聖類斯中學工作，別人在裡面讀書，我則在裡面工作。我的工作是管輔祭、管製衣房、打理聖堂。後來我的朋友潘誠先生介紹我到「友聯」，我是這樣加入「友聯」的。

加入初期的主要工作是去取資料、購買資料，每星期需要去幾次。我加入「友聯」，一方面是為了轉換環境，同時也是為了得到進修機會。我在那裡最初是學徒，自己本身中學也沒有唸完，大學更是想也不用想。那時候晚上便讀書、讀英文，高中課程是自己進修和補習回來的，後來也算是高中畢業，然後便去考珠海書院，也考上了。我入「友聯」的時候只有十多歲，大約十七、八歲，其他人都比我年長十多歲、幾歲，多數人比我年長，他們從大陸來的，主要從北方來，大家在裡面為文化事業工作。

我在「友聯」當了學徒差不多十年才負責《大學生活》和《中國學生周報》。那時候，《大學生活》有兩名工作人員，每月一期……現在回想，那刊物有訓練人才的性質，讓我們學習編、寫，辦好雜誌。幾年後大學畢業，我才轉為負責《周報》（《中國學生周報》），任社長[1]。《周報》之前已經有過多位社長和總編輯，我任社長時，**劉貽恢**任總編輯。《周報》機構較大，有通訊員活動。那時每期都有讀報會，大家看過全份剛出版的《周報》，然後提出問題檢討、討論，同時決定下一期的主題。這種讀報會很有意義，我在會上的工作主要是提出我的意見。那時候《周報》發展頗為蓬勃，大家是為了理想而工作，不計報酬，也不計自己的利益。我任社長時，陸離、羅卡、楊啟樵、吳平等都在裡面。

我當了社長幾年，關於為甚麼離開，這當然很多人想知道，但這牽涉到我的第一位女朋友。當時互相有不對的地方，對方對我感情有變……因為牽涉到第三者，我不會說為甚麼離開。我離開之前，「友聯」送我到美國，

**劉貽恢**

一九五七年由國立台灣大學同學劉國堅介紹加入《中國學生周報》，歷任編輯、通訊部主任、總編輯，後轉而從事圖書館工作。

◤一九六三年，《中國學生周報》總編輯黃碩儒移民，「友聯」同人機場送行。右起：**1** 高偉覺（《中國學生周報》通訊主任、海外學生留學服務社）、**2** 不詳、**3** 李國鈞（「友聯」副總經理及發行公司經理）、**4** 羅卡、**5** 彭熾（《中國學生周報》採訪主任）、**6** 楊啟明、**7** 任顯潮（發行公司經理）、**8** 陳健人、**9** 黃碩儒、**10** 蕭輝楷、**11** 不詳、**12** 劉甫林（「友聯」總經理）、**13** 張浚華、**14** 陸離、**15** 戚鈞傑、**16** 盛紫娟、**17** 楊宏（《中國學生周報》總務主任）、**18** 祖國臨（未見全貌者，友聯編譯所所長）、**19** 楊啟樵（戴眼鏡者）、**20** 鄭冰雲（「友聯」總務經理）、**21** 趙永青、**22** 胡菊人。（照片及說明由羅卡及張浚華提供）

我在美國留了幾個月，大概半年，回來後便沒有負責《周報》。那時候心裡有點不高興，終於也便離開了「友聯」。

隨後幾個月在找工作期間，我在University Center（大學中心）工作，替他們找一些資料、買書、建立圖書館等等，後來便加入美國新聞處。當時余也魯先生剛離開到美國唸書，我便接替他。我加入的時候，李如桐先生是上司。我在那裡幹了三年。我曾經在《明報月刊》刊登文章，後來查先生（查良鏞）便請我加入。當時我在美國新聞處中國叢書部的工作不錯，打算存點錢，幾年後便到外國讀書，但查先生跟我說，在外國唸學位不如來《明報》當《明報月刊》的總編輯，這有更可發揮的地方，而且對文化工作來說，這比唸學位有更實際的效用。這樣我便加入了《明報月刊》。

編了十多年，可以說我已盡了所有的力量去編《明報月刊》，而且那是我在三十多四十歲時，即我一生中最有能力的時候去做的[2]。那時候正值「文革」發生期間，《明報月刊》刊登有關「文革」的文章較多。基本來說，《明報月刊》是為中國文化有所建樹、有所開拓的雜誌。查先生當時請我負責《明報月刊》，他則負責報紙。那時候《明報月刊》幹得不錯，後來因為我感到自己的年紀開始大，《明報月刊》若繼續幹下去，也只會如當時眼前的樣子，那時剛巧出現《中報》的機會，《中報》的傅朝樞請我過去，但結果不歡而散。這不談了。因為這樣，我自己和幾個朋友便創辦《百姓》雜誌。後來我因為患病，《百姓》的銷路也開始不太好……「六四」之後一段時間的銷路是不錯的，但隨後大家開始不太關顧中國問題，《百姓》的銷路也開始轉差，同時我的身體也不好，《百姓》結果便由徐展堂先生接手。徐先生買了《百姓》，後來是另一個故事了。就我個人來說，這許多年來為香港做事，雜誌方面的工作可以說至此已告終結。

最初是「友聯」培養我逐漸成為文化人的，「友聯」現在來說已經告一段落，最大的問

▼從一九六七年一月第十三期起，胡菊人正式擔任《明報月刊》總編輯。（右）

▼一九六〇年代初期，胡菊人兼編《大學生活》。（左）

題是有人說「友聯」是美元津貼的。當時其實只是不能夠自己賺錢、不能夠自立的刊物或機構才由美國人支持，即是Asia Foundation（亞洲基金會）支持，但「友聯」中人卻沒有為金錢出賣自己，每人的薪水——可以說是薪水吧，都是很低的，生活很刻苦，麻雀也不搓，基本上是很健康、很有進取心的大機構。至於美國的支持，美國並不管他們內部的事情，「友聯」的刊物，從《祖國》、《大學生活》、《周報》，到《兒童樂園》等一切其他刊物，向不同階層發展，但內容都是關顧中國，沒有關顧外國或美國的實際政治。我們是自己做自己事，能夠自立的便自立，不能以美元機構或甚麼來否定「友聯」。

至於我個人的事業、工作，我向來希望中國可以成為自由民主的國家，一直從這一點發揮。這種堅決的苦心至今沒有改變。

**熊** 胡先生剛才說在一九五五年加入「友聯」時，先做一些資料工作，可以具體說說資料工作的內容嗎？

資料室管理員忙於剪貼、分類。（一九五六年《中國學生周報》第二一〇期）

**胡** 那時候剪貼資料……友聯研究所有十多人負責每天看一些自己熟悉的資料，在上面做記號，然後我們便剪下來、分類、入檔。

**熊** 資料搜集的範圍包括哪些方面？

**胡** 主要是大陸資料。我最初在友聯研究所做這工作，後來才負責《大學生活》和《中國學生周報》。那些檔案後來好像以低價賣給了「浸會」（香港浸會書院）的甚麼部門（圖書館）了。賣出大概已經超過十年了，當時整個「友聯」也差不多結束，現在「友聯」只餘下印刷業務。

**熊** 資料工作做了多久？

**胡** 差不多十年、十多年，我才轉做《大學生活》和《周報》。

**熊** 《大學生活》從創刊到結束，您是不是都有參與呢？

**胡** 創刊是另外一些人，我已經忘了是誰。

**熊** 加入的時候便擔任總編輯？

**胡** 是。

**熊** 當時所理解的《大學生活》編輯方向是怎樣的？

中華民國五十一年七月廿七日　中國學生周報　（星期五）　第一版　特刊之一

# 中國學生周報

The Chinese Student Weekly

本期出紙六張　第五二三期　每份售價港幣壹毫

督印人　胡菊人
編輯者　中國學生周報編輯委員會
承印者　友聯印刷廠
總經銷　友聯書報發行公司

請注意
七月廿七日本報十周報慶招待會抽獎詳細辦法刊在第十九版。

## 慶祝創刊10周年紀念

### 本報的基本精神

胡菊人

謹訂於本（七）月廿七日（星期五）上午九時至下午五時，假座九龍彌敦道六六六號四、五樓舉行報慶招待會，恭請

讀者
作者　光臨指導
通訊員

（恕不另柬）

中國學生周報敬約

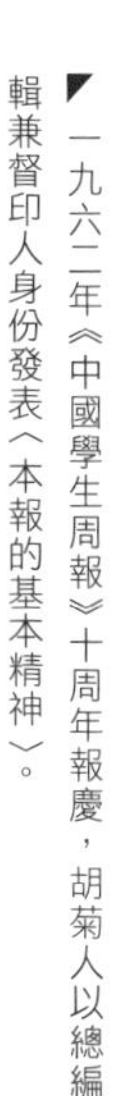

一九六二年《中國學生周報》十周年報慶，胡菊人以總編輯兼督印人身份發表〈本報的基本精神〉。

**胡** 也是為學術和民主，沒有很特別的想法，但學術和民主在一九五〇年代是很新鮮的題材，沒有現在般普遍，當時是很嚴肅的題材。

**熊** 您加入「友聯」之前已經有民主的思想，還是加入「友聯」以後才受影響？

**胡** 我本來也有這樣的思想，但在加入「友聯」以後才擴闊了這觀念，開始關注有關問題。當時我孤身一人在香港，甚麼都由我自己決定，十多二十歲，還不到二十歲，加入「友聯」以後才定下人生方向。

**熊** 您在沒有加入「友聯」之前，作為當時一般年輕人所能夠接觸、閱讀的範圍是怎樣的？

**胡** 沒有甚麼的，讀《中國學生周報》吧，每天工作之餘便讀英文，讀好英文、讀好數理化的課程吧。

**熊** 在《大學生活》一起共事的有哪位呢？

**胡** 只有兩人工作，另一位是陳特的太太（伍麗卿），《周報》的人則較多。

**熊** 《大學生活》以哪些人為讀者對象？當時只有很少大學生……

**胡** 是只有很少，但我們是這樣設計，《大學生活》對大學生，《周報》對中學生，《兒童樂園》對小學生，《祖國》周刊對不是學生的成年人。

**熊** 結果《周報》卻吸引了許多大學生讀者？

**胡** 是的。

**熊** 您《大學生活》和《周報》的工作是同時兼顧，還是不同時期的工作？

**胡** 是同一辦公室，在彌敦道六百六十六號，但基本上是不同的房間，編輯工作是分開的。

**熊** 兩份刊物的讀者對象有分別，但宗旨一致？

**胡** 宗旨一致，但程度不同。

**熊** 您擔任《周報》社長期間的編輯有陸離、吳平、羅卡等幾位，我們都知道《周報》的編輯都以個性突出見稱，當時胡先生眼中這幾位年輕編輯是怎樣的？

**胡** 都很好，每人有每人的長處，領的薪水不高，工作時間又相當長，他們都是為了興趣和理想工作。

**熊** 當時怎樣吸納人才？

**胡** 也是招聘回來的，有些則是「友聯」本來的

▲一九六〇年代初《中國學生周報》編輯會議。左起：張浚華、盛紫娟、黃碩儒、羅卡、彭熾、胡菊人、司馬長風。（照片及說明由羅卡及張浚華提供）

人，有些是經常投稿的，最重要還是他們來信或見面時談得好、程度夠。

**熊** 當時在《周報》裡，社長和編輯是怎樣分工的？分別負責甚麼工作？

**胡** 編輯把刊物編出來，社長便全面照顧、通訊員工作、跟總社聯繫等，這些都是社長的職務，兩者區分很清楚的。

**熊** 通訊員工作也是社長負責的？

**胡** 嗯。

**熊** 有沒有出現過編輯跟出版社意見矛盾的情況？

**胡** 我想沒有，因為大致方針和路線已經確定了。

**熊** 當時加入的編輯都已經很了解《周報》的方向？

**胡** 基本上是了解的。

**熊** 《周報》很多編輯都曾經在新亞書院讀書，譬如陸離、孫述宇、古梅、余英時等，《周報》也曾經有很多「新亞」（新亞書院）的學者，如唐先生（唐君毅）、牟先生（牟宗三）等在《周報》發表文章，一般人也許會感到

《周報》跟新儒家的關係十分密切。關於這一點，胡先生可說說嗎？

**胡** 「友聯」雖然沒有特別談新儒家，沒有以此作為刊物的理想或甚麼，但基本上可以說是有新儒家精神，對「新亞」幾位先生都十分尊重。所謂新儒家……中國要選擇的路向總是在儒家，但儒家有很多了解錯誤、很多歪論，了解儒家必須要新的路向，新儒家便提出了一些意見。他們每位都值得我們敬佩，做人、家庭方面、個人修養等，都向好人、完人的方向前進。中國人若不選擇新儒家，還選擇甚麼呢？新儒家吸納了自由民主的觀念，這是中國所必需的。

**熊** 新儒家跟《周報》有哪些理念是一致的？

**胡** 基本上一致，具體很難說明。如果新儒家不讚賞《周報》，他們也不會在上面寫文章、支持《周報》；而《周報》本身有自己的路向，同時能與他們配合。

**熊** 很多人認為新儒家是一種南來文化的產物，它在香港蓬勃發展，原因是一九四九年以後一些南來文化人很憂慮中國文化的承傳問題，然後才衍生出新儒家在香港的發展結果。胡先生對這樣的說法有何意見？

**胡** 毛澤東的統治根本不是一個國家的理想路向，是橫蠻粗暴的路向，中國人不可以接受。中國人在海外——也只有在海外才能夠發展，香港能夠提供園地讓關心文化的人發表意見，這是很難得的。當時台灣在蔣介石先生統治下也沒有自由民主的理念，甚至壓制自由民主，所以香港是一個很難得的地方。新儒家幾乎是香港多年來唯一的文化成就，新儒家能夠在香港發展，值得香港引以為傲。我想香港是商業城市，對新儒家不是太欣賞，但至少提供了機會、路向、容許自由發展，這對新儒家來說是很好的機會。我想新儒家終有一天會受各方面的肯定。

**熊** 《周報》辦過很多活動，譬如研討會、歌詠團、通訊員等，辦這許多活動的目的是甚麼？

**胡** 這是為年輕人安排的一些課餘活動，希望他們有所發展，將來有所成就。對年輕人而言，這是一種貢獻，沒有為了「友聯」的甚麼目的，只是為了讓年輕人自由發展自己的興趣。

**熊** 陳特先生曾經提到早期的《周報》慘淡經營，中期才得到亞洲基金會的資助，後來資助又中止了[3]。以您了解，《周報》長期以來的經濟來源是怎樣的？

**胡** 我不知道亞洲協會（亞洲基金會）對《周報》有沒有直接資助，但通訊員的活動，譬如演話劇之類的活動，有時候會向他們申請經費。

**熊** 那即是按次申請經費的？

**胡** 嗯。

**熊** 除了話劇，還有哪些活動會這樣申請經費的呢？

**胡** 這我不太清楚。

**熊** 當時「友聯」方面是由哪位跟亞洲基金會接觸的？

**胡** 奚會暲先生等，許多人都曾經跟對方接觸。

**熊** 但您比較少跟他們接觸？

**胡** 比較少。

**熊** 實際金額也很難知道了？

**胡** 實際不知道，但不會為了金錢而辦這事業。

**熊** 剛才提到在「友聯」工作的薪水是很低的，那即使不知道實際金額，但會不會從這些地方感到美援的幫助大不大？

**胡** 這很難說……應該不會很大吧，如果幫助大，我們的薪水便應該很高。我們加入《周報》和「友聯」是為了它的內容、它的理想，有關背後經費的問題是不理會的。經費可申請也可不申請，可以省用點，每個人加入也不是為了美金，經費是另一回事。

**熊** 即「友聯」跟《周報》的運作從來不受美援影響？不會因為他們提供資助而必需接受他們的意見？

**胡** 沒有，從來沒有這樣的事情。Asia Foundation不光資助「友聯」，還資助很多機構，各大學也接受資助。當時香港文化界……可以說如果沒有 Asia Foundation，香港文化界便很難生存，所以各大學、出版社都曾領美國人的錢。

熊　當時決定接受亞洲基金會資助的時候，會不會也擔心這些錢會有政治敏感？

胡　沒有，如果會便不接受了。

熊　那純粹是文化上的資助基金？

胡　是。

熊　剛才胡先生提到離開「友聯」的原因牽涉到第三者，所以細節不想重提，但想問的是，當時胡先生是從美國回來以後才知道將不再任職社長，而赴美時是不知道的？

胡　不知道的。

熊　那時候對方有沒有安排您擔任其他工作？

胡　我被委任為《大學生活》副社長。我當時到美國參加活動，數十人從世界各地而來，都是做青年工作的，活動目的是培養領導年輕人的人才。回來以後，我不在《周報》了，後來便離開「友聯」。

熊　那時除了個人感情問題外，當時《周報》內部是不是也出現了人事變動？

胡　這我不知道。

熊　當時您是了解被撤去社長工作的原因的？

胡　很難說，這問題牽涉個人的感情問題，這我不談的。

熊　我們知道胡先生曾經在美國新聞處擔任今日世界出版社的編輯，以您所知，今日世界出版社的出版策略是怎樣的？

胡　今日世界出版社的雜誌和叢書部是兩個不同的部門，我在叢書部工作，負責叢書出版。其實不是我負責，我的上司是李如桐先生，我在下面工作，另外還有一位何小姐，總共只有三個人。

熊　當時如何決定出版哪一類型的叢書？

胡　當時李如桐先生選的，所出版的書都是正面的。

熊　您對哪一套叢書的印象特別深刻，又或是銷路特別好的？

胡　這很難說……最深印象的是出版過一部關於美國憲法改動的書，從英文翻譯成中文，詞句要翻譯成中文而不違背原意是很難的，這是由李如桐先生的老師楊宗翰先生翻譯，然後由李如桐先生修改。那書做得很好。

熊　今日世界出版社出版了很多翻譯作品，那些翻譯的人才是怎樣找回來的？

**胡** 有些是本來認識的，有些本來不認識，但知道他的翻譯很好……

**熊** 然後便主動接觸？

**胡** 是的。

**熊** 今日世界出版社除了出版雜誌和叢書，還有其他出版物嗎？

**胡** 中文出版主要是這些了。

**熊** 另外有英文出版？

**胡** 英文的也很少。

**熊** 我們知道胡先生在一九六六年曾經參與創辦《盤古》，那時候為甚麼會有創辦《盤古》的想法？

**胡** 《盤古》是一群志同道合的年輕人一起辦的。我當時在編《明報月刊》，沒有執行《盤古》的具體工作，只是發起人之一。

**熊** 那時候的理念是怎樣的？

**胡** 那時候是有幾項理念的，我倒忘了……後來我離開《盤古》，因為「文革」期間，年輕人比較激進，甚至以四人幫般的口吻來編輯，那我便離開；而且他們攻擊我，也攻擊其他人，其他人也離開了。他們自己繼續辦下去，後來也結束了。

**熊** 剛才說的情況出現在保釣運動前後？

**胡** 差不多時候。

**熊** 有說一九七一年的保釣運動為《盤古》帶來衝擊，令《盤古》內部分裂。剛才說的情況是不是就是其中一個例子？

**胡** 是。不過後來「文革」過去，那些朋友改過來，現在還是朋友。

**熊** 您離開《明報月刊》和《中報》後，一九八一年便創辦《百姓》。剛才您提到在《中報》期間有不愉快的經驗，除此之外，還有甚麼原因促使您在當時辦《百姓》這樣的雜誌？

**胡** 離開《中報》是我事業上的挫折，當日加入《中報》是基於一種文化理想，以及個人事業路向的考慮，因此才離開《明報月刊》。那種理想受到挫折，於是離開《中報》。那時候可以不辦雜誌，可以光是寫稿或是甚麼；但若不辦雜誌，便感到是放棄了自己的理想，所以便辦起《百姓》。初期也很艱苦，但最終也能站穩腳步，辦了十多年。

## 胡菊人退出盤古

胡菊人退出了盤古，使我們失掉了一名戰友。我們相信，胡菊人的抉擇，是誠實的表現。盤古既然已有所肯定，則任何人不同意此種肯定，就不應再逗留在盤古內，否則就是言行不符。

盤古的許多位成員，最近一年來，每個人的思想發展，雖然各所不同，但都不約而同的對中國持有類似的見解。胡菊人把盤古的轉變，歸於「時局變動關頭」，這是絕大的誤解。

我們歡迎胡菊人隨時再加入盤古，更希望他對中國的認識，「百尺竿頭，更進一步。」

### 附胡菊人的來函

盤古諸友：

在此時局變動關頭，言論、立場在於各人自己的抉擇，目前盤古之論調，弟不願作爲成員之一，而負責任，是以決自本日起（十一月十九）半年之內，脫離盤古。半年以後如何，到時另行決定。

祝

好

弟胡菊人

一九七一年十一月十九日

（附言：這純粹是我個人的抉擇，與任何機構或任何人士，絕無關係。）

·編後話·

一九七一年《盤古》，第四三期〈編後話〉刊出胡菊人退出聲明。風波過去，「現在還是朋友」。

海外中國人的回歸與中國生活方式的重建、創建與實建

包奕明 林悅恒 胡菊人 合意

胡菊人執筆

— 2 —

包奕明（即包錯石）與胡菊人、林悅恒合意發表〈海外中國人的回歸與中國生活方式的重建、創建與實建〉。（一九六八年《盤古》第一一期）。

百姓

半月刊

胡菊人主編

■香港人移民外國的可能性

■深圳特區與香港前途

■劉紹銘談「大陸行」

■白先勇比較海峽兩岸文學

1.6.1981

創刊號

1997 香港

一九八一年《百姓》創刊號封面。

熊　辦《百姓》的心態跟當《大學生活》等雜誌編輯的心態是大有不同吧？

胡　當然大有不同了，因為這是自己的事業、自己辦的，跟過去由機構培養很不同。

熊　讀者對象是不是很影響編輯方法？

胡　當時不為對象服務，而是為自己一種理想。當時四人幫倒台，中國正在轉變，香港九七問題出現，我們認為應該為香港前途發言，所以便辦《百姓》。

熊　除了辦雜誌，我們知道胡先生也參與創辦創建學院，可以談談創建學院創辦的背景和理念嗎？

胡　當時我們想辦大學，但這顯然不可能實現。我只是到創建學院講課、參加各種活動，林悅恆先生如何運作，我是不知道的。

熊　您在創建學院講授哪些題目？

胡　存在主義。各人講不同的課題。

熊　一班多少人呢？

胡　不肯定的，有時候十多人，有時候數十人。

熊　同時期還有哪些人在創建學院講課？

胡　鍾華楠、文樓等都有。

熊　一般對學院架構是不太了解的？

胡　那時候是剛辦，甚麼都沒有，甚至不知道將來會如何的。

熊　也是一群志同道合的朋友聚合在一起，想要辦一些文化推廣的活動？

胡　是。

熊　胡先生過去很多工作都跟青年有關，在時代中給予青年一些指引，一些胡先生的晚輩，例如石琪先生，回憶過去時會稱您為青年導師。在當時，胡先生認為青年導師這身份和責任是怎樣的？

胡　我想青年導師這名詞不太適合吧，我很難說得上是青年導師，不過做事時帶理想，這是有的，希望中國好，這也是有的。現在來說都看淡了，都過去了。當時有沒有曾經發生影響，或者潛伏著影響，這我不知道了。

熊　當時覺察到自己的影響力嗎？

胡　很難說自己有影響力吧，這很難說。

熊　胡先生對當時青年間的氣氛有何印象？譬如胡先生會希望中國好、有民主，當時比您年輕一點的青年的普遍想法怎樣？

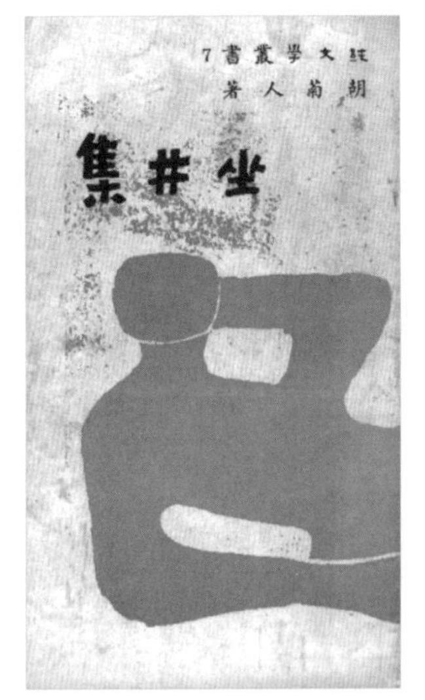

胡菊人《坐井集》。（一九六八年）（右）
胡菊人《旅遊閑筆》。（一九七〇年）（左）

**胡** 他們還沒有穩定，有時候左、有時候右，很難說是怎樣。

**熊** 在我們的認知裡，您在香港一直擔當了獨立知識分子的角色，可不可以請胡先生回顧談談這數十年來心態上的轉變？其中又有甚麼是始終堅持的？

**胡** 我想很難以一句話總結過去的工作，但中國要民主、中國要自由、中國人要有好的生活，這些理念是值得堅持的，我過去一直堅守這原則。至於有何成果、有何效用，這應該是別人說的，我自己不作評價，也毋須自己評價。將來如何，我仍然相信中國非要民主不可，因為不可能以少數人，十數人或一人管治一國的事，這是不應該的，這在中國幾千年以來也沒改變，也是不應該的。

**熊** 筆名方面，胡先生最多用的筆名是「胡菊人」吧？

**胡** 嗯。

**熊** 「華谷月」也是您的筆名？還有其他嗎？

**胡** 是，還有幾個筆名的，但是都忘了，也比較少用。

令人動心的街景

胡菊人

香港滿目繁華，大廈林立，街坊耳目中聽到的噪音太吵，眼睛裡所見的人过客匆忙，鼻子所聞的氣息並不是那么新鮮，然而，香港畢竟是個偉大的城市，外来的人看到了不免驚訝而讚嘆。

四十多年的生活，我看到了香港重大的变遷，没有了寧靜的田園，却来了富裕的繁榮。春風秋月，来去[illegible]，若问我香港所见，最感動我心的是什么呢？

在香港的大街小巷，有許許多多的攤販，有些是有牌的，有些是無牌的。还没有什么時刻，但我一看到小孩子在幫着父親或者母親在叫賣东西時，[illegible]心裡總不期然的抽動一下。有時是一個小孩在那裡看顧攤檔，更增加了我又憐又愛的感觸。他們都不过是八九歲，或十一、二歲吧，都在為了生活掙扎了。

夕陽西下，已到傍晚的時份，我也常看到小孩子推着木頭車歸家，我在他們身旁穿过[illegible]的馬路[illegible]。他們卻伸手取捨，[illegible]八

胡菊人手稿〈令人動心的街景〉。（胡菊人提供）

## 注釋

1 據《中國學生周報》出版資料欄，胡菊人擔任督印人的時間是一九六〇年七月一日第四一五期，至一九六三年十一月十五日第五九一期。

2 胡菊人在一九六六年底已開始兼顧《明報月刊》的工作，一九六七年一月第一三期始正式加入，至一九七九年十二月第一六八期離開，共編一百五十六期。

3 黃子程訪問：〈《周報》社長——陳特漫談周報歷史〉，《博益月刊》，一九八八年十月十五日，第一四期，頁一二五—一三二。

# 戴天

（一九三五——　）

本名戴成義，另有筆名南來雁、何真、田戈、陳雪落、鍾道觀、宋船歸等。

原籍廣東大埔，毛里裘斯出生，並在當地接受中小學教育。一九五七年以僑生身份就讀國立台灣大學外文系，期間曾任《現代文學》編輯委員。在港定居後，先後擔任今日世界出版社總編輯、《讀者文摘》遠東公司高級顧問、《信報財經月刊》總編輯。一九六七年與古蒼梧等創辦《盤古》。一九七九年又與鄭臻等創辦《八方文藝叢刊》。編輯之外，同時為詩人及專欄作家，從一九五〇年代起即在港台不同報刊發表詩作。一九六七年獲邀參加美國愛荷華大學國際寫作計劃，後曾與古蒼梧主持創建實驗學院的詩作坊。現定居加拿大多倫多。著有文集《無名集》、《渡渡這種鳥》、《前97紀事》（共四集）；詩集《岣嶁山論辯》、《石頭的研究》、《骨的呻吟》等。

日期｜
二〇〇二年十月二十八日

地點｜
加拿大多倫多戴宅

訪問者｜
盧瑋鑾、熊志琴

**戴**—戴天　**盧**—盧瑋鑾　**熊**—熊志琴

**熊**　我們由戴先生寫詩的部分開始好嗎？黃繼持先生、李文健先生和也斯先生曾經訪問戴先生[1]，另外還有林年同先生也在《新晚報》發表了〈談戴天的詩〉[2]，戴先生可有印象？

**戴**　我沒有印象了，一九八〇年代時對大陸有偏見，不常看所謂左報，並沒有看到《新晚報》上有關的文章。

**熊**　那文章總結了戴先生一些寫詩的風格，不如我簡單複述一遍，看看戴先生有何意見？

**戴**　好，看看是不是同意。

**熊**　文章把戴先生寫詩的歷程作分期，以《岣嶁山論辯》作為您的詩作成長期[3]，指戴先生當時的作品深受一九五〇、一九六〇年代台灣現代詩風影響，比較晦澀難懂，象徵性強，意象與意象之間沒有聯繫，並且深受法國象徵派、超現實主義、存在主義等文藝思潮影響，更說「詩風很明顯的是現代派的痕跡」。一九六五年後的作品則比較成熟，詩歌向傳統借鑑；一九六八年後對社會、家國問題愈來愈關心，〈蛇〉、〈一九七一年所見〉、〈中南半島所見〉、〈販頭記〉、〈這是一個爛蘋果〉都反映了介入社會、政治的性質，而且因為以自由主義眼光看待事物，所以筆下多見懷疑態度，加上喜歡借「以遠取彼」的視境發議論，作品予人「晦澀」之感。戴先生對這樣總括您的作品特色有何感想？

**戴**　唔，林年同所說的，後半部份大致是如此吧。一九七〇、一九八〇年代時，他與我常有往來，很容易明白我為何那樣寫。但他前段說我受台灣影響便不然了，因為我寫那些東西的時候，看的台灣的現代詩並不多，看的都是外國的詩。我在毛里裘斯接受中學、小學教育，在那邊根本無機會接觸……我的親戚是生意人，很少可以看到文藝書籍，只是偶然……我有一位舅父對文學有興趣，有一些左派的……《鋼鐵是怎樣煉成的》之類，也有《浮士德》、《戰爭與和平》之類的譯本，那些書很厚……我沒有機會看更多的書，所以根本不知道甚麼台灣一九五〇、一九六〇年代的作品，甚至「五四」也只是略為知道。因為看不到，所以很難說受到影響，主要是隨便看些外國書籍。在外國讀書，有機會讀甚麼便讀甚麼。而且我本來就是台灣一九五〇、一九六〇年代的一部分，應當說是大家一起成長、一起摸索，我和其他一九五〇、一九六〇年代在台灣寫詩的人，風格幾乎相同，大概是彼此影響，也許是一起受影響、一起看同樣的書，我在「台大」（國立台灣大學）讀書也看那些書，結交那些朋友，談同樣的問題，譬如瘂弦跑來我住的國際學舍，一起談，我們跟現代文學的同學一起談所謂現代文學的問題。

**熊** 那時候喜歡看哪些書？

**戴** 那時候我們甚麼都看，存在主義看得多一點吧！那是時代風氣使然。我和一位同學郭松棻，那時候很崇拜 Camus〔Albert Camus〕，Camus 過早因車禍逝世，我們為之黯然。但要看那些書也不容易，那時候在台灣買外文書不容易，何況經濟能力有限。比較幸運的是，中山北路的敦煌書局老闆的兒子跟我們認識，可以替我們較為廉價訂書，幾個同學可以一起看，一起湊錢，買想看的書很不容易。在存在主義之外，我們看很多雜書，甚至各類雜誌，如《自由中國》，還有《民主評論》。因為《自由中國》跟《民主評論》常有爭拗，所以也看《民主評論》，即是徐復觀、唐君毅那些。但亦因此，對這兩派都發生了興趣。即一邊是自由主義，一邊是傳統主義，都有兼收並蓄的意願。所以那時也看《人生》雜誌、《祖國》周刊，並為唐君毅等四位先生寫的〈中國文化花果飄零〉〈說中華民族之花果飄零〉打動，為殷先生（殷海光）宣揚人權自由的文章激憤。

那時候台灣白色恐怖，我們看《自由中國》，會站在《自由中國》的立場來看事物，是不是自由主義很難說，但因為我們的老師是殷海光，他比較傾向自由主義，我們很容易便受到影響。而且他很會說話，年輕人聽著很容易受煽動。他又很會舉例，以比喻作批評，跟詩的寫法相近。其實這也是我們中國人的傳統，例如蘇東坡寫紅梅，其實並沒有真正寫紅梅，但題目卻是紅梅。這些我們那時候都不太能體會，我現在年紀大了、老了，才比較能體會。如果我們多讀些古詩詞，用心點讀，所有號稱現代詩的技巧，在古詩詞裡什九都有了，但我們那時候不知道嘛，不懂看。

那時候我們都很清楚自己中國文學修養不足，白先勇、王文興、歐陽子、陳若曦等等，我們跑去修鄭騫先生的詩詞。我們唸外文系的跑去修中文系的課，考試成績比中文系同學還要好，現在說來也不好意思。

**熊** 那時候已經有意識要向傳統詩詞學習？

**戴** 我們那時候只是覺得應該多看點東西，盡量充實自己。年輕人應該都有如飢如渴的求知慾、拚命吸收的心理罷！但我們的「吸收」也不限於上課那種，在學校往往找不到我們的蹤影。有些課我們自行修讀、跑去旁聽，除了殷海光等幾位的課會出席，其他的課我們都不上。說來慚愧，我現在也不知道我的心理學老師的尊容，只知道名字。我們自己讀書，彼此討論，雜書看得很多，有很多「課外活動」，就是常常跑去看電影、看畫展、泡南海路美國新聞處的圖書館等，看完便寫影評、寫畫評，在《中央日報》、《大

一九四九年《自由中國》創刊。（右）

一九四九年《民主評論》創刊。（左）

華晚報》寫影評、畫評。興趣很廣，接觸面也多，不是大陸說的那一套體驗生活，而是很自然地對不同藝術形式都有興趣、都想接觸。我現在也是甚麼都看、甚麼都有興趣，作品便顯得很「雜」，因為想理解的事物很多，看事物的角度也就多了，而且不同，所以有時候寫東西就會取法，如用電影的音畫轉位。音畫轉位用在詩裡是很好的技巧，王安石寫江南便是用音畫轉位。這些我們當時都不知道，看到西方理論後，覺得可以引入創作，後來讀些中國古典作品，發現王安石已經這樣做了，便很自覺要讀中國古典作品，想繼續發現更多新的技巧、新的寫法、新的表現形式。

**熊**　剛才提到在台灣的時候會看《自由中國》、《民主評論》，在黃繼持先生等的訪問中，您也提到「是對中國和中國文化有一種捨不得的、不忍它這樣的想法，因此而從事創作」，寫作是要「向整個民族交代」——這一點在寫作形式上是否也有所反映？

**戴**　我當時因為正在寫〈擬訪古行〉，很自覺要做你所說的那一點（戴按：這恐怕也是早期「兼收並蓄」的閱讀所受的影響）。現在過了差不多二十年了，我現在只想做我自己的事。我想也沒有甚麼抵觸的，我做自己，我也是國民的一分子，只是沒有那麼宏大的想法。雖然我仍然想把那作品（〈擬訪古行〉）完成，因為我原意是寫二十首的，現在我也記不清寫了多少，我沒有一貫地剪存的習慣，但心境已不同了，所以只有對不起黃繼持了。當日他希望我完成後，他便可以評論，但我不可能寫了，因為心境完全不同，觀察的事物也不同，已經不能「如實」地寫出那時的「家國情」了。

**熊**　黃先生也寫過關於〈擬古〉的評論[4]……

**戴**　現在很多人批評我的作品，我想最了解我的可能是黃繼持。他甚至可以捉摸到我的創作心理，寫到那裡很得意，寫到那裡又怎樣，他都可以體會到，可能因為我跟他性格比較接近，趣味、讀書也比較相似。林年同、葉輝他們都只是談到某一面，精神說得最透徹的是黃繼持，我不能完成〈擬訪古行〉二十

◤戴天：「我不能完成〈擬訪古行〉二十首讓他（黃繼持）評，是很大的遺憾。」

詩人戴天專輯

# 讀戴天近作《擬古》及其他

●黃繼持

戴天筆下，流出帶中國古風的詩章字句，本來不會叫人感到意外。早年的名篇如《花雕》，迷惘的現代人的情愫，「現代主義」的意緒和章法，卻也滲著對古中國的懷思（「五柳先生呵！」）與古詩詞的回響（「驍馬／悲風／追逐／彎弓」）。更無論近年的《八怪圖》，大筆熔鑄傳統文化藝術的意境，熟化了典故，活用了麗辭。但在章句的裁剪，亦即在意緒的鍵鎖上，不失現代人寫現代詩的格調。與其說「以故爲新」，不如說「因新觀故更出新」。像揚州八怪這一類型的文人畫家，他們藝術意趣淸奇，做人風骨嶙峋，何嘗不因今日流俗之頹靡，而更令人臨風懷想？用現代詩的技法，重建宿昔一派靈光，既是對中國文化（優秀的那一部份）的緬懷，也未必不是爲當今文士（包括作者自己）提點某種可能的精神出路！——不管「實質」的抑或「光景」的，在藝術世界中，自有一份淸泠的逸氣。

然而《擬古》詞句整飭，氣格沉雄，挽淸逸而就蒼莽。驟然讀去，似有某些「隔」的感覺。這種「隔」，究竟是王靜安貶爲「霧裏看花」之隔，還是布萊希特費心經營的「間離效果」呢？看來「間離」乃作者主觀所在，而讀者眼中或不免於「霧裏」，則是否句裏詩心，本來就百結千層，顯晦相承，有意不讓讀者一眼看盡麼？

「擬古」詩在中國有深遠的傳統。《昭明文選》詩體下列雜擬一類，自陸機始。其後歷代有作。肅手步趨古人，高手化故爲新。然而戴天之作，又不是嚴格意義的擬古。這幾首詩發表在台灣《聯合報》上，不像發表在香港《明報月刊》上題《擬古》，而題作《擬訪古行》，似乎較能準確達出作者旨意。古樂府有歌行之體，「步驟馳騁，疏而不滯曰行。」此處題一「行」字，當是以

首讓他評，是很大的遺憾。我當時的現實環境應當是可以完成創作的，唯一的阻礙大概是「情境」，有太多對創作者不利的干擾。只可惜那時候很多事情都已經過去，可以比較穩定下來沉思、構思時，竟然由於個人意志不堅，受小環境干擾，未能完成那二十首，但又或因為很多活動吧，吃飯飲酒太多，可惜！可惜！

**熊**　雖然現在和那時候的創作心態不一樣，但戴先生實在有很多詩作都跟介入社會、關心國族問題有密切關係……

**戴**　完全對。剛才說我們很崇拜 Camus，Camus 就是入世的。我對存在主義的愛好，主要也因為加繆〔Albert Camus〕與沙特〔Jean-Paul Sartre〕的入世精神，那是一九五〇、一九六〇年代的創作風氣與思潮，我們在成長階段正好受他影響，也很自然。

**熊**　加上一九六〇、一九七〇年代的世界性學運、社會變動等，創作有所謂「時代風格」，戴先生怎樣理解一九六〇、一九七〇年代的「時代風格」？戴先生認為自己的作

品又是否能表現這種「時代風格」？

**戴**　我想某些詩作中的某些段落，是盡自己能力地做了，至於是否做到，便要由其他人來說。很奇怪，香港有一段時間很多人談反英、反民族主義，但沒有人提到〈一九七一年所見〉，除了黃繼持提到外，沒有人提出，到現在也沒有人理會那首詩。〈蛇〉比較外露，但〈一九七一年所見〉沒有人提及，很奇怪，不知道為何。這便跟時代、香港……

**熊**　除了〈蛇〉和〈一九七一年所見〉外，在戴先生自覺的創作意識裡，還有哪些作品是刻意想跟時代扣連的？

**戴**　就是〈擬訪古行〉了。我接受李文健訪問時也很清楚地說，那是刻意這樣做的，屬於苦吟一類，但不是杜甫那種。我也開杜甫的玩笑，所以不是杜甫那種。

**熊**　一九六〇年代後期，戴先生跟古蒼梧先生一起辦過「詩作坊」，現在很多人回憶說，「詩作坊」影響了很多當時新一代的詩人，譬如淮遠、李國威、麥繼安、關夢南……

**戴**　還有鍾玲玲……

**熊**　是的，可否談談當時辦「詩作坊」的緣起和其中詳情？

**戴**　「詩作坊」是這樣的。我一九六七在美國 Iowa〔指 The University of Iowa，愛荷華大學〕，那裡的 Writers' Workshop，我們稱為「作坊」，「詩作坊」就是取它的方式。美國詩人 Paul Engle〔安格爾〕首創 Writers' Workshop，以英國牛津大學、劍橋大學的導師制精神，公開討論、相互啟發的方式，培養了許多卓越的作家、詩人。上課時只是導引，不是施教，人人平等，就像現在我們這樣坐著談天，「我寫了首詩你看看吧」，你也寫給我看。我唸兩段，你也唸兩段，說說音節不太好，用詞是否可以改一下，意象是否恰可，寓意能否自我具足之類。我們將這種方式「搬」到香港（戴按：也有點仿傚美國學運時出現的自由教學），稱為「自由大學」的創建書院〔創建學院〕。總之，參加者每個人都自由創作，上天下地，無所不為。那十多二十人都很棒，現在他們仍然很好，還有一位癌石，後來已經沒有寫了，很多人都不知道癌石。

**熊** 癌石的本名是……

**戴** 忘記了，他已經好久不寫。還有關夢南……

**熊** 那時怎樣聚合這些年輕詩人的？

**戴** 沒有聚合，都是自由來去的啊！盧瑋鑾也知道，沒有聚合的，不知怎的便一群人走在一起，沒有甚麼人設網的。那時大概是香港創作的興風佈雨時期，很奇怪的。《中國學生周報》發展至最高峰時候，很多人圍繞著《周報》（《中國學生周報》）、自由大學、《大學生活》，還有《明報月刊》，因為那時候《明報月刊》由胡菊人當主編[5]。當時很多年輕人對文學藝術的興趣，好像形成一種風氣，都似乎躍躍欲試，希望進去看看是怎麼一回事。像我這樣的年紀，或比我年輕十來歲的那一群人，現在跟他們說起，每個人幾乎都是相識的、同一圈子的，雖然不一定見過面，但有一種莫名其妙的凝聚力量，所以董建華如果希望凝聚……哈哈！我們當時也沒有人領導，現在常有人開玩笑說胡菊人是青年導師，根本不是，但為甚麼（這些人會走在一起）呢？我到現在也不知道為甚麼，就是有凝聚力存在，此中大概有些人比較熱心、寫得多一點，便是核心，有些人在外圍一點，還有一些在遠處看，也是在附近的，例如簡而清，他也曾經在《盤古》寫文章[6]，黃霑也常常在《盤古》的編輯所在樓層下面走來走去，看一看，他帶著女朋友華娃拍拖，也要在下面狂叫幾聲的……我也不能解釋為甚麼會凝聚一起。

**熊** 那當時的形式就如剛才所說，一群人圍在一起，拿出自己作品來互相討論，當中有沒有主持？

**戴** 以「詩作坊」來說，主持者就是我和古蒼梧。後來認為光是這樣討論不行，應該找些人來主講，於是找來金炳興，有系統地談談理論。也請人如蔡炎培、溫健騮等來談創作經驗，很多人不願意說出自己的創作經驗的呀，但在這種場合便願意說，聽的人不一定學他，但可以受啟發。

**熊** 除了金先生，還請過哪些人？

歡迎你來參加

創建實驗學院的

詩作坊

有人說現在寫詩的人
就是讀詩的人
詩人寫的詩只給他自己讀
這豈不是太寂寞了嗎？
那麼請你來參加我們
我們會讀你的詩
並且給你意見
也讓你讀我們的詩
讓你發表意見
我們也一同讀讀別人的詩
古典詩　現代詩
中國的　外國的
我們還會邀請一些詩人
來講講他們寫詩的經驗
講講他們對詩的意見
如果你們要來
請你把姓名地址電話號碼
寄到中國學生周報
由編輯部的朋友轉給我們
我們很快便會和你聯絡

◤創建實驗學院詩作坊招生。（一九六九年《中國學生周報》第八九五期）

**戴**　很多呢，但忘記了，總之曾經寫作的都邀請來，就是與詩創作無關的，但認為他有其他經驗可談的也請來。不僅是詩，詩以外的東西也談，功夫在詩外呀！現在他們寫詩，你也可以看到他們作品裡有詩以外的東西。這種潛移默化，我想很重要。

**熊**　最初辦這「詩作坊」的時候，有沒有自覺地要找些甚麼嘉賓來帶出甚麼理念？又或有沒有自覺地要影響一些寫詩的年輕人？

**戴**　完全沒有。自由開放，任何左、中、右的理論都可以來。

**熊**　純粹是聚合一些喜歡寫詩、關心各種問題的年輕人一起。

**戴**　是。

**熊**　剛才戴先生提到在Iowa的經歷，可否談談那時候對方怎樣首先接觸戴先生？

**戴**　Iowa，要從台灣說起。在台灣的時候，我們幾個同學辦《現代文學》。《現代文學》在當時的台灣是異端，很多人注意著它，而且這是由在學的大學生辦的，有些人認為更不得了。那時候也真是少不更事，太自負了！我記得那時《現代文學》出版後，那些廣告也是很狂妄的，我們將它肆意貼在文學院的壁報、佈告欄上。那時候我們中有些人，並不知道臺靜農先生、黎烈文先生曾經……哈哈！自以為很了不起，以為很多西方現代作家都是我們第一次介紹，這便是無知吧，因為其實很多人已經介紹過了。當時台灣的閉塞可想而知！

當時美國人採取圍堵中國大陸的政策，除了軍事圍堵，在意識形態、文化上也進行圍堵，同時則以各種形式資助有關的活動與團體。因為我們出版了《現代文學》，有些作品發表並得到好評，便引起當時的台北美國新聞處處長麥卡錫〔Richard M. McCarthy〕注意，此人很喜歡文學，他太太也很喜歡文學。當時美國駐中華民國大使莊萊德〔Everett Drumright〕也很關心這些事。因此把我們的作品翻譯成英文，出版了一部書，叫《新聲》〔*New Voice*〕。這書我應該有的，但不知道放在哪裡了。是英文書，在台北和美國出版後……那時大概一九六〇年左右，Paul Engle來台灣旅行，他就是Writers' Workshop的主持人，美國人便交這部書給他。其他便很簡單了，他知道其中有甚麼作者，而且因為是英文，他可以看懂，就像作品如果有瑞典文翻譯便有較大機會得諾貝爾獎一樣。一九六一年他來香港，當時王文興、白先勇、葉維廉已經去了美國，香港也要找人去，知道原來我也在香港……我想那因緣就是這樣吧。

**熊**　愛荷華的經驗，有沒有影響戴先生其後的創作？

**戴**　有！我在愛荷華的時候，正是美國的多事之秋，是反越戰最激烈，而人權運動也開始高唱的時候。

**熊**　一九六七、一九六八年的時候。

**戴**　是，在那樣的情形下，作為一個年輕人，去到美國，常常看到這樣的場面：學生也好、工人也好、做麵包的也好，時間到了便走到教堂門口，手拉手反戰，而黑人牧師金格〔Martin Luther King〕揭櫫了他的夢想之後，竟然死了。你怎能不受影響？不可能不受影響。那真是一個光明與黑暗並存的時代！許多人為之謳歌，有 Bob Dylan、Joan Baez 那些……你可能太年輕沒有聽過了，我那一代的人便聽到，民歌多聽了便必然受影響，聽 Simon and Garfunkel 甚麼《橋下惡水》(*Bridge Over Troubled Water*)……後來也常唱了，現在有甚麼示威也唱的。聽了那些節奏，很自然在腦中轉換成詩的節拍，有「如歌的行板」的感覺，詩風也就移情於彼了。

**熊** 戴先生從愛荷華回來之後，翌年，即一九六八年，便推薦了溫健騮到愛荷華。當時為甚麼會推薦溫健騮？

**戴** 當然是因為他的作品，以及一些特殊要求，比如要懂英文，不然怎樣交流？不過也要先有作品英譯，寄給 Iowa，由 Paul Engle 及聶華苓決定。接著的古蒼梧，也是如此。

**熊** 要考慮到他懂英文等因素。

**戴** 是的，諸如此類。

**熊** 那愛荷華方面有沒有提出特別要求？

**戴** 愛荷華的 Writers' Workshop，聲名卓著，當然有他們的標準。不過其屬下的國際作家工作計劃，旨在交流，考慮的條件在作品之外，也有其他。但隨著形勢的發展，雖幾經變化，交流溝通的主旨則始終如一，亦發生了相當大的影響作用，有助於世界各國作家的相互了解（戴按：特別是為各地華文作家，建立了和諧促進平台），而主持人安格爾和聶華苓，亦獲提名為諾貝爾和平獎候選人。

**熊** 戴先生回港後，有相當長的一段時間在《今日世界》工作？

**戴** 不是《今日世界》，是今日世界出版社，也就是香港美國新聞處文化部的書籍出版組，《今日世界》是香港美國新聞處出版的雜誌。

**熊** 當時美國新聞處有甚麼出版策略？有沒有劃分以哪幾個項目來出版，又或以甚麼路線出版？

**戴** 美國新聞處是美國國務院轄下的海外機構，任何政府做任何事一定有計劃、有策略。最高的策略如何，我當然不知道，但說它沒有策略，那一定不可能。但可能它剛開始時，不是很重視這些策略，如果真要追溯美國新聞處出版書刊的策略，可以追溯至抗戰時重慶時代。費正清〔John K. Fairbank〕曾是美國政府駐重慶大使館的文化參贊，後來是有名的研究中國歷史學家，他當時就有英譯中出版計劃。當時有一套書保留到戰後才在上海出版，就是「晨光世界文學叢書」，中譯了一些美國名著，譯者都是名家，好像趙家璧等，美國著名文章家A・卡靜〔Alfred Kazin〕的 *On Native Grounds*〔《現代美國文藝思潮》〕也在其中。

**盧** 馮亦代。

**戴** 是，那計劃在抗戰時已經醞釀，戰後便在上海出版。後來大陸政權改易，那出版計劃便由香港接手。但初期也恐怕只是某個官員或某個工作人員有興趣，便配合一下。當時香港林以亮在美國新聞處工作，他有一位同事孫晉三在政治部工作，二人都關注文化交流而性嗜文學，因此重拾重慶、上海那計劃，林以亮便開始偶然出版幾部。就是出版幾部，也要想個名目來出版呀！當時有一份雜誌叫《今日世界》，是美國新聞處用作宣傳的，因此也就順道名為今日世界出版社，林以亮是最先在港搞今日世界出版社的，即美國新聞處的文化部。

**熊** 當時美國新聞處有沒有一些策略，要今日世界出版社營造、帶出一種怎樣的氣氛？或宣傳甚麼主張？

**戴** 當然要配合政策，如圍堵政策。你請學生回大陸——當時很多僑生回大陸讀書，他便跟台灣談妥，也請僑生到台灣讀書，由美國人資助，條件比大陸更好——是一種競爭、政治鬥爭。出版也一樣，大陸出版，他也出版。當時的美國政策是面對群眾宣傳自由民主，因此出版《今日世界》半月刊，也支持很多出版社、雜誌。你若查一下，我想香港一九六〇、一九七〇年代……直至一九七〇年代中期才慢慢沒有支持。但從一九五〇年代到一九六〇年代，這二十年大部分在香港出版的雜誌……如果要誰宣誓說「我從來沒有拿過美國的錢」，我想沒有人敢這樣宣誓。

**熊** 我們知道今日世界出版社出版了很多翻譯作品，要翻譯這許多作品，當然需要大量翻譯人才，當時是怎樣吸引和招攬這些人才

姚克譯《推銷員之死》。

惟為、董橋、湯新楣等譯《美國短篇小說集錦》。（右）

William Van O' Connor 編，林以亮、張愛玲、葉珊等譯《美國現代七大小說家》。（左）

的呢？

**戴** 今日世界出版社早期為甚麼翻譯這麼出色，後期卻稍遜呢，這是非常自然的，跟大學有關，跟經濟發展也有關。在一九五〇、一九六〇年代，那些大多是由內地來港、具有雙語能力、文字較好的人，在殖民地的香港，並無很多出處，他們沒有大學可以教書，也沒有大機構聘請他們。他們是落難者，要生活的，今日世界出版社很容易便可以請得他們做翻譯。一百塊一千字，很可觀的了，當時教書才三百多塊一個月，一百塊一千字，或五十塊一千字，開始時我想沒那麼多，沒有一百塊，開始時也許是五十塊、廿五塊，就是廿五塊也已經不錯，當時香港報紙才付五塊，為了生活……總之，那是特殊環境下的特殊情形，許多第一流的翻譯人才，在香港對文化交流作出了貢獻。如今就非昔比了，譯文每每慘不忍睹！

**熊** 當時怎樣聯絡這些翻譯者？

**戴** 物以類聚，學歷相近、趣味相近的人自然會互相認識，然後愈識愈多，但不會很多，始終有圈子的局限。

**熊** 剛才提到的愛荷華、《今日世界》、美國新聞處，現在有些人會統稱為「綠背文化」的一部分，剛才戴先生也提到不少人或直接、或間接，以真名、以化名接受過資助，但現在有些人會以貶抑、輕視的態度談「綠背文化」的貢獻，戴先生對此有何看法？

**戴** 首先，所謂「綠背文化」有沒有貢獻呢？見仁見智吧，每個人的說法不同，你也可以說它是文化侵略，視乎怎樣看吧！但必需肯定的是，也有一定的影響力，因為當時美國的政策是宣揚民主自由，主張全民化、普及化的宣傳，及至基層，現在香港有不少人因為在學生時代受《中國學生周報》影響，似乎有今天這樣的思想與行為。說沒有影響是假的，但影響是不是好呢？這便見仁見智了。從不同的角度可以說好，也可以說不好。但我最不能理解的是，有些人明擺著也是「綠背文化」的一部分並得過好處，回頭卻批評「綠背文化」，何苦呢？不能抹煞自己那一段「綠背文化」呀，除非是懺悔，這便無話可說。很多人想抹去自己這一段，甚至以為自己很清高，以為到新加坡當報紙編輯就避開了「綠背文化」？但可能那報紙就是由美國人幕後支持的，所以話不能說過頭。這些政治上的贊助，有不同的方式，可以說無孔不入。

**熊** 前兩天我們訪問了金炳興先生，金先生曾經……

**戴** 在《今日世界》雜誌工作。

**熊** 他提到當時今日世界出版社的出版分三方面，戴先生可記得？

**戴** 哪三方面？

**熊** 他沒有很清楚地說明，但提到是三方面，大概就是新聞、書籍、雜誌等三方面。

**戴** 是有這三方面，但事實應該是由美國新聞處的組織來看。今日世界出版社，屬於文化部；《今日世界》雜誌，屬於新聞部，而新聞部另外也做公關宣傳等工作。

**熊** 話說回頭，戴先生當日怎樣加入今日世界出版社的呢？

**戴** 我從 Iowa 回來以後，那時胡菊人原在美國新聞處工作的，剛好被金庸請去《明報月刊》工作，他們便請我過去。

**熊** 同時共事的有哪幾位？

**戴** 李如桐、韓迪厚等……

**盧** 湯新楣先生，是嗎？

**戴** 湯新楣只是特約翻譯。還有董橋、岑逸飛、王真吾……金炳興是另外一組的，雜誌部，即《今日世界》，出版部就是這些人。李如桐，你不認識吧？李如桐是老前輩，Missouri〔美國密蘇里大學〕新聞學院畢業，曾在國共和談時的調解處工作。國民政府在北京跟共產黨談判的時候，他是國民黨方面的工作人員，對方代表就是葉劍英那些。後來他到香港，便在今日世界出版社。

**熊** 戴先生在一九六〇年代寫詩、在美國新聞處工作、到愛荷華……

**戴** 還有上電視……哈哈！

**熊** 是的，還有在一九六六年創辦《盤古》。可否談談當時為甚麼有辦《盤古》的構想？

**戴** 辦《盤古》的構想，我現在也說不來啊！我看到你昨天給我的資料，每人談一段那一部分，就是〈代發刊詞〉那一部分已經說清楚了（戴按：好像由蔡康平執筆，寫得很好，情文並茂，不知道他去了哪兒）[7]，現在我說不來，不過《盤古》這名字是我取的。

**熊** 當時為甚麼想到要辦雜誌？

**戴** 大概是水到渠成，勢之所趨罷！那時大家都有點癢熱難息，想做點甚麼，想表達點甚麼似的，想把自己的話說出來，所以便辦雜誌。我想是這樣吧，有這種感覺。其實只是一股氣，《盤古》沒有資金，大家拼拼湊湊，後期梁寶耳集大成，真難為他！《盤古》後來有所轉變，從自由主義變成「文革」小將那些……

**熊** 那時候戴先生有實際參與編務？

**戴** 實際上不是，我只編過一、兩期。

**熊** 是初期的階段，還是……

**戴** 是最初階段，因為編完以後，我便去了美國。跟著主要是岑逸飛編，他編了很久，他編的那一、兩年很好的。後來岑逸飛不編了，怎麼發展也不太知道了。

**熊** 那時候《盤古》的編輯架構是怎樣的？有主編，還是怎樣的？

**戴** 哈哈！《盤古》從來沒有編輯不編輯，根本不能用普通出版社的眼光來看《盤古》。《盤古》是同人雜誌，誰都能編的，不過有一人總其成而已，更不會像正規出版社一般層層架構，沒有這樣的。快要出版了，不夠稿，便你來一篇我來一篇，湊在一起，我不知道當時有沒有拉來盧瑋鑾……

**盧** 沒有。

**熊** 那當時做這總其成工作的，除了戴先生、岑逸飛先生，還有誰？

**戴** 古蒼梧好像也當過吧，也許還有黃子程等等。

**盧** 包錯石有沒有當過？

**戴** 包錯石從來沒有當過，但包錯石帶來很大影響。包錯石在一九六八年、一九六九年有幾篇作品刊在《盤古》[8]，文章寫得很好，才情橫溢，而且批判力很強，你們認識他嗎？應該找他來接受訪問，找不到嗎？他不接受？

**盧** 我想他有很大的變化。

**戴** 他現在收藏古董，是古董專家。

**熊** 我們看到《盤古》第十一期出版過「近年港

一九六七年《盤古》創刊。

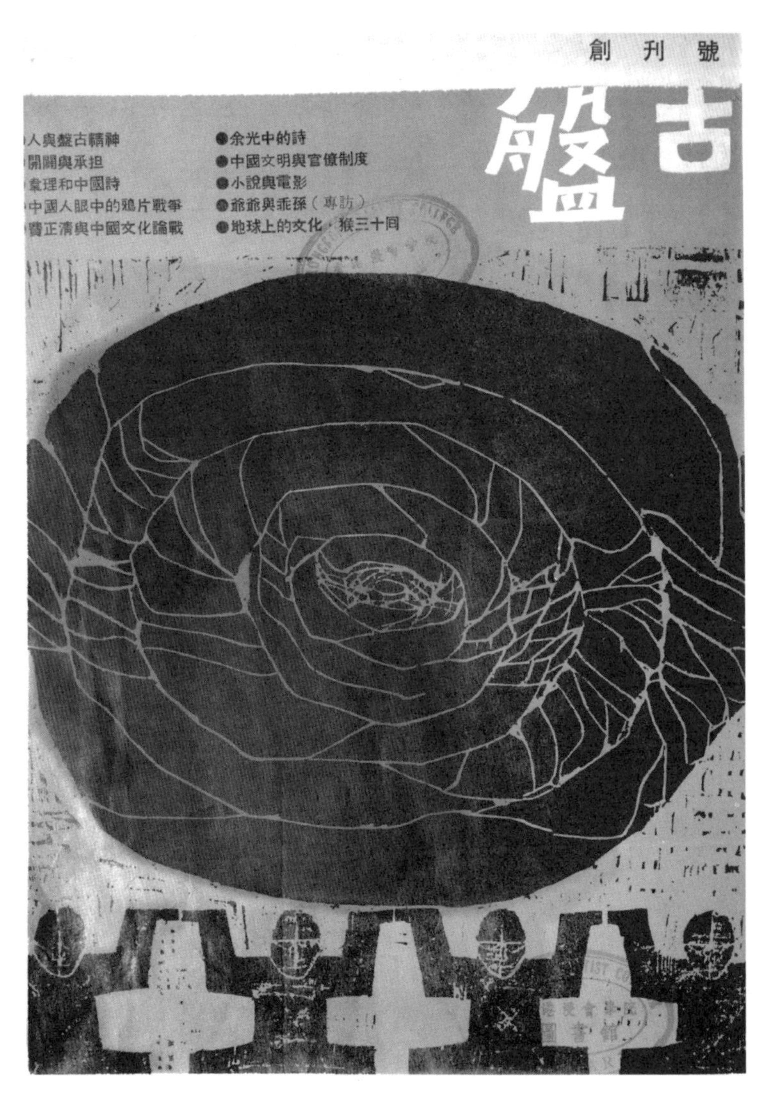

創刊號
盤古
人與盤古精神
開闢與承担
韋理和中國詩
中國人眼中的鴉片戰爭
費正清與中國文化論戰
余光中的詩
中國文明與官僚制度
小說與電影
爺爺與乖孫（專訪）
地球上的文化．猴三十回

# 人與盤古精神（代發刊詞）

## 羅素的偏見與盤古的偏見

黃維邦

羅素自稱他的哲學是從偏見（Prejudices）開始的，他底知識論的大前提就是六種偏見。但羅素的偏見實不同於一般人的偏見，因爲這些偏見他不僅自己視之爲信仰，也希望別人相信的。

盤古的出版，也是偏見，而且這是盤古同人的共同偏見，而且盤古同人已經用行動表現盤古同人的偏見。盤古同人又有如羅素對自己底偏見的信仰一樣，也希望普天之下的有心人用行動支持這種偏見。這種偏見就是：別人快樂，自己快樂。

## 給老祖宗的話

黃濟泓

想是要一個刋物的，要一個刋物做什麼呢？寫些東西訓誨人罷？不敢，因爲淺薄！有所發明嗎？也不敢誇下海口，因爲無知！然而總是有所想的，想罵罵人，想做一番破壞工作；眼看該罵的人，該咒的東西，該破壞的腐朽是如此多，就想着這樣做和「建設」一樣也大有意義了！

「盤古」，好一個堅實的名字，祂的原始意義已在無法記載的史前史過程中湮沒了，後加的詮釋又這般不可靠，還是再下一個罷。不受時間的束縛，沒有空間的極限；出現，就是一個充塞天地間的永恆的存在。效法祂該怎樣呢？噢！像一段木頭，像一塊石頭，像一噸鐵頭。

總之說是說不清的了，不過可以告訴你，朋友，我想我是不會辱沒祖宗的。

## 麥子的數目

四馬

柴霍甫在他的劇本櫻桃園裏，使他的一個角色，說過這句話：

『飢狗只知道信仰肉，我只知道信仰錢。』

這是現今香港社會的一條金科玉律，是最現實之現實。然而，現在卻有一班「傻子」，要違反這條「定律」，大家掏腰包出來，做一宗「蝕本生意」。

因爲我們深信，凡能爲某一種高尚的目標而努力的人，是如孔子的說：「苟者於仁，無惡焉。」對於那些專心尋求金錢、沈溺於生活的物質方面的市儈者，我們只能寄諸以蔑視。

記得莎士比亞在威尼斯商人中，這樣挖苦一個人的說話：「他的議論是隱藏在兩斗糠中的兩粒麥子，要找出這兩粒麥子，你得找上個一整天。「盤古」的文章也許正是這樣的。但在大饑荒的年頭，糠也可以充飢的。況且，我們總希望，在兩斗糠中，麥子的數目，或許不祗兩粒！

## 存在的證物

吳震鳴

我記得一位小說家曾說過「文明」就是一種「交易」，因爲所謂「知識分子」往往以他所受的教育，所從事的工作，所任的職位作爲一種代價，來換取他應有的物質享受。這種人名曰「知識分子」其實是「文明買賣商」，他以爲可以獲得「什麼什麼」，事實上反而被這種物質所囚禁，所鯨吞。於是在喪失自存價值，心靈死滅後，何能自剖？何能自覺？何能自發地充任不謀利的文化工作？「盤古」的創辦，不是一種「文明」的「交易」，不是計較得失的文化零售，而是一種犧牲，一種覺醒。我不願唱什麼高調，說什麼「盤古」能點燃文化的火炬，或是黑漆中負荷火種的「普多米修斯」，但最低限度証明我們「自我」尚存，而「盤古」就是我們存在的証物！

## 復古思想與盤古精神

藍山居

復古思想似乎是中國人表現得最爲強烈，這和中國的哲學思想自然有着很大的關係，在先秦諸子中，影響力最大，莫如儒、墨、道三家，這些韓非稱爲「顯學」的學派都是主張復古的，儒家祖述堯舜，憲章文武，墨家崇拜夏道，道家更主張回到太古「返璞歸眞」的時代。作爲一個現代人，由於多少受了近化論的影響，對這些開倒車的論調，聽來總有點不順耳，於是便厚誣古人，或譏爲無知，或把復古思想解釋成一種「託古改制」之勾當。但凡此種種，均不足以說明復古思想的眞精神眞面目。



◤〈人與盤古精神（代發刊詞）〉。（一九六七年《盤古》創刊號）

回溯一下中國文化的歷史，每次復古思想之產生，必爲文化由極盛漸趨於衰微之時期，從哲學言之，儒、墨、道之出現，乃屆於周代典章制度之崩壞；從文學言，由劉勰以至韓愈的復古運動乃基於漢末以來文章的衰敗，其崩壞與衰敗之原因，實由於失去了創造能力。而文化或文學所以失去創造力，即由於其本身年齡之老大。文化一如人生，愈年青創造力愈強，愈年老則反是。所謂復古，應該是使文化返老還童，回到創造力豐盛的幼年時代，是以道家的「反璞歸眞」，最足代表復古的眞精神，儒者的恢復周禮，墨者的重行夏道。在重現固有文化的原貌，終不如道家的徹底，積極。因爲儒、墨，特別是儒家，依然有觀念上的因襲，這觀念的因襲，有礙於創造的生機。唯有揚棄一切既成觀念，所謂「由無生有」，才是自由創造的起點，也就是復古的眞精神所在。

在我們今日，這種復古的眞精神是每個中國人所必須的。我們應該放下五千年文化的巨石，像米蓋蘭基羅一樣把這塊頑石視爲一雕刻的材料，然後把隱藏於其中與我們心靈中底美麗的形相呈現出來，這就是復古眞精神的實踐，也就是我心目中的盤古精神的表徵。

## 理想的慾望化·慾望的理想化

中沚

察看一下自古以來人類生活的紀錄，人有時會被廹相信：人類底理想、失敗、快樂、悲哀的全部，不過等于人類底慾望。從這個觀點看，「盤古」的面世也不過是一種慾望的表現而已。但這種慾望，顯然有某些值得誇口的特質。

第一，那不是禽獸覓食療飢的慾望。第二，那不是人類，作爲動物底物質的慾望。那是一種要求減輕負担的慾望；是一種要求人的感覺，要求人與人之間的溝通的慾望。

## 不知道

張量

不知道盤古氏怎麼會來到這個世界，也許以爲是一個天高地廣，任我翔翺的好世界，置身處地，却原來是團混沌未開的烏烟嶂氣，大概他以爲這世界既然屬我，就自我來開創吧，就讓我把舊存的壓人的、困囚的一掃清，且讓天空、容地廣，使海濶，好任我馳騁翱翔。

生爲一個現代人，他的處境也實無異於盤古氏的，現實世界自四面八方給予人太多的壓力，太多的束縛，因此他實在有如一些畫家筆下所描繪成被壓縮壓扁的形象。

假如我們承認現世界應該屬於青年人，那麼就不當容舊的一切死死把持大局，也容新的一代來開創，來建立，然而祈求一個清明廣濶的新世界，豈不有賴「盤古」精神之再現嗎！青年朋友們！

## 命　運

游之夏

人類文化演進至今日，使我們對很多書籍和什誌，只能用分秒的時間，瞻仰一下它們的著名的作者，欣賞一下它們的美麗的封面設計，和翻一翻它們的目錄；即使我們很想細心地把它們全部閱讀。

有「開創」意圖而無「標奇立異」傾向的「盤古」，照理，也逃不出上述的「命運」。然而，我們卻有權希望它擁有大量不止於瞻仰作者，欣賞封面設計，翻一翻目錄的讀者；要如此，就非賴「盤古」同人堅守它的宗旨，互相敦勵，而以毅力貫徹始終不可了。

## 一點精純氣

陳炳藻

渾沌未形，萬物無象，這樣，盤古就很辛苦很辛苦；「開天闢地」四個字，往往在文人草草書成的瞬息中，輕率地抹煞盤古精神那種源遠流長的深義與孕育著的堅毅和艱苦。喜歡用思想的人，就會感謝盤古，因爲宇宙有了歷史，人類有了歷史，苦難在堆叠中壓窄中使人體驗那「開天闢地」的眞義，那從未爲世人獲覩的創始者底面容，遂在潛意識中隱然可見，昭然可敬。

我高興加入了這個行列，分享盤古之精神，從現實混濁沈重的氣息中吸著一點精純的氣，激勵著我踏入文藝的領域，與盤古月刊携手向理想發奮，並藉此機會，祝「盤古」與天地長存，月刊仝人筆驚中外，詞動鬼神。

## 孤獨的巨靈

喬休思

懷抱着創造世界的理想的盤古氏，脚下卻只有沙礫，頂上只有蒼茫，四周只有混矇一片。沒有朋友的智慧可分享，沒有敵人的攻擊可參考，沒有前人累積的經驗，沒有旁的宇宙可以取法，沒有讚羨的音容支持鼓勵，甚至沒有一個腐朽頹敗的世界來讓他批評、攻錯。他的任務，是空前艱巨的，從無到有的創造，都待他獨力去承担。

這孤獨的巨靈，除却一顆熱烈的心，以及冷峻的理智外，一無所有。而他，就憑着那冷峻的理智，雕塑了世界的形象，那熾烈的心，支持他屹立不倒。

今日的中國，飄搖破碎，一切待挽救，一切待重建，而這一切，都得由我們去承担。盤古氏以混沌中創闢了天地。當此之世，盤古氏的子孫，亦應取法於那孤獨，但堅忍不拔的巨靈，從混亂中重整天地！

## 盤古·洪荒·渾沌·

吳昊

從盤古中，從洪荒裏，從渾沌間，天地開始生萬物……

現時代正是日月無光，精神死滅。在沈沈的暮氣中，我們需要盤古，需要洪荒，需要渾沌；然後天地開始生萬物……

## 兩行

溫健騮

我於盤古精神所諳甚薄。

惟一份嚴肅而不宥於一家一言之什誌正不可少。

## 獨立的創造

林互

多年來，中國飽受西風歐雨所蹂躪。面對着外來學術文化的冲擊，前一代中國知識分子對自己的文化與創造力缺乏信心，心態上搖擺不定如風落葉。羅素東來則奉信「新實在論」，杜威訪華，就宣傳「實用主義」，看到「資本論」就終日鼓吹「共產主義」。當代的知識分子多仍奴態未改，深受這種影响。

文化由人類心靈所創造，每一個人都有創造的潛能，只要適當的培養與磨煉，西方人能創發的中國人沒有理由不能。我們中國年青的知識分子，不應拾人牙慧，只作「文化買辦」，更不應抱殘守闕，作傳統國粹的傳聲筒。我們要肯定我們創造的能力，吸收他人的知識與智慧，來幫助我們創造學術。我們應有「開天闢地」的精神，獨立創造一個新的文化天地。

## 羨慕

陸離

農曆新年，胡菊人寫了一個對子，曰：「盤馬彎弓薄天下，古往今來盡一心。」雖然不能算是很工整，一股豪氣，却盎然紙上。我站在旁邊看看，覺得那個對子很好，却好像和我沒有什麼關係。「楊門女將」穆桂英唱的「可笑我，盤馬彎弓，巾幗將，」我一點也唱不來。

然後，胡菊人與戴天，還有一大群朝氣勃勃的年青人，要辦「盤古」了。我還是站在旁邊看看。他們說，你不來一股嗎？我說很好，一股就一股。却直到現在都還未交過一毛錢。不是故意拖延不交，實在是太窮也。

這一群大孩子，理想高，幹勁大，我一邊旁觀，一邊也好像感染到一點鼓舞。但願我不是已經老成這個樣子就好了。

## 直覺

藍子

我就是這樣的，很直覺的一個人。人家說去旅行，我就問：如果下雨去不去，如果掛十號風球去不去。

我對出什麼什麼的刋物現在不感興趣，也不熱心，大家要出盤古，我就想問：如果祇能出一期後出不出，如果大家熱鬧熱鬧五分鐘又怎麼辦。

但我還是參加了。就像參加去旅行一般。我是這樣，既然參加了，那就掛十號風球也得去。至於我爲什麼參加，大家都知道，我喜歡「盤古」這兩個字，如果不是盤古，我拔脚就跑掉。

## 盤古的手

羅卡

我覺得我們說是說得差不多了（而且是否太多一點？）大家都說「做」，於是我就囘應，「就讓我們做吧！」

其實「說」也是「做」的一種方式，只不過，那是最容易騙人也最容易使自己受騙的方式，因爲說起話來是何其輕鬆，何其威武，做起來未必就是那囘事。然而話仍是要說的，很簡單的道理，如果沒有起先的吹牛閒聊，哪裏來「盤古」，哪裏號召到這麼多人同心協力攪這份刋物。

但請別忘記，要邊說邊做，而且說過就做。過往的無數經驗（我們之中每個人都有過這種經驗）告訴我們，知識分子大都擺不掉「口的巨人，手的侏儒」這種情況（爲此，有時我無法不對「知識分子」一詞反感），希望「盤古」的出現，是這句可怕的「八字符咒」的一項反証。如果香港眞的出現了「盤古精神」的話，你以爲盤古精神的眞精神是什麼？我以爲，那就是：

口的神農，手的盤古

因爲我們要學習神農嘗百草而民能治百病，盤古雙手開天闢地的無畏的「做」的精神。

## 盤古與夸父

金炳興

中國的神話有其現代的涵義，但很少有人去認眞發掘。盤古掄斧開闢天地，惟恐人類的世界再度合攏，把自己置身其中，隨天之高而高，隨地之深而深，一日九變，他的肢體直挺挺地支撐在浩翰的天地間，充份表現出他的剛毅。不過我覺得這一代的青年更像夸父，他們恃着一股蠻勁和太陽競走，他們任憑別人的嘲笑，提起脚步，向前奔馳，但天上的十個太陽使他們迷亂，國家民族，文學藝術，無所適從，他們喝乾了黃淮的濁水，也得不到半絲清涼，怨恨地死在崦嵫山下，理想的杖都掉了。兩年前，我原擬寫這麼一部小說，寫這一代青年的失落，寫自身的夢和幻滅，但我發覺到，許多年青人，他們存在却並不苦惱，他們苦惱，却沒有我那麼耽迷，我開始體驗到這個神話的眞正命義，夕陽的熱力究竟有限，不是以使倔服的夸父渴死，夸父的悲劇是他所追趕的太陽一直在他心中，內在的火焰使他解體，內在的火焰使他分崩離析。

## 開始

李縱橫

「盤古精神」在辭典找不到，你說是什麼就是什麼。至於我們的意思，請參看本刊的宗旨。

## 自己的觀念

炯煒

當我開始會思想，我便迷了路，廿年了，墮進了『亂龍』的中國廿年，墮進了混沌的時代廿年，墮進了迷惘的生命廿年。我在找尋：我的心呢？我的生命站立的位置呢？

對於人生哲學，我讀的並不多，也不算太少。它有時有趣，有時令人迷惘。因爲當我回到眞實的世界，觀念便站不住脚；但我却抱着觀念苦苦追求。所以，我便打定了主意，要從眞實的人生中去找尋觀念，不希翼從觀念去追求生命；所以我覺得，多去了解這世界的人們的感情、需要、痛苦、快樂、願望等等，用自己在這了解中的感受、思考、判斷，來作爲自己的觀念，似乎更有意義些。

## 學盤古

梁寶耳

盤古氏是中國第一位科學家；他不甘心受大自然的支配，故此回過頭來去改造大自然。盤古不是空想者而是實行家。這種以行動去改善人類命運的精神便是科學家淑世精神。

盤古氏又是中國第一位藝術家；他憑雙手創造出前所未有的新局面，並把人性灌注到自然環境中去。把宇宙美化是最輝煌的藝術成就。

我們的祖先盤古氏雖然是一位偉大的科學及藝術先鋒人物，但是我們不要忘記，他的創造是一件未完成的作品。如果我們做子孫的不去拾起他遺下的刀斧，或另行設計一些更鋒利有效的工具去繼續從事開闢和創作，那麼是不是愧對我們這麼一位能幹的祖先？

盤古氏已在無數世代之前出過力、盡過責。今天仍然有些爭氣的徒弟們在進行規模更大的「開天」（太空探險），程度更深的「闢地」（原子科學）與及其他因學習盤古氏「用腦用心」而衍變出來的種種式式的工作。在這些工作中，讓我們自問：「我有參加嗎？」

## 盤古的由來

胡菊人

上帝說，要有光，就有了光。

盤古說，要有天地，就有了天地。

我們說，要有一個刊物，就有了「盤古」。

遠在一年多以前，與一些三十歲上下的朋友談辦刊物，談了一年，吃飯喝茶的次數倒也不少，風花雪月的話談得更多，但刊物沒辦出來。

半年以前，另一些二十來歲的朋友又談辦刊物。不過幾天功夫，大家就開籌備會，集資金，接洽印刷廠，一下竟居然成爲事實，有點弄假成眞似的感覺。

爲雜誌取名倒成爲最困難的事，十來二十人討論了兩個月，提供的名字有數十個之多，一個都沒有被通過。有一天下午，大家正在開會苦思名稱之際，一直一言不發的戴天忽然喊出來：「就叫盤古啦！」

起初大家覺得太怪，但叫了兩三次，就叫順了。大家又紛紛作種種闡釋。於是有人就說：如果不叫盤古，我就退出。

就叫盤古啦。其實倒幷不眞的有開天闢地的狂想。衹是覺得從這名字可以獲得某種力量似的。可以減少一點迷失徬徨之感似的。大概因爲大家都曾空虛苦悶過，於是就愛上這名字了。

## 盤古和自由人

戴天

盤古雖然是神話中的人物，但其代表的，卻是眞正的自由人精神。

做一個自由人，和做一個奴隸人的根本區別，乃在於前者能獨立思致，而後者卻喪失了想的權利。盤古開天闢地的行徑，如果將之抽離起來，毋寧就是獨立思致的結果。

在人類史上，本來沒有所謂「第一人」，因爲生命並不從天而降。至於盤古的誕生，假定其意義是可信的，也只在表明一點：盤古是第一個會將思想付諸實行的人。

因此，就算地球上早已有了人類，亦無礙於盤古之爲盤古，原因很簡單，乃是從來不曾有人如盤古一般，敢於獨來獨往，敢於承担一切，敢於面對蒼蒼茫茫。

我們今日的處境，和盤古當年初無二致，只不過人物不同，事件有異而已。我們所要表達的，除了高調之外，大概也僅是那一點自由人的精神了。

左起：岑逸飛、胡菊人、羅卡。（一九六九年石琪、陸離婚宴）（羅卡提供）

台現代詩回顧」的專輯，戴先生知道當時為甚麼會辦這專輯？

**戴** 我有沒有在其中討論？我好像也有在其中討論。當時主要對台灣某種寫詩的現象……一種反撲，不是要打倒它，應該說是反撥。

**熊** 當時對台灣現代詩的發展有何意見？為甚麼會想要反撥？

**戴** 就是其中所說那樣，覺得他們「走火入魔」吧，多說沒意思，就是「走火入魔」。我最近看大陸的詩刊，有個台灣詩人在美國甚麼會拿了個所謂榮譽博士，藉以宣揚，自以為樂。美國很多假文憑，知道是假的也刊登，寫詩的人這樣的行為也能做出，還談甚麼寫詩？

寫詩很簡單，就是對自己是否忠實，你的感覺能否忠實地化為文字，你有沒有忠實地反映你當時的感覺，你也許可以耍弄些技巧，但你的感覺不能騙人。騙不了的，你看陸游寫了很多愛國詩，不少都是為了寫愛國而愛國的。陸游當然是愛國的，可惜他有些作品老在喊愛國，愛國的感情好像是固定了，變成陳腔濫調，似乎套進去就有了。你甚至能發現他以前已經說過，但忘記了，又再套用，常重複自己。我不是說他不是愛國詩人，而是即使陸游般的愛國詩人，也有這樣的毛病。但那也不是大毛病，因為他有好的作品，問題是如果要分析大詩人，便要分析到這點才完整，不能因為是愛國詩人，寫了些愛國詩便不可批評！

**熊** 一九六〇年代，整個世界都很動盪，到一九七一年保釣運動時，更是民族主義一個高峰，保釣運動對《盤古》帶來怎樣的衝擊？

**戴** 保釣，很簡單，使《盤古》左傾嘛！左至不能回頭，結果不了了之。如果保持一條平實的路線，它也許可以細水長流。但因為它曾經走到極端，被人歸類，便很難回頭了。因為當初《盤古》有千多本的銷量，千多本在當時勉可維持，徐圖發展，後來的發展是始料不及。

**熊** 當時《盤古》的參與者有不同的看法，所以……

**戴** 當然有不同看法，就是因為有不同看法，有人說「給左派脅持」，其實不是。現在回看，當初也是一種血性使然，不能說甚麼，只是走到極端，以為這是對的。所以那時同人之間，雖有路線之爭，現在也還是好朋友，所以不能怪責誰。問題是，歷史就是這樣，很多錯誤。即使由於一時感情衝動而做了，理智上並不如此，結果使事情變成這樣。也沒有甚麼好惋惜的，這是歷史的過渡，也可說是一種認識的過程，是試行錯誤的歷練，大家都還沒成熟，沒有實踐的經驗。假如現在再有一群《盤古》那樣的人，他們絕不會走同樣的道路，因為已經吸收了前人經驗。所以《盤古》結束也不要緊，做人就是這樣吧！哈哈！

**熊** 剛才說左傾是促使《盤古》停辦的原因，除了左傾，還有其他原因嗎？

**戴** 整個社會都轉型，現在更是假資本主義之名，行社會達爾文主義之實，弱肉強食。如果推行自由市場、自由經濟，但又不按法律行事，又或社會沒有奉行法律的習慣，你想其中有沒有矛盾？現在的香港，勢利成風，且將笑貧不笑娼，比如香港傳媒，動不動吹捧賭王那樣的人物，並作為正面人物或理想人格看待！賭王是不應該成為社會上一種正面象徵，不能代表積極意義的，但在香港卻好像是正面的。我不是說他一定是壞人，問題是所呈現的趨炎附勢風氣，以至只要能賺錢，不擇手段也可得到稱讚，但不要忘記，資本主義的市場經濟，其中是經過很多詐騙手段、不法行為而達至的。在我們東方背景，香港或大陸、台灣也好，因為從來沒有法治的傳統，便更多這些弊病。現在你不能否認美國有法律傳統，它成功，但也同樣有它的毛病，如最近發生那麼多醜聞，就是這樣。在我看來，香港每天也在發生這樣那樣的醜聞！真的，從政治到任何層面，每日也有醜聞，但如果人們不從這角度來看，便看不到醜聞所在。

整個社會已經改變，整個人心也已經改變，當時可以把看誰的作品、聽誰的演講，看作是一件事，記掛在心頭，現在哪個會記掛這些？不是絕對無，但這種風氣慢慢消失，代之而起是另一種價值觀、另一種道德觀，一切都完全改變了。除非是切合社會風氣、具有實利的，才有生存之道。

**熊** 《盤古》已停辦了一段時間，現在回看，《盤古》最珍貴的地方，是否記錄了那一段時間、歷史裡，在香港有一群這樣的知識青年，有過這樣的執著、這樣的想法？

**戴** 我想是的。至於能做到多少，是另一回事。

**熊** 但它印證了在那一段時空裡，有一群這樣的年輕人。

**戴** 那只是其中一部分，只是當時很多活動中的其中一項，其他部分，譬如是《周報》、《大學生活》，甚至《70年代》、《青年樂園》也一樣，即使有不同的背景、不同的出發點、不同的利害，但都是一樣的。

**熊** 都是忠誠的。

**戴** 是。現在很多人談《周報》，有時候是太誇張了，有點過譽，真有這樣厲害嗎？我記得一九八六年在新加坡，他們要我談談《現代文學》當年，我說《現代文學》只是一群愛好文學的大學生，在特定的時空，做出了一定的成績，而其中個別人則有卓越貢獻，但不是一個神話。

**熊** 我們看《盤古》，可以看到它的面貌是有很多方面的，有文學、評論、電影、翻譯，也有一些社會性、政治性較強的篇幅。出現這樣不同的面貌，是因為參與編輯的人所關心的方向不同？還是順著社會潮流、客觀環境的改變而改變？這種多元的面貌又是否符合當初的構想？

**戴** 我想種種原因都有。看看創刊時那七嘴八舌的情況……即使現在《盤古》停辦了，或是它左傾以後，「文革」紅衛兵時代，它的內容也是很「雜」的，各種趣味都保持。所以最深層地看，可以說《盤古》沒有改變，只是那種內容多了、這種內容少了，但仍然是百花齊放。

**熊** 剛才提及過創建學院，戴先生可否談談創建學院作為自由大學……

**戴** 創建學院是包錯石從美國的自由大學理念，加上再教育的意味而成的。

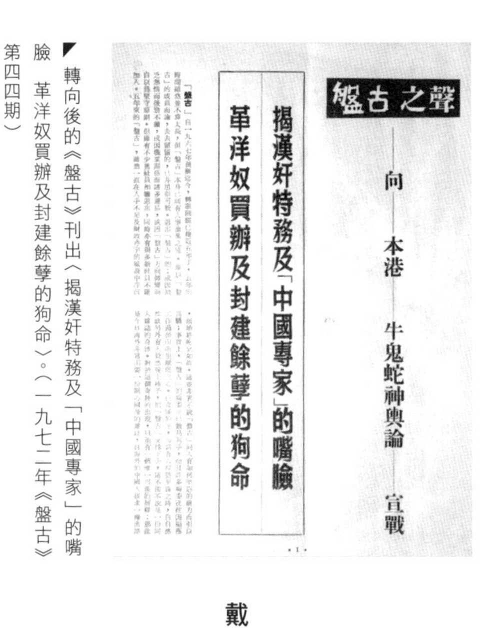
盤古之聲
——向——本港——牛鬼蛇神輿論——宣戰
揭漢奸特務及「中國專家」的嘴臉
革洋奴買辦及封建餘孽的狗命

◤轉向後的《盤古》刊出〈揭漢奸特務及「中國專家」的嘴臉　革洋奴買辦及封建餘孽的狗命〉。（一九七二年《盤古》第四四期）

**熊** 早期參與構思的有哪幾位？

**戴** 包錯石、胡菊人、林悅恆，我也包括在內。

**熊** 當時學院有甚麼課程？

**戴** 當時創建學院有很多課程，有詩、建築、歌唱等等，很多的。最近李韡玲寫文章，說當時到創建學院沾一下感覺也很不錯。它很開放，甚麼內容都有的，詩、文學、理論、國家民族、歌唱……男女問題好像也有的。還有電影！金炳興在那裡教過。我覺得那教學氣氛很好，自由自在，教學相長，那時還有一種說不出的凝聚力。記得有一次，有個美國作家 Nelson Algren〔艾格林〕，旁觀「創建」舉行五四紀念，在儀式結束後，Nelson Algren 即《金臂人》〔*The Man with the Golden Arm*〕的作者，第二天便立刻跑去辰衝書店買周策縱的《五四運動史》。現在回想，那有點共產黨集會的味道，哈哈！但我想任何類似的，特別是紀念五四的集會都有……不一定是共產黨，而是一些國族意識、民族意識很濃的時候，必定會這樣。Nelson Algren 後來在 *Atlantic Monthly*〔《大西洋月刊》〕寫了文章，提到在香港的感覺。

**熊** 當時「創建」的資金從何而來呢？

**戴** 沒有資金，哈哈！那地方是「友聯」的，空著沒用，還沒有想到實際用途，林悅恆當時是頭兒，他認為可以拿來用，所以就這樣。這真沒有拿美國錢的，但「友聯」有美國資助，人們便以為「創建」同樣受美國支持，其實完全不是。當時對「創建」，國民黨也罵，共產黨也罵，尤其是國民黨支持的打手，罵得最厲害，既造謠，又誣衊，例如有一份報紙，竟造謠說胡菊人、戴天明天遞解出境，且是頭條新聞！刊出後竟然有人相信！我記得有一次，一位很有名的歷史學家，打電話到美國領事館找李如桐，我接電話說李先生不在，他問我是誰，我說我是戴天，他說你還在嗎？不是遞解出境了嗎？哈哈！我以後就覺得這歷史學家沒有甚麼了不起，連是非都不能分！

**熊** 剛才說「創建」會請一些嘉賓來教授，例如金炳興便教過電影，戴先生記得還請過哪些嘉賓？

## 創建實驗學院 招生

**藝術科**

(一)素描——戴海鷹(每周二下午七時上課)
(二)工商美術設計——譚乃超(每周一下午七時上課)
(三)油畫——徐榕生(每周四下午七時上課)
(四)雕塑與創作技巧——文樓(每周五下午七時上課)
(五)紙皮石(剪嵌工)設計——文樓(每周三下午七時上課)

**建築科**

(一)傢俬及室內設計——鍾華楠(每周三下午七時上課)
(二)透視學之應用與技法——陳淳翰(每周一下午七時上課)

**文學科**

(一)語意學——林悅恒(每周三下午三時上課)
(二)邏輯與集論——黃展驥(每周五下午七時上課)
(三)思想方法訓練——黃展驥(每周一下午七時上課)
(四)存在主義與人生——胡菊人(每周三下午七時上課)
(五)現代西方文學欣賞與批評——戴天、胡菊人(每周二下午七時上課)
(六)詩作坊——戴天、古蒼梧(每周四下午七時上課)

**入學資格**:初中以上或同等程度
**學　費**:每課程四十元(十二講、二十四小時,清貧者可申請減免)
**開課日期**:三月十日
**報名日期**:即日開始,新章程函索即寄
**校　址**:九龍九龍塘.多實街.十四號
電話:八三五六〇九

◤創建實驗學院招生。(一九六九年《中國學生周報》第八六八期(右)、第八八六期)(左)

**戴**　鍾華楠談建築,你認識鍾華楠嗎?很有名的建築家,何弢可能也來談過,跟鍾華楠一起談。還有何友暉、劉紹銘、李歐梵都來過,他們那時剛在香港教書,不論是否正統大學的學者,還是如包錯石那類沒有銜頭的,都在那裡教。其他的現在想不起來了,很多人的,但好像沒有拉盧瑋鑾來,哈哈!

**熊**　在台灣辦《現代文學》,或者在香港辦《盤古》、「創建」,其實內容都是多方面的,興趣也是多方面的,嚮往的是自由的氣氛,互相討論、學習……

**戴**　是的,雜然不成家那種,哈哈!

**熊**　戴先生其中一個很有名的專欄,就是《信報》……

**戴**　不是吧!是寫了很長時間,不是有名,《信報》創辦一兩個月便開始寫的了[9],現在《信報》也三十年了,明年便三十年。我寫「報屁股」不只三十年了,差不多有四十年,如果從《新生晚報》開始算[10],四十多年了,近半個世紀……有嗎?應該有的,如果剪下

來，一篇一篇堆起來也很高。

**熊** 手稿有沒有留下？

**戴** 沒有留了。

**熊** 關於專欄，我們想問兩個問題。第一，在一九九七年「六四」前後的一段日子，戴先生在《信報》的專欄寫了〈年代的故事〉，連續刊登逾一星期，從一九九七年五月二十七日，至一九九七年六月五日，內容從一九四〇年代寫起的，共分了二十段。專欄以這樣的模式出現，還有題目是〈年代的故事〉，背後是有很大的構思嗎？

**戴** 完全沒有構思。那時候台灣《聯合報》想在九七前後，找人寫點香港的東西，那時陳義芝和瘂弦請我寫。完全沒有構思的，而且寫了第一篇，便會知道第二篇怎樣寫。以我的習慣，也不可能寫十多二十篇，然後才讓它刊登的。我是每天……譬如今天截稿了，我才會在截稿前寫好，傳真過去，現在也是這樣。今天你們來，我昨晚才先寫一篇，否則我便會在這個時候才寫，八點之前傳真過去，所以我不可能想很久的。

我常把這些看作「報屁股」，以前上海的人說在報紙的後面，根本是遊戲文章。有時候有些話要說，便在那裡說。有時候沒有話要說，不想寫也要說，是非常苦悶的事。寫了數十年，好像成了習慣，也算是一種功課，說不定可以預防老年癡呆症，哈哈！

**熊** 這〈年代的故事〉從一九四〇年代後期開始寫，是否可視為戴先生自我心路歷程的回顧？

**戴** 我想主要是交差吧！因為台灣約稿，不過剛巧那題材關於這些，隨意寫了這些感覺，好像誰把它編了入書……林道群編的？好像是《香港人香港事》[11]……

**盧** 是羅孚先生編的。

**戴** 是，羅孚請我寫的，不是剛才說的那樣，後來才刊在《聯合報》的。應該是羅孚請我寫，然後拿到《聯合報》刊登。我想我不可能坐下來寫幾千字文章，所以便寫「報屁股」，一段一段的，然後給羅孚、給《聯合報》，多賺點稿費嘛！哈哈！你看，我記憶力不行了。

**熊**　如果提到戴先生在《信報》的專欄，必定留意到一個關於「日記體」的問題。初時用的名字是「一週記事」，長期維持一星期一篇這種模式的文章，但名字改為「聞見思錄」，又出版成書《前97紀事》[12]……

**戴**　台北遠景出版社出版，共四冊。

**熊**　是的，這種體裁剛出現時，引起了很多討論，戴先生可否談談，最初為甚麼會想用這樣的體裁？

**戴**　坦白說，最初是因為我常常想，寫「報屁股」應該跟外國一樣，不能每天寫，應該找兩天停一下的，於是想到這方法。如果每天記下一些事，那便很容易寫，星期六便……那時候星期天也要刊登的，那便省了一天的工夫，不用想題材甚麼的，有佔便宜的企圖。但也不是絕對如此，我想筆記小說式的、日記式的文章，中國很多，不過別人認真講究地寫，是為了留給千秋後代看而寫。我的出發點不正確呀！政治不正確，而且也沒有完全註明確切日期，所以也失去了意義，變成笑話了！如果要有任何價值的話，起碼在這方面便應當嚴肅從事！

**熊**　但因為那是報紙專欄的關係，根據報紙日期便可推算時間了。

**戴**　如果找來報紙，當然可以看到，但不可能每份報紙找來呀，現在圖書館有沒有收藏過去數十年的《信報》呢？而且即使真的要找，有沒有這樣傻的人？要找也找些有價值的文章呀，找這些「一週記事」做甚麼？不值得找。

**熊**　這種寫法出現後，很多討論，有褒有貶，戴先生有何意見？

**戴**　對於這類文字，別人的褒貶我都不在乎，自己喜歡怎樣便怎樣。

**熊**　關於他們提到的一些問題，譬如有人說這是香港專欄文化的一大突破，又或說這沒甚意義等等。

**戴**　其實不算突破，也無特別可言，中國古人也有這樣的體裁，如果嚴格要求，它反映的內容也不夠精確，而且風格不統一、寫法不統一，有時候內容又太「雜」，也可說沒意義。如果以此證明這傢伙很複雜，或懂很多學問，諸如此類，這是另一回事，但其實不是，所以沒甚麼特別價值。如果認真地寫，不是從開玩笑或佔便宜的心態出發，結果便不同，但現在已寫成這樣，不能回頭了。沒有甚麼價值，甚至有人說是《信報》的洪金寶。問題很簡單，現在看香港所有報紙的所謂專欄，豈不大部分也是這種東西？我從來不稱這些做專欄的，也從來沒有自稱「我的專欄」甚麼的，這些都不是專欄，專欄是有專門知識、專門角度、專門眼光、專門識見，那才是專欄，這些專欄甚麼？只不過有一處地方讓你賣文，讓你賺點煙酒茶錢，如此而已，很簡單。從這種角度看，你看現在香港報紙的所謂專欄，哪篇不是「一週記事」？「一週記事」濃縮成四、五段，省了很多時間，你倒每天把它拉長，哪篇不是這樣？一百篇中九十九篇都是「一週記事」，只是分開來每天寫，那麼批評我幹嘛？自己也在寫同樣的東西，你不也在寫吃吃喝喝嗎？不也在寫跟誰去看畫展電影甚麼的？有甚麼分別？這種批評是沒有意思的，如果要批評，如果能點出這傢伙無誠意，諸如此類，能提到這問題，才叫厲害，但又看不到，只是以罵來證明他的存在，那就沒意思了，我甚至把罵的那些文章都拿來作序。

**熊** 是的，序也有好幾篇。

**戴** 有罵有讚的。

**熊** 是，有黃維樑、黃子程、谷茗荷……

**戴** 還有我忘記了的，如岑逸飛等。

**熊** 是的，這裡收了五篇。

**戴** 可惜由於我的過失，還有很多，他們沒有全收。

**熊** 有一個資料性問題想請問，戴先生用的筆名，最多是用「戴天」，另外……

**戴** 「報屁股」每天寫，所以最多用是「戴天」了。

**熊** 另外我們找到「南來雁」，在《祖國》。

**戴** 那是很早的時候了，十多歲的時候，在毛里裘斯唸中學的時候，十五、六歲時。

**熊** 「許第高」……

**戴** 「許第高」是實有其人的，當過胡菊人那雜誌社的編輯，但忘了是許甚麼了。

▼專欄「一週記事」結集出版成《矮人看戲》、《人鳥哲學》、《群鬼跳牆》、《囉哩哩囉》,合稱《前97紀事》。

**熊** 「何真」呢？

**戴** 「何真」是，教書時候用的。

**熊** 還有其他筆名嗎？

**戴** 哈哈！很多！

**盧** 影評呢？

**戴** 影評便用「田戈」。用過很多筆名，一時也想不起來，甚麼「陳雪落」……

**熊** 在甚麼地方用？

**戴** 《盤古》雜誌吧[13]！

**熊** 還有……

**戴** 「宋船歸」，哈哈！你也不知道吧！

**盧** 不知道。

**熊** 「宋」是姓氏的「宋」？

**戴** 嗯，「船」是一條船的「船」，「歸來」嘛。名字很美的呀，很有詩意。我也忘了，有很多的。

**盧** 想一下吧！

**戴** 想一下嗎？有時候在《信報》……美國領事館的工作守則之一，是工作人員必須「得准」，才能發表文章，但並不嚴格，且視人而定。有段時間為免麻煩，所以便改了名，不過認識我的人，都知道那版位仍在，只是改了名，用鍾甚麼，忘記了，一時想不起來，一句佛家語變出來的……對了，是「鍾道觀」！是的，從中間來看，所以是「鍾道觀」。其他記不起了，我沒有經常剪存的習慣，從來當是文章遊戲。

# 注釋

1 黃繼持、也斯、古蒼梧、杜漸訪問，杜漸整理：〈訪問戴天〉，《讀者良友》，一九八五年十二月，第一八期，頁四九—五七。

2 林年同：〈談戴天的詩〉，《新晚報》，一九八一年九月八日，頁一二。

3 戴天：《峋嶁山論辯》，台北：遠景出版事業公司，一九八〇年。

4 黃繼持：〈讀戴天近作《擬古》及其他〉，《讀者良友》，一九八五年十二月，第一八期，頁五八—六二。此文收入黃繼持《寄生草》，香港：三聯書店有限公司，一九八九年，頁二六—三二。

5 胡菊人在一九六六年底開始兼顧《明報月刊》的工作，一九六七年一月第一三期正式加入，至一九七九年十二月第一六八期離開，共編一百五十六期。

6 簡而清：〈富人的一天〉，《盤古》，一九六七年四月十五日，第二期，頁一三。

7 「代發刊詞」的〈人與盤古精神〉由二十二人執筆，每人就自己心目中的「盤古」各寫一段，執筆者為黃維邦、黃濟泓、四馬、吳震鳴、藍山居、中沚、張量、游之夏、陳炳藻、喬休思、吳昊、溫健騮、林亙、陸離、藍子、羅卡、金炳興、李縱橫、烱煒、梁寶耳、胡菊人和戴天，刊於《盤古》，一九六七年三月十二日，第一期，頁二—五；蔡康平的〈開闢與承擔——謹賀《盤古》之誕生〉緊隨其後，刊於頁六—七。

8 包錯石在《盤古》發表的文章共九篇，包括（一）〈研究全中國——從匪情到國情（對海外中國留學生和港、台準留學生的一個建議）〉，一九六七年十月三十一日，第八期，頁二四—二八、頁三三；續篇刊於一九六七年十二月二十日，第九期，頁三一—三七；（二）〈海外中國人的分裂、回歸與反獨〉，一九六八年一月二十五日，第一〇期，頁二—一六；（三）〈海外中國人的回歸與中國生活方式的重建、創建與實建〉（此篇署名「包奕明」，與胡菊人、林悅恒合著），一九六八年二月二十八日，第一一期，頁二—六；（四）〈再論中國知識分子和全中國國情研究的關係——兼答勞思光先生〉，一九六八年四月十五日，第一二期，頁六—十二；（五）〈試從教育和就業看美國黑人的命運（上）〉，一九六八年五月二十日，第一三期，頁三七—四一；下篇刊於一九六八年六月二十日，第一四期，頁一一—一五；（六）〈關於「美國的挑戰」〉（與陳齊合著），一九六八年八月二十日，第一六期，頁二六—二九；（七）〈論台灣對知識分子的迫害〉，一九七〇年二月三日，第三〇期，頁一九、頁三一；（八）〈「台獨」—— 馴狗師和狗的故事〉，一九七〇年三月二十日，第三一期，頁八—一〇；（九）〈美國→印支→香港→美國〉，一九七〇年八月三十日，第三三、三四期，頁五八—七三。

9 《信報》於一九七三年七月三日創刊，戴天專欄首見於一九七五年七月一日第二版，欄名「鑿空談」，後改名為「乘游錄」，至二〇〇九年十月二十九日刊登〈不容許與不可能〉之後暫別讀者。

10 《新生晚報》於一九六四年至一九六五年間刊有專欄「四方談」，作者包括戴天、陸離、羅卡和李英豪。戴天於「四方談」中首篇作品刊於一九六四年九月七日，最後一篇則刊於一九六五年七月二十八日。

11 羅孚編：《香港人香港事》，香港：牛津大學出版社，一九九八年。（編按：林道群為牛津大學出版社編輯。）

12 戴天：《前 97 紀事》，台北：遠景出版事業，二〇〇一年。

13 《盤古》署名「陳雪落」翻譯的文章共有兩篇：（一）〈馬歇爾．麥魯恒談美好的新世界〉，一九六七年五月二十二日，第三期，頁三二—三六；（二）Steinem, Gloria：〈與沙爾．比路一日遊〉，一九六八年一月二十五日，第一〇期，頁三八—四一。

# 本冊相關報刊資料

以下各條按筆劃序，凡沒有於報刊名稱後以括號交代出版地者，均為香港出版。所錄資料均盡量以所能及見的報刊為據，凡缺實物可供印證者，則列出資料來源，以供參考。

**1 《70年代》**

《70年代》雙周刊於一九七〇年一月一日創刊，創辦人及編輯包括陳清偉、吳仲賢、黃國輝、莫昭如、傅魯炳等，約於一九七二年停刊，同人轉而參與不同刊物工作，例如傅魯炳參與製作《青年工人》、《女權》等，黃仁逵、陳強主編《青年先鋒》等。至一九七〇年代中後期，《70年代》一度復刊，不定期出版四期後正式結束，總出版期數約二十多期，停刊日期不詳。參〈《70年代雙周刊》話風流 70's紅與黑〉（《蘋果日報》，二〇〇七年十一月二十七日）及黃靜〈每有「70人」離去——傅魯炳和同行者的故事〉（載香港獨立媒體：http://www.inmediahk.net）。

**2 《人人文學》**

一九五二年五月二十日創刊，至一九五四年八月一日停刊，共出版三十六期。黃思騁、齊桓、力匡、徐速等先後主編，主要作者包括黃思騁、齊桓、力匡、桑簡流、林以亮、梁文星等。

**3 《人生》**

一九五一年一月十六日創刊，督印人王道（王貫之），一九七一年六月第四〇一期刊出王道逝世專輯，該期改由王道妻子沈醒園任督印人，並於〈編後語〉表明將繼續出刊，惟香港各大學圖書館均不見其後期數。

**4 《八方文藝叢刊》**

一九七九年九月創刊，一九八一年九月出版第四輯後休刊，至一九八七年四月出版第五輯，最後於一九九〇年十一月停刊，共出版十二輯。總編輯黃繼持，執行編輯古蒼梧，編委包括戴天、鄭臻、林年同、金炳興、梁濃剛、文樓、盧瑋鑾、鍾玲等。

**5 《大華晚報》（台灣）**

一九五〇年二月一日於台北創刊，中午出報，至一九八九年一月停刊。

**6 《大學生活》**

一九五五年四月創刊，至一九七一年七月停刊，共出版二百七十三期。《大學生活》編輯委員會主編，主要作者包括岳心、秋貞理、燕歸來、古梅、徐速、黃崖、力匡、思果、余玉書、胡菊人、李素、戴天、董作賓、左舜生等。

**7 《中央日報》（台灣）**

一九二八年二月一日於上海創刊，一九四九年遷往台灣出版，至二〇〇六年六月一日停刊。

**8 《中國學生周報》**

一九五二年七月二十五日創刊，至一九七四年七月二十日停刊，共出版一千一百二十八期。余德寬、奚會暲、古梅、陳日青、黎永振、楊啟明、孫述宇、李金曄、胡菊人、戚鈞傑、陳特、林悅恒、高偉覺等先後擔任督印人，余英時、黃崖、盛紫娟、羅卡、吳平、陸離等曾任編輯。

**9 《中報月刊》**

一九八〇年二月創刊，至一九八七年四月停刊，共出版八十七期。董事長傅朝樞，首任主編胡菊人。

**10 《中華月報》**

參32《祖國》條。

**11 《中聲報》**

一九四九年九月一日創刊，至一九五八年八月十五日停刊。（參 Kan Lai-bing , Chu Grace H. L.: *Newspapers of Hong Kong : 1841-1979*, Hong Kong: University Library System, The Chinese University of Hong Kong, 1981, P.24.）

**12 《今日世界》**

前身為美國新聞處出版的《今日美國》，一九四九年十月創刊，至一九五二年二月停刊。《今日世界》半月刊由今日世界社出版，一九五二年三月創刊，一九七三年五月改為月刊，至一九八〇年十二月停刊，共出版五百九十八期。

**13 《少年樂園》半月刊（新馬）**

一九六四年三月十五日創刊，由少年樂園出版社出版，停刊日期及總出版期數不詳。

**14 《文壇》**

一九四一年七月創刊，於曲江出版十二期後停刊，一九四五年於廣州復刊，一九五〇年起轉到香港出版，至一九七四年一月出版第三四六期後停刊。創辦人李金髮、盧森，首兩期由李金髮主編，其後均由盧森主理。主要作者包括黃思騁、金濤、黃崖、秋貞理、盧柏棠、梓人、溫乃堅、碧原、李若川、莫若英、韋陀、朱韻成、盧森等。（參許定銘：〈盧森和他的《文壇》〉。《城市文藝》，二〇〇八年八月十五日，第三卷第七期，總第三一期，頁三〇—三四。）

15
**《民主評論》**

一九四九年六月創刊，至一九六六年九月出版第十七卷第九期後停刊。督印人金煉成。

16
**《百姓》**

一九八一年六月創刊，至一九九三年三月停刊，共出版二百八十四期，百姓文化事業有限公司出版。一九九三年四月起改名為《百姓新聞週刊》，由百姓出版有限公司出版，期數另起。一九九三年十一月恢復為半月刊，期數續前週刊，一九九四年六月出版第四十四期後停刊。創辦人胡菊人、陸鏗，總編輯胡菊人，社長陸鏗。

17
**《自由中國》（台灣）**

一九四九年十一月二十日於台北創刊，發行人胡適，主要編輯雷震、殷海光，一九六〇年九月四日隨雷震被捕停刊。

18
**《自由鐘》**

一九六五年三月在美國加州創刊，出版第五卷第一期後停刊。一九七〇年七月在港復刊（總第五十期），至一九七五年六月停刊，共出版一百零八期。督印人任益年，總編輯梁友衡。

**19 《兒童樂園》**

一九五三年一月十六日創刊，至一九九四年十二月十六日停刊，共出版一千零六期。閻起白、戚鈞傑、張浚華等先後擔任社長，畫家包括羅冠樵、吳喜生、郭禮明、李成法、李子倫、陳子沖等。

**20 《明報》**

一九五九年五月二十日創刊，至今仍繼續出版。

**21 《明報月刊》**

一九六六年一月創刊，至今仍繼續出版，胡菊人、董橋、古蒼梧等曾先後擔任總編輯。

**22 《虎報》（*Singapore Tiger Standard*）（新加坡）**

一九五〇年創刊，至一九五九年停刊。（參 Tommy Koh (editor-in-chief): *Singapore: The Encyclopaedia*. Singapore: Editions Didier Millet in Association with the National Heritage Board, 2006, P.501.）

**23 《青年樂園》**

一九五六年四月創刊，至一九六七年十一月停刊，共出版六百零七期。初期由汪澄任社長兼總編輯，編輯包括黃穗華、陳樂群、洪新（熊敬儀）、陳序臻，洪新兼任經理。約於一九五八年，李廣明接任社長，陳序臻改任總編輯，後兼任督印人，何劍齊、吳子柏、傅華彪、李石等先後加入編輯部。一九六七年十一月二十二日，《青年樂園》遭香港政府查封，迫令停刊。一九六八年六月，《青年樂園》由周刊改為《學生叢書》出版，約半月一期，仍由陳序臻主編，至一九七一年底停刊，共出版八十七期。（參許禮平：〈記《青年樂園》周刊〉，《蘋果日報》，二〇一四年三月十六日。）

**24 《信報》**

一九七三年七月三日創刊，至今仍繼續出版。

**25 《信報財經月刊》**

一九七七年四月創刊，戴天、文灼非等先後擔任總編輯，至今仍繼續出版。

**26 《星島日報》**

一九三八年八月一日創刊，至今仍繼續出版。

**27 《星島晚報》**

一九三八年八月十三日創刊，至一九九六年十二月十七日停刊。（創刊日期參 Kan Lai-bing, Chu Grace H. L.: *Newspapers of Hong Kong : 1841-1979*, Hong Kong: University Library System, The Chinese University of Hong Kong, 1981, P.71.）

**28 《科學世界》**

一九六一年創刊，至一九六三年停刊。督印人劉甫林，編輯只署科學世界編輯委員會。（參 Kan Lai-bing, Chu Grace H. L.: *Newspapers of Hong Kong : 1841-1979*, Hong Kong: University Library System, The Chinese University of Hong Kong, 1981, P.94.）

**29 《香港時報》**

一九四九年八月四日創刊，至一九九三年二月十七日停刊。

**30 《海外論壇》（出版地不詳）**

一九六〇年一月創刊，停刊日期及總出版期數不詳。美國紐約海外論壇社出版，海外論壇編輯委員會編輯，創刊號刊有唐德剛、周策縱等作品。

**31 《海瀾》**

一九五五年十一月一日創刊，至一九五七年二月一日停刊，共出版十六期。高原出版社出版，力匡主編，主要作者包括黃思騁、力匡、齊桓、趙滋蕃、徐速、貝娜苔等。

**32 《祖國》**

《祖國》周刊於一九五三年一月創刊，至一九六四年三月，共出版五百八十五期。一九六四年四月起改為月刊，至一九七二年十二月停刊，共出版一百零五期。周刊及月刊合共出版六百九十期，《中華月報》於一九七三年四月續此期號出版第六九一期，至一九七五年十二月出版第七二三期後停刊，《中華月報》共出版三十三期。主編署「祖國周刊編輯委員會」，主要作者包括齊桓、王敬羲、秋貞理、燕歸來、宣建人、李素、徐亮之等。

**33《現代文學》（台灣）**

一九六〇年三月創刊，至一九七三年九月停刊，共出版五十一期。一九七七年七月復刊，期號另起，至一九八四年五月再次停刊，復刊後共出版二十二期。

**34《博益月刊》**

一九八七年九月創刊，至一九八九年八月停刊，共出版二十三期。香港博益出版集團有限公司出版，黃子程、李國威先後擔任編輯。

**35《新生晚報》**

一九四五年十二月二十二日創刊，至一九七六年一月停刊。

**36《新亞生活》**

一九五八年五月創刊，香港中文大學新亞書院出版，至今仍繼續出版。

**37《新亞校友》**

二〇〇八年六月創刊，香港中文大學新亞書院校友會出版，至今仍繼續出版。

**38《新晚報》**

一九五〇年十月五日創刊，至一九九七年七月二十六日停刊。

39 **《萬人雜誌》**

一九六七年十一月創刊，至一九八一年十月停刊，共出版六百四十八期。萬人傑（俊人）主編。

40 **《銀河》**

一九五八年三月創刊，香港電影資料館館藏止於一九九四年第四〇三期，該期末附停刊聲明。督印人常友石，友聯書報社發行，後由李國鈞接手經營。

41 **《盤古》**

一九六七年三月創刊，至一九七八年七月停刊，共出版一百一十七期。編輯包括古蒼梧、戴天、岑逸飛等。

42 **《蕉風》（新馬）**

一九五五年十一月十日於新加坡創刊，主編方天（張海威），編輯委員有申青（余德寬）、李汝琳（李宏）、馬摩西（馬俊武）、陳振亞、常夫、曾鐵忱及范經等。一九五七年遷移至吉隆坡出版，至一九九九年出版第四八八期後停刊。二〇〇二年十二月十四日，由南方學院馬華文學館復刊。

43 **《聯合早報》（新加坡）**

前身為一九二三年創刊之《南洋商報》及一九二九年創刊之《星洲日報》，一九八三年兩報合併為《南洋・星洲聯合早報》，簡稱《聯合早報》，至今仍繼續出版。

44 **《聯合報》（台灣）**

一九五一年九月十六日創刊，至今仍繼續出版。

45 **《讀者文摘》（中文版）**

一九六五年三月創刊，至今仍繼續出版。

46 ***Atlantic Monthly*（《大西洋月刊》）（美國）**

一八五七年十一月於美國創刊，至今仍繼續出版。

## 七劃



## 八劃

# 人名索引

## 二劃



## 三劃



## 四劃



## 五劃



## 六劃

## 十二劃

## 九劃



## 十劃



## 十一劃

## 十六劃



## 十七劃



## 十八劃



## 十九劃



## 二十劃



## 二十一劃



## 二十二劃



## A-Z

## 十三劃



## 十四劃



## 十五劃

# 鳴謝

（按漢語拼音排序）

陳明潔女士
高澤祥先生
黃潘明珠女士
劉尚儉先生
羅炳良教授
銘源基金
王宏志教授
葉璧光女士及葉謀彰先生夫人慈善基金
香港中文大學大學圖書館系統

責任編輯　張佩兒
書籍設計　李嘉敏

書名　香港文化眾聲道——第一冊
編著　盧瑋鑾、熊志琴
出版　三聯書店（香港）有限公司
香港北角英皇道四九九號北角工業大廈二十樓
Joint Publishing (H.K.) Co., Ltd.
20/F., North Point Industrial Building,
499 King's Road, North Point, Hong Kong

香港發行　香港聯合書刊物流有限公司
香港新界大埔汀麗路三十六號三字樓

印刷　中華商務彩色印刷有限公司
香港新界大埔汀麗路三十六號十四字樓

版次　二零一四年七月香港第一版第一次印刷
規格　十六開（170mm × 230mm）二八八面
國際書號　ISBN 978-962-04-3011-4